Querverlag

Hiebe und Triebe 2

Sexgeschichten

Jim Baker (Hrsg.)

Die in diesem Buch geschilderten Handlungen sind fiktiv. Im verantwortungsbewussten sexuellen Umgang miteinander gelten nach wie vor die Safer-Sex-Regeln.

Erste Auflage September 2002

Umschlag und grafische Realisierung von Sergio Vitale unter Verwendung eines Fotos von Christopher Reynolds (www.chriscophoto.com)
Gesamtherstellung: Druckhaus Köthen
ISBN 3-89656-082-4
Printed in Germany.

Bitte fordern Sie unser Gesamtverzeichnis an:
Querverlag GmbH, Akazienstraße 25, D-10823 Berlin
http://www.querverlag.de

Inhaltsverzeichnis

Maßgeschneiderter Lesegenuss

Als Mr. Black den Duschraum betrat, fuhr ich erschrocken herum. Die anderen Schüler waren schon längst weg; ich hatte wie immer getrödelt. Mit offenem Mund starrte ich wie gelähmt auf die bedrohliche Gestalt meines Sportlehrers: Seine behaarte Brust glänzte vom Gewichteheben, unter seiner alten, grauen Trainingshose zeichnete sich seine imposante Männlichkeit ab, breitbeinig baute er sich vor mir auf und verschränkte seine muskulösen Arme vor der Brust. „Wieder mal der Letzte, was? Ich glaube, um dich muss ich mich jetzt dringend kümmern", sagte er barsch und schaute auf meinen steifer werdenden Schwanz. „Komm mit!" Beschämt holte ich mein Handtuch vom Haken und folgte ihm in sein Büro.

So oder ähnlich muss die Geschichte damals angefangen haben. Sicher werde ich es leider nie wissen, denn die sechs Seiten meiner „perversen" Sexphantasie habe ich wenige Tage, nachdem ich sie verfasst hatte, in kleine Stücke gerissen. Zum Glück war es Winter und wir hatten einen offenen Kamin, denn ich lebte in ständiger Angst, meine Eltern könnten den Beweis für mein sonst so gut gehütetes Geheimnis finden, egal wie oft ich die maschinengetippten Seiten versteckte. Ruhig geschlafen habe ich erst wieder, als ich mit eigenen Augen sah, dass die Papierfetzen zu Asche geworden waren. Mein Sportlehrer diente jedoch weiterhin als Projektionsfläche meiner pubertären Phantasien – und wenn ich ehrlich bin, noch heute.

Was man mit vierzehn nicht alles tut, um etwas zu erleben, was man sich sehnlichst wünscht, aber in unerreichbarer Ferne wähnt. Immerhin hatte mein erster Versuch, eine Pornogeschichte zu schreiben, seinen Zweck erfüllt. So konnte ich eine Phantasie ausleben, wenn nicht in der Realität, so zumindest in der phantastischen Welt der Worte.

Und genau das zeichnet gute Sexgeschichten aus. Sie lassen uns an Phantasien teilhaben, die wir – aus welchem Grund auch immer – sonst nicht ausleben können oder wollen. Sie steigern unsere Lust und bescheren uns genüssliche Stunden (oder zumindest ein paar Minuten), in denen wir uns nur auf uns selber konzentrieren, in denen wir alle Probleme, alle Sorgen und jeden Bezug zu der schnöden Realität für einen Augenblick vergessen.

Gute Sexgeschichten befriedigen aber auch ein Bedürfnis nach sexueller Befreiung. Und anders als bei Videos ist unsere ganze Vorstellungskraft gefragt. Denn schließlich bestimmen wir das Tempo, wir gestalten die Protagonisten nach den eigenen Wünschen und können die Handlung nach Belieben ausschmücken. Also wird jede Geschichte immer wieder von Neuem auf den individuellen Leser maßgeschneidert.

Insofern kann ich verkünden, dass diese vierzehn sehr unterschiedlichen Geschichten, die ich im zweiten Band von *Hiebe & Triebe* versammelt habe, individuellen Lesegenuss vom Feinsten bieten. Und obwohl die Zahl vierzehn eigentlich keinerlei Bezug auf das zarte Alter nehmen sollte, in dem ich meine erste Pornogeschichte schrieb, möchte ich mich dennoch – mit fünfundzwanzig Jahren Verspätung – bei meinem Sportlehrer Mr. Black für seine überaus wichtige Rolle in meiner sexuellen Entwicklung bedanken.

Aber ich vermute, er hat es schon damals gewusst.

Jim Baker

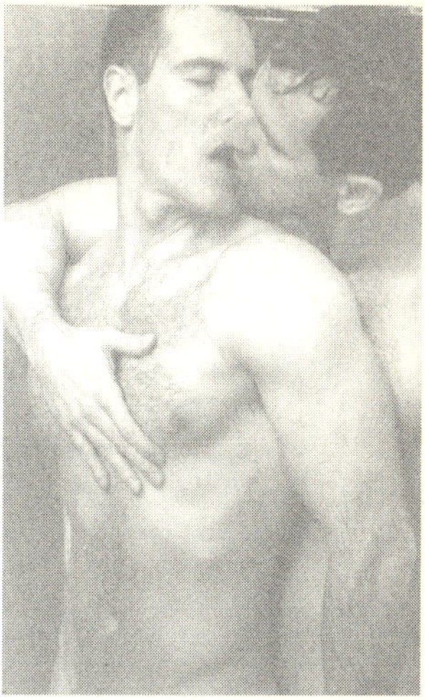

Michael Sollorz

Mausfeld

Mausfeld, Freitag, 1.9.89, Abend

Dachte immer, der Fläming sei viel flacher. Vor zwanzig Minuten angekommen. Zurück nach Jüterbog fährt der Bus nur einmal am Tag, früh um acht. Sofort die Fenster aufgerissen und mich ausgezogen. Mein Körper atmet: ein befreites Tier. Den Tisch abgewischt und ans Fenster gerückt, mit Blick in den Garten. Völlig verwildert. Stelle mir vor, wie sommers sonst Friedrich hier sitzt und seine bäuerischen Bücher schreibt, bei Kerzenlicht, Strom gibt es keinen. Wasser kommt aus einem Hahn draußen. In der Ecke hockt finster ein eisernes Öfchen. Noch zwei Stunden, dann ist es dunkel. Finde nirgends Kerzen. Mein Magen knurrt. Nichts Eßbares hier, nur zwei verstaubte Flaschen Sanddorn. Muß morgen früh rüber ins Dorf zum Konsum. Das Fahrrad hat hinten einen Platten. Die Batterien vom Kofferradio sind ausgelaufen. Will sie auf keinen Fall ersetzen, nichts hören, nur die Stille, die Stille aushalten lernen, wie Friedrich meinte, als er mir den Schlüssel gab. „Du mußt dir dort gar nichts mehr ausdenken. Schreib nur, was du siehst. Alles kommt zu dir."

Als ob das Holz erwacht, es räkelt sich seufzend, genau wie Friedrich gesagt hat: „Das Haus wird dich begrüßen."

Samstag, 2.9., Vormittag

Letzte Nacht zum Lüften alles offen gelassen, auch den schweren Vorhang, der das riesige Eisenbett vom Raum trennt. Irgendwann aufgewacht und gesehen, wie der Vorhang sich im Mondlicht sachte bewegt. Ahne allmählich, warum die Leute bei Friedrichs Lesungen leise lächeln.

Schon um sechs putzmunter. Wollte für draußen die Badehose anziehen, ließ es dann. Gleich hinterm Haus beginnt der Wald, und die Büsche und Bäume des Gartens stehen zum Feld wie ein Wall, erst jenseits, vom Feldrand, sieht man das Dorf. Die Sonne wärmte schon. Das Gras war noch feucht.

Hinterm Schuppen Zwiebeln und Schnittlauch entdeckt. Unkraut rausgerissen und jedem Gartenbaum zwei Eimer Wasser gebracht. Dann ins Dorf. Es ist doch weiter weg, als es aussieht, zu Fuß gut zehn Minuten. Am Wegrand Mohn.

Mausfeld hat höchstens zwei Dutzend Häuser und nicht mal eine Kneipe. Der Konsum ist winzig und riecht nach Backpulver. Die Verkäuferin ist dick, rosig und gesund, nicht wie die fetten Weiber in der Stadt. Ich war verblüfft. „Sie sind Michael? Friedrich hat mich angerufen. Ich bin Frau Donath." Konserven gekauft, Spiritus für den Kocher, Brot, Mocca-Fix, Marmelade und drei Flaschen Gamza. Zum Schluß war es so viel Krempel, daß sie mir ihren Handwagen anbot. „Friedrich nimmt ihn auch immer." Interessant. Wieso hat er nie von ihr erzählt? Kerzen hatte sie bloß noch zehn Stück, und als ich nach Flickzeug fragte, rief sie ins Lager. Ich dachte erst, er sei ein Mädchen, vielleicht wegen des weißen Kittels, oder weil er so sanft hereinkam mit seinem schwarzen Pferdeschwanz, ihr Neffe, höchstens fünfzehn. „Gibst du dem jungen Mann was von deinem Flickzeug ab?" Er holte es von hinten. Sie half mir noch, vor der Tür den Handwagen zu beladen, und fragte sehr vertraulich: „Wie geht's denn dem Friedrich?"

Ich war unsicher, wie gut sie ihn kennt, und sagte nur: „Na ja, bei allem, was so passiert ..."

Sie nickte, diesen stummen Schmerz im Gesicht. Zum Schluß rief sie mir noch hinterher, daß Montag Quark kommt, ob sie was wegstellen soll.

Traumartige Gelöstheit. Erst halb elf. Der Tag dehnt sich behaglich vor mir aus. Das Kaffeewasser blubbert leise. Ich will mich in die Sonne legen und lesen.

Nachtrag, Kerzenlicht

Der kleine Neffe tauchte nachmittags auf. Manuel. Er kam mit einem Klapprad. Die drolligen Räder, der bis zum Gehtnichtmehr hochgestellte Sattel, seine abgeschnittenen Cordhosen und die Jesuslatschen – alles machte seine langen braunen Beine noch länger. Er ist ein Stück größer als ich und angeblich doch schon siebzehn. „Meine Tante meint, ich soll fragen, ob ich mich nützlich machen kann." Das fand ich etwas seltsam. Auch, wie er sich bewegte, wie jemand mit Hausrecht. Er setzte sich zu mir auf die Bank. „Sind Sie auch Schriftsteller?" Wie jedesmal bei dieser Frage wackelte ich nur unbestimmt mit dem Kopf. Aus der Nähe sah ich, daß er sich schon rasiert. Zuerst fühlte mich gestört und fand ihn aufdringlich, aber vielleicht fürchtete ich mich bloß vor ihm, wußte nicht, wie ich mich verhalten soll.

„Und, haben Sie wieder Luft?"

Ich bat ihn, mich nicht zu siezen. „Friedrich helfe ich auch immer", erklärte er munter und holte mein Fahrrad. Er scheint sich wirklich gut auszukennen, hat im Schuppen gleich das richtige Werkzeug gefunden und eine Schüssel voll Wasser gelassen. Ich blieb auf meiner Bank und tat so, als ob ich lese. Er kauerte auf der Schwelle, das ausgebaute Hinterrad zwischen den braunen Beinen. Irgendwann hängte er sein Fleischerhemd in den Pflaumenbaum. Sein Körper ist fast so braun wie die Beine, der Bauch lang und flach, diese Cordhose eigentlich bloß noch ein Fetzen. Er machte mich so verlegen, wie er da fast nackt und selbstvergessen hantierte, daß ich irgendwas sagen wollte. Aber mir fiel partout nichts ein. „Nur ein kleines Loch", rief er und hielt den nassen Schlauch hoch. Ich fragte, ob er ein Glas Rotwein mittrinkt. Er wollte nichts, auch keinen Kaffee, hängte den Schlauch neben sein Hemd in den Baum, und seine Haut hatte denselben rotbraunen Ton wie der frische Flicken, als hätte er ein Stück von sich selbst geopfert.

Während der Kleber trocknete, saß er wieder neben mir. Er ist aus Karl-Marx-Stadt. Hört man nicht. „Ein bißchen schon", meinte er, „wenn man richtig hören kann." Er streckte seine Beine aus und verschränkte die Arme hinterm Kopf. In seiner Achselhöhle hing ein Schweißtropfen. Er kommt jeden Sommer als Ferienhelfer zu seiner Tante, und ab September geht er zur EOS. Als ich mich wunderte, der September hätte doch schon angefangen, sagte er nur: „Aber ich hab keine Lust." Angeblich findet seine Mutter das in Ordnung, daß er noch in Mausfeld bleibt. Irgendwas ist an der Geschichte faul. „Warum kommt Friedrich nicht?" fragte er. Ich log, Friedrich sei beruflich unterwegs. „Im Westen?" fragte der Junge. Und als ich nicht antwortete, sagte er: „Darf er ja schon lange, nicht? Dann kommt er auch zurück." Er schielte dauernd nach meinem Buch auf der Bank. Ich gab es ihm. Er schlug es auf, las den Klappentext und legte es kommentarlos wieder weg. Ich wußte es nicht mehr und habe eben nachgeschaut: Schon in der dritten Zeile ist von den „homosexuellen Neigungen" des Arztes Fadigati die Rede.

Irgendwann hat er das Hinterrad eingesetzt und aufgepumpt. „Hält hundert Jahre." Sein Körper tauchte wieder ins Fleischerhemd. Will ich ihn? Dumme Frage. Ich würde mich nur lächerlich machen.

Sonntag, 3. September

Bis eben mit Manuel zusammen. Die Landschaft dampft noch vom Gewitter. Solche Blitze gibt es nicht in der Stadt.

Er kam nachmittags, mit einem Campingbeutel, in schlotternden GST-Hosen und Turnschuhen. Da waren schon Wolken aufgezogen, die rasch immer dunkler wurden. Nach der EOS macht er drei Jahre Fahne, sagt er, wegen des Studiums, Chemie. Unheimlich: Wie ein Planspiel liegen seine nächsten zehn Jahre vor ihm. Und ich weiß nicht mal, was bis zum Winter wird.

„Ich hab dir was mitgebracht", war das erste, was er sagte. Eine Petroleumlampe, nagelneu, nur ein bißchen staubig. Tomaten aus Tantchens Garten. Und eine Handvoll Kräuter, unterwegs gepflückt, er goß sie gleich mit heißem Wasser auf. Erfrischend. Dann verzog er sich und fing an, im Schuppen aufzuräumen. Ich hörte ihn Holz hacken und konnte mich nicht auf Bassani konzentrieren. Es störte mich, daß er wieder einfach so aufgetaucht war. Er hat einen Haufen Holz neben dem eisernen Ofen gestapelt. Irgendwann fragte er mich, ob ich was von der Gegend sehen will. Die Wolkengebirge waren schon schwarz, als wir losradelten, er vorneweg, durch den Wald. Eine Blindschleiche huschte vom Weg. Wir kamen zu einem Teich und lehnten die Fahrräder an eine Kiefer. Zum Baden fand ich es zu ungemütlich. Wir hockten am Ufer. Das Wasser sah dunkelbraun aus. „Es ist sehr tief", sagte er. „Soll mal ein Pferd drin ertrunken sein."

„Pferde können doch schwimmen."

„Eigentlich schon. Weiß nicht. Vielleicht war's in Wahrheit 'ne Kuh?"

Wir lachten, und er stieß mich dabei vor die Brust. Ich ließ mich ins Gras fallen. Er lag neben mir. Ich hörte ihn atmen. Im selben Moment schlug der erste Blitz ein, keine dreißig Meter von uns, am anderen Ufer. Ich wollte nur noch weg, strampelte wie ein Verrückter, und Manuel, trotz seiner kleinen Räder, blieb dicht hinter mir. Er juchzte. Es begann wie aus Kannen zu gießen. Klatschnaß und frierend kamen wir zur Hütte zurück. Ich staunte, daß sie überhaupt noch steht. Seine Zähne klapperten, aber er lachte. „Kann ich noch ein bißchen bleiben?" fragte er. Im Nu brachte er den Ofen in Gang. Wir zogen uns aus und hängten die Sachen zum Trocknen. Mit seiner grünen Unterhose wartete er, bis ich völlig nackt war. Ich holte uns Handtücher und schielte nach seinem Schwanz: vor Kälte klein und dunkel, mit Vorhaut. Wir saßen wie die Sioux auf den Dielen vor dem Ofen, jeder bis zum Hals in einer Decke. Manuel machte seinen Pferdeschwanz auf, den Gummi schlang er sich ums Handgelenk und fragte nach einem Kamm. „Aber vorsichtig", sagte er, dann durfte ich ihn kämmen. Er schloß die Augen dabei. Sein Haar ist sehr kräftig. Ich fragte mich, ob er weiß, was das bedeutet, drei Jahre Armee. Ich probierte verschiedene Frisuren und Scheitel, er hielt tapfer still. „Das macht meine Mutter auch gerne", sagte er.

Das Trommeln des Regens aufs Dach wurde schwächer. Manuel stand auf, mußte auf einmal angeblich los. Ich nahm ihm die Decke von den Schultern wie einem König seinen Mantel. Er drehte sich zu mir um, fast heftig, und seine Augen waren riesengroß. Er atmete in kurzen Stößen, durch die Nase, die Lippen zusammengepreßt. Ich wollte mich ebenfalls aus meiner Decke wickeln, aber er hielt meine Hand fest und schüttelte den Kopf. Dann zog er sich hastig an. Das

Schweigen brannte zwischen uns. Ich verzog mich frustriert in die hinterste Ecke, bis er fertig war, sich seine Turnschuhe um den Hals hängte und die Tür aufstieß. Er nahm sein Rad. Der Garten stand unter Wasser, es reichte ihm bis an die Knöchel und schmatzte bei jedem Schritt. Er krempelte seine Hosenbeine hoch, wobei ihm das Fahrrad umfiel. Ich stand auf der Schwelle und wollte irgend etwas sagen, war aber wie zugeschnürt. Er hob das Rad auf und kam noch mal zur Tür. „Morgen, ja?" Dann fuhr er los, so schnell der aufgeweichte Boden es zuließ. Der Regen hatte aufgehört. Ich lief zum Feldrand und sah ihn auf dem Weg zum Dorf immer kleiner werden. Seine Decke war noch warm.

Montag

Denke unentwegt an ihn. Wenn er der Tante hilft, bis der Konsum schließt, kommt er vielleicht erst gegen halb acht. Noch fünf Stunden.

Nachts geträumt, wir erwachen gleichzeitig, jeder in seinem Haus, und laufen los, ein bißchen wie Schlafwandler. Auf halber Strecke treffen wir uns, mit ausgestreckten Armen und geschlossenen Augen, mitten auf dem freien Feld. Den Weg gab es nicht in meinem Traum.

Die Sonne versteckt sich heute. Ich will noch saubermachen und zwei Dachziegel auswechseln, wo gestern nach dem Regen an der Decke ein nasser Fleck entstanden ist.

Nachtrag

Es wird schon dunkel. Was mache ich, wenn er nicht kommt? Läßt ihn die Tante vielleicht nicht weg? Wieder so ausgeliefert zu sein: Ich hasse diesen Zustand!

Dienstag, 5.9.89

Er kam und kam nicht. Mit der Petroleumlampe rüber in den Schuppen und wieder Holz gehackt, vor allem, um Manuel aus dem Kopf zu kriegen. Als ich ins Haus zurückkam, beladen mit Scheiten, saß er da, im Dunkeln, am Boden, genau wie Sonntag, die Decke um die Schultern, als hätte er unseren Film nur zurückgespult. Seine Sachen hingen überm Stuhl. Ich muß ihn angestarrt haben wie einen Geist. „Freust du dich?" fragte er und stand auf. Ich schmiß das Holz neben den Ofen und nahm ihm wieder die Decke ab, doch diesmal von vorn, und er schlang seine Arme um meinen Hals. Er roch anders als Sonntag, frisch geduscht. Sein Schwanz drückte gegen meinen Hosenbund. Ich zog mein T-Shirt aus und fühlte unterm Nabel seine warme Eichel. Er rieb sich an mir, und daß er gekommen war, merkte ich erst, als sein Samen meinen Bauch runterlief.

„Das kommt davon", meinte er und ließ mich los. Was käme wovon, fragte ich.

„Ich hab's mir jeden Tag selber gemacht. Den ganzen Sommer über. Mindestens drei-, viermal. Und seit Sonntag gar nicht mehr."

Ich schwieg, verblüfft von seiner Offenheit.

Manuel wurde sehr geschäftig, ich glaube, er ist so beschaffen, muß unentwegt irgendwas Nützliches tun. Zuerst sprang er hinaus und brachte aus dem Schuppen die Lampe. Ich dachte, jetzt zieht er sich an, aber er holte aus seinem Campingbeutel einen kleinen Topf mit Hühnerfrikassee und stellte ihn auf den Kocher. „Sie macht immer zuviel, wenn ich da bin", sagte er und grinste, als ich mich hinterm Hosenbund kratzte, weil sein Samen juckte. Ich zog mich auch aus. Ob die Tante weiß, daß er hier ist, fragte ich. Er nickte vage, und ich ließ es dabei bewenden.

Nach dem Essen legte er Holz nach und stand neben meinem Stuhl, betastete meine Brust und meinen Bauch wie ein behutsamer Kinderarzt. Sein Schwanz war wieder steif, ich klemmte ihn in meine Achselhöhle. Er küßte mich, schob mir als erster die Zunge in den Mund. Seine Lippen sind sehr weich. Wir stolperten zum Bett.

Stimmung wie unter Aponeuron. Merke beim Schreiben, daß es mir vorkommt, als ob ich noch viel akribischer werden muß, mehr ins Detail gehen, als verspräche es Vergewisserung, daß alles wirklich geschehen ist.

Ich habe schnell gespürt, was er wollte: alles nachmachen. Es war wie ein Spiel. Faßte ich ihm zwischen die Beine, faßte er mir zwischen die Beine und wartete, was ich als nächstes tue. Ich streichelte ihn, grub mein Gesicht zwischen seine Schenkel, umschlang seinen Hintern. Als ich seine Eier leckte, zitterten ihm die Knie. Sein Schwanz zuckte in meiner Hand. Ich nahm ihn in den Mund.

Manuel wurde starr und hielt meinen Kopf fest, während ich langsam weitermachte und genau aufpaßte, was mit ihm vorging. Er schob mich weg und kniete sich hin. Erst küßte er meine Eichel, fast feierlich, stöhnte auf, und ich faßte zu ihm runter und merkte, wie sein Ständer noch weiter wuchs und seine Bauchdecke hart wurde wie ein Brett. Irgendwann öffnete er die Lippen, stülpte sie über mich, und im selben Moment bäumte sich sein Schwanz auf, stieß wild ins Leere, bis er meine Hand fand.

Mittwoch

Die Sonne scheint wieder. Dieser maßlose Himmel von früh bis spät macht einen besoffen. Den halben Tag verschlafen. Nachts dreimal davon aufgewacht, daß Manuel meinen Schwanz lutscht. Ich weiß gar nicht mehr, wie oft er abgespritzt hat. Fühlte mich etwas zerschlagen, als er sich morgens aufs Rad schwang, fröhlich und frisch, abgesehen von den kleinen Schatten unter seinen Augen, wie gezeichnet.

Eben aus drei Dachlatten ein Gestänge gezimmert, das aussieht wie ein Indianerzelt ohne Plane. Ich kann aufrecht darunter stehen und mit dem Gartenschlauch duschen, wenn ich mich abkühlen will. Manchmal gehe ich einfach nur so mit bloßen Füßen durchs Haus, um das warme Holz der Dielen zu spüren. Meine Uhr ist stehengeblieben. Ich trage sie nicht mehr. Es gibt nur noch ein Zeitmaß. Bei Sonnenuntergang kommt Manuel.

Donnerstagmorgen

Bevor er ins Dorf mußte, zusammen unterm Schlauch geduscht und herumgealbert. Er scheint es zu mögen, wenn ich ihn fest umarme. Eines Tages, sollte ich jemals wirklich beschreiben können, was der Anblick der Morgensonne auf Manuels nasser Haut auszulösen vermag, werde ich ein guter Schriftsteller sein.

Ich leckte sein Loch. Sein Schwanz reagierte sofort, doch er schob mich weg und lief ins Haus, um sich anzuziehen.

Als ich ihm sagte, daß ich Sonnabend Geburtstag habe, freute er sich – „wie ein Kind", hätte ich fast geschrieben. Als er aber hörte, daß wir nicht allein sein werden, spürte ich seine Enttäuschung. Ich machte mich ein bißchen über ihn lustig, schwärmte von Fabios wilden, schwarzen Locken, von seinem kubanischen Vater. „Er wird dir gefallen!"

Manuel schnaufte unwillig. Ist er eifersüchtig? Ich erklärte ihm, daß Fabio und ich ein Paar gewesen sind und daß Fabio jetzt Stephan mitbringt.

„O Mann", sagte er.

„Was meinst du? Das Durcheinander?"

„Weiß nicht. Ja."

„Ist doch schön, das Durcheinander."

„Weiß nicht. Vielleicht."

Nachts hat uns ein Igel besucht. Das Rascheln erschreckte mich. Manuel lachte. Wir saßen auf der Bank vorm Haus. Er zog sein Turnhemd aus, brachte darin das kleine Tier, legte mir die atmende Kugel in den Schoß. Ich befühlte die Stacheln. „Denkst du manchmal ans Weggehen?" fragte er plötzlich.

„Manchmal, ja." Ich zögerte, wußte nicht, was das Ausbluten für ihn bedeutet. „Aber ich bleibe. Hier kenne ich mich aus. Was soll ich drüben? Und du?"

Er tat, als hätte er meine Frage nicht gehört, und schob mir seine Zunge ins Ohr. Im Bett erklärte er, ein bißchen umständlich, ich sei morgen abend bei der Tante eingeladen, zum Essen. Ich fragte: „Will sie mir auf'n Zahn fühlen?"

„Auf was für 'n Zahn?" kam es ganz arglos zurück. Immer, wenn ich wissen will, ob sie ihn nach mir fragt, weicht er aus.

Das Schönste ist, ihn ganz absichtslos nackt zu sehen. Wenn er durch den Raum geht oder im Garten liegt. Die Wölbung seines Hinterns, die Muskeln seiner Schultern, das schwere Schaukeln seines Schwanzes. Es erregt ihn, daß ich ihn beobachte, und sobald er nur ein bißchen erregt ist, rutscht seine Vorhaut von selbst zurück.

Bevor wir zusammen duschten, saß er auf der Bettkante, breitbeinig, seinen steifen Schwanz in der Hand, und schaute mich eigenartig an. Ich kam vom Pinkeln, ging zu ihm, aber er wollte, daß ich vor ihm stehenbleibe. Er spielte an sich herum, spuckte sich in die Hand. Wir wichsten, jeder für sich, und es fiel mir schwer, ihm dabei in die Augen zu schauen, obwohl ich spürte, daß er genau das suchte. Beim Abspritzen warf er den Kopf in den Nacken, und ich kam auch.

Als er auf sein Rad stieg, sagte er: „Ich hab mich vorhin so gesehnt. Daß du mich anfaßt."

„Warum durfte ich nicht?" fragte ich.

Er sagte: „Und was mach ich dann in Karl-Marx-Stadt?"

Freitag, 8. Sept.

Früh nach Jüterbog geradelt, zwei Stunden hin, zwei zurück, um nicht nachher mit irgendeinem komischen Konfekt aus ihrem eigenen Konsum vor der Tante zu erscheinen. Im Delikat eine große Büchse Ananas gekauft. Spüre den Muskelkater schon. Allein am Teich gewesen, lange geschwommen. Nehme ab. Mein Körper fühlt sich fester an als sonst, irgendwie mehr bei sich, bei mir.

Bin gespannt auf die Tante. Manuel hat schon angekündigt, daß er heute zum Schlafen im Dorf bleibt. Will er nicht, daß sie uns zusammen losgehen sieht? Weiß sie doch noch nichts?

Samstagvormittag

Die Tante trug Rock und Bluse, ich hätte sie fast nicht erkannt. Manuel saß artig bei uns, in einem weißen, kragenlosen Hemd, bis oben zugeknöpft. Ich fand mich sehr verlottert. Die Büchse Ananas kam gut an. Es gab Sauerbraten, mit richtigen Klößen, von Manuel gerieben – daher wohl das Pflaster am Finger. Was ich denn zu Hause esse, fragte sie, wir Schriftsteller wären doch immer so verwahrlost. Als ich von Quark mit Leinöl sprach, geriet sie regelrecht in Verzückung. Bloß bekäme sie hier nie Leinöl. „Ist eben nicht Berlin", sagte sie.

Vorhin gleich zur Telefonzelle geradelt und Fabio aus dem Bett geklingelt, daß er Leinöl mitbringt, soviel er kriegen kann. Er klang irgendwie überdreht, künstlich munter. Um eins fahren sie los.

Nach der zweiten Flasche Grauer Mönch gab mir Manuel die Hand und ließ „die Erwachsenen alleine", wie er sagte. Die Tante bekam einen Kuß. „Ja, ich hab den Friedrich auch sehr gerne", seufzte sie, als Manuel aus der Tür war. Sind meine Blicke so eindeutig? Irgendwann bot sie mir das Du an. Martha. Ich versuchte, sie zu überreden, daß sie zum Geburtstag rüberkommt, wenigstens zum Kaffee. Aber sie will nicht. Vielleicht wegen Fabio und Stephan. „So viele hübsche junge Männer und ich dicke alte Frau ..." Sie ist zweiundvierzig.

Als ich zur Hütte kam, tappelte wieder der Igel an der Bank vorbei. Käse für ihn rausgelegt.

Sonntag, 10. September '89

Lieber Gott, laß meine Geburtstage alle so sein! Leider etwas verkatert, vom Sekt und vielleicht von der neuen Zahl. Siebenundzwanzig, ein fremdes, lebloses Wort. Sechsundzwanzig mochte ich lieber, schon wegen der runden, bauchigen Sechs. Habe den Tisch in den Garten geräumt. Genieße das Alleinsein. Manuel ist mit den Gästen Pilze suchen, er kennt Stellen. Als sie gestern nachmittag kamen, war er schon hier, und ich spürte seine Befangenheit.

Stephan ist weg. Es tut weh, obwohl ich ihn nicht mal besonders mochte. Mochte? Als ob er tot wäre. Fabio hat einen jüngeren Typen mit, Rainer. Ich fragte nicht, was mit Stephan ist. Seltsam, Knötter hier im Garten stehen zu haben, wie aus einer anderen Welt. Manuel fand den Namen Knötter sehr komisch, überhaupt, einem Trabi Namen zu geben. Rainer ist klein und muskelbepackt, Kreismeister im Geräteturnen oder so. Gefällt mir sehr, obwohl er ganz anders ist als Manuel. Haare wie ein Skin, trägt auch Springerstiefel, idiotisch bei der Wärme. Fabio hat zehn Flaschen Leinöl mitgebracht.

Mit Knötter zum Teich. Zu viele Mücken. Nicht lange geblieben, nur gebadet. „Mensch, ick zieh ooch nach Mausfeld", stöhnte Fabio, als Manuel sich auszog. Auch Rainers Blicke sprachen Bände, und er wandte sich von uns weg, um seine Erektion zu verbergen. Manuel, plötzlich gar nicht mehr befangen, drehte Rainer um, präsentierte ihn wie auf dem Markt. Sein Schwanz ist sehr dick und ein bißchen zur Seite gebogen, hell und beschnitten. Zum Schluß hatten wir alle einen Ständer, aber keiner versteckte sich mehr, auch Manuel nicht. Ohne daß etwas passiert wäre, herrschte hinterher eine zärtliche Vertrautheit; ich glaube, jeder wartete auf die Nacht.

Aus dem Wald einen Riesenhaufen trockener Äste zusammengetragen und abends im Garten Feuer gemacht. Kartoffeln in die Glut gelegt. Peinlich: Tante Martha hat Manuel eine Torte für uns mitgegeben, selbstgebacken – Ananas!

„So viele Sterne", schwärmte Rainer immer wieder. Sein Kopf lag in Manuels Schoß, und er ließ sich mit Kartoffelstücken füttern; vorher mußte Manuel pusten. „Gehn wir noch ein Stück?" flüsterte Fabio mir zu.

Im Wald wollte er wissen, ob sich Manuel ficken läßt. Ich wisse es noch nicht, sagte ich. „Rainer will ständig", maulte er, „aber ich darf ihn nie." Und dann: „Ja, Mensch, mit uns beiden, das war großartig." Er legte mir den Arm um die Schulter, und schließlich sprach er von Stephan. „Sie müssen ihn quasi über Nacht rausgelassen haben. Ich fiel aus allen Wolken, als er anrief, aus Mannheim."

Wir schwiegen, dicht beieinander.

Plötzlich küßte er mich und drückte sein Knie zwischen meine Beine. Seine Locken rochen nach Rauch. „Ich komm' mir vor wie 'ne Laborratte", sagte er heiser, „ficken, ficken ... Als würde davon alles wieder gut."

Ich knöpfte ihm die Jeans auf. Das Moos war noch warm. Ich hatte vergessen, wie unnachgiebig sein Schwanz sein konnte. Wir zogen uns aus, sogar die Schuhe. Er war hastig und grob, aber ich ließ ihn. Es ging schnell. Wir kamen fast gleichzeitig. „Alles Liebe zum Geburtstag!" Er leckte mein Sperma von meiner Brust. Ich wollte ihn noch nicht weglassen, hielt ihn mit meinen Beinen fest.

Ein Käuzchen schrie. Zeit verging. Irgendwann flüsterte er mir ins Ohr: „Danke, daß es dich gibt." Ich schwieg.

Sein Schwanz wurde wieder hart in mir. Diesmal dauerte es lange. Ich verstand nicht mehr, warum wir uns überhaupt getrennt hatten. Ich konzentrierte mich und spürte seinen Samen, als er kam.

Es war Fabios Idee, nackt zurückzugehen. Als wir Manuel und Rainer am Feuer sitzen sahen, sagte Fabio leise zu mir: „Trotz allem, ist es nicht das Paradies?"

Manuels Hand lag unter Rainers T-Shirt, sonst war alles unverändert. „Ach, interessant", rief Rainer, als er uns erblickte. Manuel hielt ihm lachend den Mund zu. Ich küßte beide auf die Stirn, doch Manuel hielt mir seine Lippen hin. Wir köpften noch eine Flasche Rotkäppchen, starrten ins heruntergebrannte Feuer und lauschten dem Nachtleben des Waldes.

Manuel ging als erster nach drinnen, gefolgt von Rainer. Fabio pißte in die Glut. Ich versuchte mir vorzustellen, was in der Hütte passiert, und sah, daß auch Fabio schon wieder geil war. Wir grinsten uns an.

Es war schmerzhaft und erregend zugleich, Manuel zu sehen, ohne Hemd, bäuchlings auf dem Bett, die Hose in den Kniekehlen, und über ihm Rainer, mit rotem Gesicht, seinen Schwanz gegen Manuels Hintern gepreßt. Fabio, wie ein behutsamer Zeremonienmeister, holte die Tube Baby-Milk aus seiner Jacke, aber Manuel stemmte sich hoch und stand vom Bett auf. Wir halfen den beiden, sich aus ihren Hosen zu strampeln. Ich suchte Manuels Blick, doch er wich mir aus und setzte sich plötzlich mit hochgezogenen Knien aufs Bett, an die Wand gelehnt. Er beobachtete mich genau, als ich anfing, Rainers Schwanz zu lutschen.

Rainer schob mir zwei Finger in den Arsch und merkte, was im Wald passiert war. Er stöhnte und wollte mich auf den Bauch drehen; ich wollte es auch, aber nicht jetzt, nicht vor Manuel. Fabio, mein kluger Fabio, erfaßte sofort die Situation, robbte zur Wand und nahm Manuels Schwanz in den Mund. Es schmatzte so laut, daß alle lachen mußten. Rainer kniete hinter Fabio und schraubte die Tube auf. Manuels Lippen öffneten sich stumm, als Rainer in Fabio eindrang. Ich schob meinen Kopf zwischen die Schenkel der beiden. Rainers Eier glitten über mein Gesicht. Ich merkte, wie Fabio darum kämpfte, noch einmal abzuspritzen, und als Rainer fertig war, löste ich ihn ab. Fabios Loch troff von Rainers Sperma. Manuels Blick wurde dunkel, als er mich in Fabio hineinstoßen sah, und er gab keinen Mucks von sich, als er soweit war; ich hörte Fabio gierig schlucken. Manuel beugte sich über Fabios schweißnassen Rücken zu mir, und wir küßten uns, bis ich auch kommen konnte. Dieser lange, verzweifelte Kuß fühlte sich an wie ein Versprechen.

Sonnenuntergang

Alle sind weg, leider auch mein Manuel; er behauptete, einen Anruf seiner Mutter zu erwarten. Ich sehne mich nach ihm, aber das Alleinsein ist jetzt trotzdem schön. Die drei sahen aus wie die Wildschweine, als sie aus dem Wald kamen, gerade mal mit drei oder vier mickrigen Maronen. Hatten sie Sex im Wald? Ich muß es nicht wissen. Wir warfen die Schlauchdusche an, seiften uns gegenseitig ein und wichsten noch mal zusammen; es war wie ein Abschiedsritual. Danach knötterten sie erschöpft vom Hof. Fabio hat die Tube hier liegen lassen, mit bedeutungsvoller Miene. Manuel stand dabei und wurde rot.

Bin ich glücklich?

Montag, 11., Nacht

Manuel schläft. Ich habe gleich gespürt, daß irgendwas nicht stimmt, als er am Abend herkam. Aber er meinte, es sei nichts. Ich ahne, daß es irgendwie mit seinem Telefonat gestern zu tun hat. Spaghetti gekocht. Er wollte Rotwein, trank viel. Wir sprachen über die Tante, und er fragte, ob ich denn Tomaten auf den Augen hätte. Mein Freund Friedrich und Martha Donath: Auch sie schläft manches Mal hier im Holzhaus. Jetzt, wo Manuel es ausgesprochen hat, finde ich es auf eine wunderbare Weise richtig.

Nach dem Essen zog er sich aus, eine ungewohnte Traurigkeit im Gesicht, und legte sich wortlos aufs Bett. Alles erinnerte mich an unsere erste Nacht.

Als ich zu ihm ging, hatte er die Tube neben sich liegen, und ich geriet plötzlich völlig außer Kontrolle. Schäme mich deswegen. Hätte mir gewünscht, daß sein erstes Mal anders läuft. Aber vielleicht war es gut so. Es konnte nicht schnell genug gehen. Ich habe mir nur die Hose aufgemacht. Er hat leise gezischt, erst zum Schluß fing er an zu stöhnen, mit hochgerecktem Hintern, so daß ich seinen Schwanz zu fassen bekam. Er drehte den Kopf nach hinten, um mich zu küssen, und als ich dabei rausrutschte, holte er mich wieder rein. Ich fürchte, sie haben uns bis ins Dorf gehört. Ich kam rasch; er wollte noch nicht.

Ich war etwas wackelig, als ich mich auszog. Manuel lag auf der Seite und betastete nachdenklich sein Loch. Wie schön er war. Es war kaum auszuhalten. Ich holte unsere Gläser ans Bett.

Später wollte er den Spieß umdrehen, ich merkte es an seiner Art, mich anzufassen. Ich leckte seinen Bauch und seine Schenkel. Sein Schwanz war nicht schlaff geworden. Ich wollte ihn dabei sehen und umarmen. Nachdem er in mich eingedrungen war, mit einem mühelosen Ruck, schaute er mir ins Gesicht. Sein Mund zuckte. Er umklammerte mich keuchend und begann sich zu bewegen.

Jetzt höre ich ihn neben mir atmen und habe Angst, daß es schlimm sein wird, wenn unsere Zeit hier zu Ende geht. Ich bin nicht sicher, aber ich glaube, ich stammelte vorhin etwas von Liebe. Er schrie auf und preßte sich tief in mich hinein.

Hinterher fragte ich wieder, was mit ihm los ist, doch er sagte nur, er sei plötzlich so müde, der Wein. Gleich lösche ich die Funzel und lege mich zu ihm. Hätte ich nur mehr als zwei Arme!

Berlin, Dienstag, 12. September

Ein Alptraum. Aus der besten aller Welten verjagt, zurück in dieser dumpfen, fiebernden Stadt, meinem modrigen Hinterhaus. Bin wie betäubt.

Als es hell wurde, stand Manuel auf und zog sich eilig an. Es glich einer Flucht. „Ich nehme nachher den Bus", sagte er. „Meine Mutter erwartet mich zu Hause." Es war grotesk: Wir gaben uns zum Abschied die Hand. Manuel sah mich dabei nicht an. Auf keinen Fall durfte ich ihn begleiten.

Um acht aufs Feld rausgerannt und von weitem gesehen, wie er mit seinem Koffer in den Bus steigt. Auf meiner Haut ist überall noch sein Geruch. Kaum war der Bus weg, wußte ich, daß ich keinen Tag länger in Mausfeld bleibe. Rüber zur Tante. Sie war ganz blaß und verheult. „Meine Schwester packt. Die Ungarn haben die Grenze aufgemacht."

Sie verstand sofort, daß ich nach Hause will, hat den Laden abgeschlossen und ein Schild ins Fenster gehängt. Wir holten mit ihrem Wartburg meine Sachen aus der Hütte und fuhren nach Jüterbog. Im Auto kein Wort, wir wären fast erstickt an diesem Schweigen. Zum Schluß haben wir uns umarmt.

Eben vom Bahnhof Lichtenberg versucht, Fabio anzurufen, aber die Münzer waren wieder alle kaputt. Gehe jetzt zu ihm. Ich hoffe wie noch nie im Leben, daß Fabio zu Hause ist.

Jan Stressenreuter

MachoMan.bln

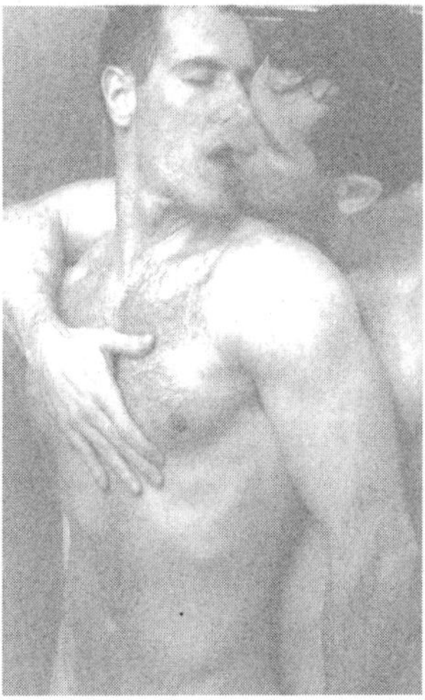

Björn lernte Udo auf einer Beerdigung kennen. Vor zehn Jahren oder so. Damals gehörte es einfach zum guten Ton, wenigstens drei- bis viermal im Jahr bei einem Begräbnis gewesen zu sein. In Köln hätte man den Melatenfriedhof in den Spartacus als „Cruising Area" aufnehmen können. Sie starben wie die Fliegen, weil es noch keine Dreierkombi gab. Fast ein gesellschaftlicher Makel, niemanden zu kennen, den es auch erwischt hatte. Für die Aids-Toten gab es sogar eine spezielle Gruft, so eine Art Urnen-Massengrab.

Klaus – der Mann, den sie beerdigten – war ein Bekannter von Björn gewesen, sie hatten im selben schwulen Sportclub ab und zu Squash gespielt. Er hatte ihn nicht sehr gut gekannt, sie waren nur einmal miteinander in der Kiste gelandet, und das war ziemlich öde gewesen, weil Klaus nur auf Vanillesex stand. Kuschel, kuschel, knutsch, knutsch, streichel, streichel. Björn hätte fast keinen hochgekriegt. Dabei sah Klaus richtig scharf aus, jedenfalls damals: geile, behaarte Fickfresse, muskulös, kurze, dunkle Haare, großer

Schwanz mit einem kleinen Rechtsdrall. Aber so kann man sich täuschen.

Hinterher, nach einem mühseligen, krampfigen Abspritzen – Klaus hatte alles schön säuberlich mit einem Tempotuch abgeputzt und im Klo entsorgt –, hatte Björn auch noch den Fehler gemacht und Konversation betrieben. Währenddessen hatte Klaus Jasmintee gekocht und Vangelis aufgelegt. Vangelis! Wäre es ein anderer Typ gewesen, hätte Björn zumindest nichts gegen den Jasmintee einzuwenden gehabt. Den hätte er ihm zwanzig Minuten später wieder schön ins Maul pissen können. Aber Vangelis war wirklich zuviel des Guten! Nach einer halben Stunde machte sich Björn aus dem Staub und verbuchte das Ganze unter Notnummer. Außer Squash hatten sie sowieso nichts gemein, noch nicht einmal ein paar Bekannte, über die man hätte lästern können.

Deshalb langweilte Björn sich auch auf dieser Beerdigung. Es war kaum jemand da, den er kannte, und die Trauerfeier an sich lief nach einem ihm mittlerweile nur allzu bekannten Schema ab: erstes Lied Gloria Gaynor *I Am What I Am*, danach Ansprache eines Pfarrers oder Freundes, zweites Lied Whitney Houston *I Will Always Love You* – mit garantiertem Zusammenbruch des Freundes, so vorhanden – und dann ab in die Grube. Ein besonderes Gespür für Originalität konnte man Klaus damit wirklich nicht nachsagen.

In den vorderen zwei Reihen saßen Klaus' Familienangehörige, alle in schwarzen Anzügen und Kleidern, und versuchten, ein angemessenes Maß an Trauer an den Tag zu legen. Allerdings war ihnen anzumerken, dass sie unsicher waren, was in diesem Zusammenhang als angemessen bezeichnet werden konnte, vor allen Dingen, da die Worte „schwul" und „Aids" Tabu waren. Von der eigentlichen Todesursache war während der Trauerfeier daher auch keine Rede. Ein junges Leben war durch „eine schwere Krankheit aus dem Kreise seiner Lieben" gerissen worden. Bla, bla, blub.

Bohrende Blicke der Verwandtschaft nach hinten gaben der Empörung darüber Ausdruck, dass sich tatsächlich einige schwule Freunde auf diese Beerdigung getraut hatten. Björn zog genervt die Augenbrauen hoch. Auch dieses Verhaltensmuster war mittlerweile gut bekannt: Im Tod nimmt die Familie den ausgestoßenen Sohn wieder in ihre Mitte auf, und wehe, der schwule Freundeskreis kommt ihnen zu nahe!

Udo saß im hinteren Bereich der Trauerhalle und war mit zwei oder drei Männern gekommen, die Björn flüchtig kannte. Dem einen hatte er mal in der Sauna am „glory hole" einen geblasen, und der andere sah aus wie der uneheliche Sohn von Ingrid Steeger. Björn hatte Udo noch nie gesehen, und er kannte eigentlich fast jeden aus der Szene. Manchmal stellte er sich vor, mal bei Thomas Gottschalk mitzuspielen: „Wetten, dass ich es schaffe, in fünf Minuten zwanzig Schwänze aus dem Kölner Raum anhand von Aussehen und Geschmack ihren jeweiligen Besitzern zuzuordnen?" Wahrscheinlich wäre er Wettkönig geworden.

Udo war ungefähr in seinem Alter, groß, kurze, blonde Stoppelhaare, schwarze Lederjacke, schwarze Jeans. Bullig. Glattrasiert. Geil. Dazu ein unschuldiger Gesichtsausdruck, der noch verstärkt wurde, wenn er die Unterlippe für einen kurzen Augenblick vorschob. Wie ein kleiner Junge, der etwas ausgefressen hatte. Aber was Björn am meisten faszinierte, waren die stechend grünen Augen, so grün, dass man fast das Gefühl hatte, in die Augen einer Katze zu blicken.

Während der Ansprache des Priesters schaute Björn immer wieder über seine Schulter und blieb jedesmal mit seinem Blick an Udo hängen, der ihn die ganze Zeit durchdringend anstarrte, anstatt, wie sonst bei einer normalen Anmache üblich, nach dem kurzen ersten Blickkontakt die Augen schnell weiterschweifen zu lassen. Das gefiel Björn. Er war schon ewig nicht mehr rot geworden, aber jetzt spürte er seine Ohren brennen. Ein Mann, der sich nicht an die schwulen Konventionen hielt und offensichtlich und demonstrativ auf einer Beerdigung jemanden anbaggerte und dann auch noch ihn! Er fühlte sich geschmeichelt. Und er hatte eine Latte in der Hose.

Nach dem Ende der Trauerfeier war Björn unschlüssig, wie es weitergehen sollte. Er hatte überhaupt keinen Bock, noch mit der heulenden Familie ans Grab zu latschen und ein bisschen Erde auf Klaus zu kippen. Zum Glück kam Udo direkt auf ihn zu, während alle anderen Trauergäste dem Ausgang zustrebten.

„Hi", sagte er lässig. „Kaffee oder ficken?" Dabei packte er sich an die fette Beule in seiner Jeans.

Björn musste grinsen. „Wenn du mir deinen Namen sagst, überlege ich es mir vielleicht."

„Ich wollte dich eigentlich nicht direkt heiraten, aber okay: Udo."

Der Typ machte einen auf Macho. Björn lief der Sabber im Mund zusammen.

„Udo", wiederholte er langsam und tat so, als müsste er überlegen. Die Typen beim Vorspiel noch heißer zu machen gehörte einfach dazu. Gelernt ist gelernt. „Ja, ich denke, Kaffee ist okay, und ...", er sah Udo schmunzelnd an, „vielleicht auch noch ein bisschen mehr. Schon allein deshalb, weil ich noch nie auf einer Beerdigung angemacht worden bin. Ich bin übrigens Björn."

Udos Augen blitzten auf und musterten Björn noch einmal eingehend. „Geil", sagte er anerkennend. Und: „Lass uns endlich abhauen!"

Björn packte Udo in sein Auto, und sie fuhren stadteinwärts. Ohne dass sie etwas hätten sagen müssen, wussten beide, dass sie zu Björns Wohnung fuhren. Erst ficken und den Kaffee dann später. Unterwegs machten sie Smalltalk, wobei sie feststellten, dass sie beide Klaus nicht sonderlich gut gekannt hatten. Udo hatte ihn nicht einmal besonders gemocht, weil Klaus mal „Maulhure" hinter seinem Rücken zu ihm gesagt hatte, aber Udo hatte es ihm heimgezahlt, indem er ihn zwei Tage später im Darkroom ohne Vorwarnung vollgepisst hatte, so richtig von oben bis unten. Klaus hatte einen dunklen, teuren Anzug angehabt, weil er gerade aus der Oper kam, insofern waren sie wieder quitt gewesen.

Udo ließ während der Unterhaltung keinen Blick von Björn, und wie selbstverständlich legte er ihm die Hand auf den Oberschenkel. Björns Schwanz wurde wieder steif.

„Was ist?" knurrte er Udo an. „Willst du ihn mir gleich hier blasen? Kannst du haben, du brauchst mir nur die Hose aufzumachen!"

Udo lachte und leckte sich demonstrativ die Lippen.

Geil, dachte Björn, eine richtige Drecksau!

Zu Hause angekommen, riss Björn sich die Sachen vom Leib und drehte sich um. Udo stand an die Wand im Flur gelehnt, hatte die Arme vor der Brust verschränkt und beobachtete ihn fast desinteressiert. Björn war irritiert.

„Was ist?" fragte er. „Hast du es dir anders überlegt?"

Udo schüttelte den Kopf und grinste unverschämt. „Nein. Aber ich stehe auf Sex in Klamotten. Vor allen Dingen, wenn ich derjenige bin, der die Klamotten anbehält." Dabei glitzerten seine grünen Augen, und seine Haltung nahm etwas Raubtierartiges an, als wäre er kurz vor dem Sprung, die anvisierte Beute zu erlegen.

Björn musste schlucken. Dieser Mann hatte genau das, was er brauchte.

Udo zog ihn an sich heran und gab ihm einen langen, tiefen Kuss, dass Björn buchstäblich der Atem wegblieb. Seine Zunge wühlte sich durch Björns Mund, glitt an seinen Zähnen entlang, stieß tief in seinen Rachen. Dann zog er Björns Kopf an den Haaren ein Stück zurück und fixierte ihn mit einem kommandierenden Blick.

„Mach das Maul auf!" befahl er, und dann rotzte er Björn mitten ins Gesicht. Björns Nackenhaare sträubten sich, und er begann zu stöhnen. Er fühlte Udos Spucke an seinem Mundwinkel, seiner Wange und seinem Nacken herunterlaufen, und sein Schwanz wurde noch härter. Er wollte Udo unter das T-Shirt greifen, dorthin, wo sich unter dem dunkelblauen Stoff deutlich die Brustmuskulatur und die gepiercten Brustwarzen abzeichneten, aber Udo grunzte und drehte Björn geschickt beide Arme auf den Rücken, zog mit einer schnellen Bewegung den Gürtel aus seiner Jeans und fesselte Björns Handgelenke mit ein paar behenden Griffen. Für einen kurzen Augenblick war Björn unsicher, ob er es mochte, sich so in Udos Gewalt zu begeben, und auch sein Schwanz reagierte ein wenig unschlüssig. Aber dann drückte ihn Udo auf die Knie, riss sich die Hose auf, holte seinen großen Ständer heraus und hielt ihn Björn direkt vors Maul.

„Na los!" sagte er. „Gib dir ein bisschen Mühe, ansonsten kannst du lange darauf warten, dass ich ihn dir in den Arsch ramme!" Sobald Björn Udos Schwanz sah, vergaß er seine Vorbehalte. Außerdem hatte er sowieso keine Wahl mehr. Er öffnete den Mund und bearbeitete den dick geäderten Kolben, glitt mit seiner Zunge über die rote Eichel, schluckte stöhnend die ersten glitschigen Lusttropfen herunter und ließ sich gierig röchelnd den Schwanz immer tiefer in den Rachen schieben. Udo hatte die Hände um Björns Kopf geklammert und hielt ihn fest wie in einem Schraubstock. Sein Becken bewegte sich im Stakkato-Takt; er vergewaltigte Björns Maul mit der Präzision und Gleichmäßigkeit eines Presslufthammers. Björn fühlte sich nicht länger wie ein Mensch, sondern war nur noch ein Loch, das gestopft werden musste. Udo rammte ihm den Schwanz so tief ins Maul, bis er an das Zäpfchen stieß und einen kurzen Würgereflex auslöste. Björns Geilheit wurde immer größer, stieg von seinem Schwanz in seine zuckenden, gefesselten Hände und kroch nach oben bis in seinen Kopf, wo sie wie eine Flutwelle über ihm zusammenschlug, bis er an nichts anderes mehr denken konnte, als sich diesem Prügel in seinem Mund zu unterwerfen.

Plötzlich kehrte Udo Björn den Rücken zu und zog sich die Hose herunter. Er beugte sich ein wenig nach vorne und presste Björns Gesicht mit Gewalt in seine Arschbacken. „Jetzt leck!" befahl er. Björns Zunge wühlte sich zögernd durch die Haare um Udos Loch, bis alles feucht und glitschig war. „Tiefer!" fuhr Udo ihn an. „Ich will deine Zunge in meinem Arsch spüren! Oder ich setze mich auf deine Fresse und wir üben das so lange, bis du keine Luft mehr kriegst!" Zitternd vor Geilheit gehorchte Björn und stieß seine Zunge tiefer in Udos Darm, stöhnte und leckte, bis er das Gefühl hatte, gleich einen Kieferkrampf zu bekommen.

Udo hielt inne, drehte sich um und zog Björn unter den Achseln zu sich nach oben. Björn wimmerte vor Enttäuschung.

„Hab ich's doch gewusst!" flüsterte Udo und grinste Björn an. „Du bist ein richtig geiles Schwein!" Er atmete einmal tief durch. „Mehr?" fragte er dann.

Björn konnte nur nicken.

Udo packte ihn, schob ihn vor sich her in die Küche und drängte ihn bäuchlings auf den Küchentisch. Mit einer ungeduldigen Handbewegung fegte er die Zeitung vom Tisch, in der Björn am Morgen gelesen hatte. Björn zuckte zusammen, als er auf die kühle Tischoberfläche knallte. Dann spürte er Udos geübte Finger an seiner Rosette. Eine Plastiktube wurde aufgedreht und zusammengedrückt, und kurz darauf hatte er das glitschige Gefühl von Gleitcreme auf seinem Arsch. Langsam bohrten sich erst ein, dann zwei und schließlich drei Finger in seinen Darm. Björn stöhnte erwartungsvoll, schloss die Augen und streckte seinen Arsch so weit er konnte nach oben. Warum dauerte das so lange? Endlich hörte er das Aufreißen und Überstreifen eines Gummis, und dann waren da – unerwartet – der Geruch von Poppers in seiner Nase und Udos Finger, die ihm ein Nasenloch zuhielten. Björns Kopf explodierte und er hörte seine eigene Stimme keuchen: „Fick mich! Fick mich endlich!" Er hätte seine Seele verkauft, wenn er sich jetzt seinen Schwanz hätte wichsen können, aber gleichzeitig machte es ihn noch viel geiler, dass er noch immer gefesselt und dem Willen eines Fremden völlig ausgeliefert war. Zwei Hände krallten sich in seinem Becken fest und schlugen dann gezielt ein paarmal auf seinen Arsch, und gleichzeitig fühlte er Udos Schwanzspitze an seinem Schließmuskel.

„Fertig?" fragte Udo boshaft und hielt noch einen Moment zurück.

„Knall mich durch! Mach schon!" schrie Björn als Antwort zurück. Und dann stieß Udo zu. Es war wie eine Befreiung für Björn, als er endlich den kurzen, aber intensiven Schmerz spürte, als Udos Schwanz an seinem Schließmuskel vorbeirammte und in seinen Arsch fickte. Mit geübten Stößen, kräftig und schnell, massierte Udo Björns Prostata, und Björn spürte, wie Udos Schwanz in seinem Darm noch härter wurde und weiter anschwoll. Immer heftiger fickte Udo, rein bis zum Anschlag und dann wieder fast raus, bis Björn glaubte, unter einer Stanzmaschine zu liegen, die unter Hochdruck arbeitete und ihn jeden Moment zerreißen würde. Udos Hände griffen nach vorne und zerrten an Björns Brustwarzen. Björn jaulte auf vor Schmerz und Geilheit.

„Drecksau!" fauchte ihm Udo ins Ohr. „Dich mach ich fertig!" Dann wurde sein Keuchen lauter und hektischer als Björns, und mit einem Schrei und einem brutalen Stoß, der Björn über den halben Küchentisch fegte, spritzte er seine Ladung in Björns Arsch ab. Schwer atmend stützte er sich an der Tischkante auf und zog sich vorsichtig zurück.

Mit zitternden Knien ließ sich Björn auf den Fußboden sinken bis sein Rücken die Kacheln berührte, und sah an Udo empor, der grinsend und breitbeinig über ihm stand.

„Und ich?" sagte Björn fordernd, weil er befürchtete, Udo würde jetzt einpacken und ihn mit seiner triefenden Latte einfach so liegen lassen.

„Wir sind noch nicht fertig!" erwiderte Udo. Dann beugte er sich nach unten, löste den Gürtel um Björns Handgelenke und hielt ihm den rechten Fuß ins Gesicht. „Leck!" sagte er in einem Befehlston, der keinen Widerspruch duldete, und rotzte noch einmal.

Björn verdrehte die Augen und streckte seine Zunge heraus, bis sie wie von selbst über den harten, schwarzen Schuh glitt und den Geschmack von Leder aufnahm. Selbst als er jede Spur von Udos Spucke abgeleckt hatte, hörte er nicht auf. Seine rechte Hand umklammerte seinen Schwanz und begann zu wichsen, nur zwei-, dreimal, bis er fühlte, dass er kurz davor war zu kommen. Aus dem Augenwinkel beobachtete er Udo, der plötzlich den abgestreiften, vollgespritzten Gummi herumdrehte und seine dicke Ladung Sperma auf Björns Bauch und Oberschenkel klatschen ließ. Björns

Eier zogen sich zusammen, er spürte das altbekannte Kribbeln in seinem Unterleib und mit einem lauten Stöhnen spritzte er endlich ab, quer über seine Brust bis hoch zu seinem Kinn, und sein Sperma und das von Udo vermischten sich auf seinem Körper.

Atemlos rappelte er sich vom Boden auf und ließ sich in Udos Arme fallen, verrieb das Sperma auf dessen Hose und T-Shirt.

Udo küsste ihn auf den Mund und knabberte ein bisschen an seinen Ohrläppchen. Dann begann er leise zu lachen.

„Was ist so komisch?" fragte Björn.

„Ich denke gerade, dass Klaus eigentlich ganz zufrieden mit dem Ergebnis seiner Beerdigung sein kann", sagte Udo. Seine katzengrünen Augen blitzten auf, und Björn wäre am liebsten sofort wieder in die Knie gegangen.

Björn knipste den Fernseher aus. Die zweite Staffel von Big Brother war einfach Scheiße. Die zickige Quotentunte, die sich im Container einquartiert hatte, konnte man wirklich kaum ertragen. Und dazu noch diese ständig quengelnden Quarktaschen! Nicht, dass die erste Staffel besser gewesen wäre, aber immerhin hatte es Zlatko gegeben, über den man ablachen konnte, weil jede Freilandtomate gegen ihn eine Intelligenzbestie war, und man hatte noch John als Highlight und Blickfang gehabt. John aus Potsdam mit den geilen Tattoos an den Waden für ein paar Sekunden beim Duschen zuzusehen war schon mal eine Stunde vor der Glotze wert. Als John derjenige war, der am Ende die 250.000 eingesackt hatte, wäre Björn fast einer abgegangen. Irgendwie hoffte er ja insgeheim, dem Typen mal hier im *New Action* oder in der *Scheune* über den Weg zu laufen und vor ihm auf die Knie zu gehen, aber der war ja so durch und durch Hetero.

Unruhig stand Björn auf und sah aus dem Fenster. Scheißdreck! Schon wieder Regen. Und schon wieder so schweinekalt! Wieso war es in der Hauptstadt eigentlich immer so arschkalt, dass einem die Eier abfroren? Seit er vor zwei Jahren wegen der Arbeit von Köln nach Berlin gezogen war, hatte er im Winter immer kalte Eier.

Geistesabwesend knetete Björn seinen Schwanz durch die abgewetzte Stelle vorne an der Jeans. Er brauchte was zum Ficken, und zwar heute noch! Dann würden die Eier schon wieder warm werden. Das letzte Mal war schon drei Tage her, und gestern war er so faul gewesen, dass er sich noch nicht mal einen runtergeholt hatte. Aber jetzt noch vor die Tür? Für die Szene war es eh zu früh, in Berlin ging ja kein Schwanz vor Mitternacht aus dem Haus, außerdem hatte er keinen Bock, durch den Regen und die Kälte zu stiefeln. Und dann die fünf Etagen Altbau runter und später wieder rauf. Nein, danke!

Nebenan drehte die türkische Großfamilie das Radio auf und orientalische Nachwuchsmuezzins dröhnten durch die Wand der Nachbarwohnung zu ihm ins Wohnzimmer. Im Sommer hatte Björn im Tiergarten mal eine Nummer mit so einem geilen türkischen Jungpapi geschoben. So richtig romantisch mit Vollmond und sternenklarer Nacht und ein paar Ratten, die zusammen mit den Schwulen auf Beutezug im Unterholz waren. Der Typ hatte echt scharf und kerlig ausgesehen, überall Haare, eckiges Kinn, Fitnessstudiomuskeln, aber der Sex selber war eine ziemliche Enttäuschung gewesen. Kaum hatte sich Björn den fetten türkischen Schwanz reingeschoben, da war der Typ auch schon gekommen. Zwar entschuldigte er sich hinterher und bot ihm eine *Marlboro* an, aber das nutzte Björn auch nichts. Über eine Stunde hatte er sich noch die Beine in den Bauch stehen müssen, bis endlich wieder ein halbwegs annehmbarer Kerl aufgekreuzt war. Und der hatte auch noch nach *Davidoff* gestunken.

Lustlos ließ sich Björn auf seinen Schreibtischstuhl fallen und schaltete den PC ein. Vielleicht war ja im Chat was los. Obwohl die meisten Chatter eigentlich nur Maulhelden waren und bei der Frage nach „live sex" den Schwanz einzogen oder Terminprobleme vortäuschten. Oft waren auch die „pics" nicht echt oder stammten noch aus der Zeit vor ihrer Entjungferung. Im Grunde alles nur Ersatzbefriedigung. Nur manchmal, ganz selten, kam es wirklich zu einem geilen Fickdate.

Björn stellte die Verbindung zum Netz her und klickte seinen Lieblingschat an. Er loggte sich mit seinem Passwort ein und betrat den Chatraum für Berlin und Umgebung. Kurz darauf reihte sich sein Nickname „geileratte37" in die Liste der anwesenden Chatter ein. Immerhin, der Raum war voll, über einhundertfünfzig Teilnehmer. Einige davon kannte er allerdings schon, die waren meist uninteressant. „skinsau33" war, nach dem „pic" zu urteilen, schon über vierzig und stand nur auf Gruppenaction, „lederkerlHH" sah zwar geil aus, aber war für ein Treffen viel zu weit weg und „scatschweinxxl" stand ausschließlich auf braun, und das war eine der wenigen Sachen, die Björn nicht antörnten.

Er lehnte sich zurück, zündete sich eine Zigarette an und starrte gelangweilt auf den Bildschirm, in der vagen Hoffnung, von einem geilen Kerl angetickert zu werden. Öde, öde, öde. Ungeduldig trommelte Björn mit den Fingerspitzen auf den Schreibtisch und überflog mit der Maus die Profile der anderen Chatter. Nichts, was ihn wirklich interessierte. Massenweise Junghuschen, vielleicht sollte er *gaydar* vorschlagen, eine Krabbelstube einzurichten. Doch, Moment ... da war ein neuer Name: „MachoMan.bln". Das klang wenigstens halbwegs vielversprechend, auch wenn Björn im ersten Moment grinsend an die *Village People* denken musste. Aber die waren ja gar nicht so schlecht gewesen. Er klickte auf das Profil von MachoMan und betrachtete das eingespeicherte Foto.

Natürlich – das Gesicht war abgeschnitten, wieder mal einer von den Übervorsichtigen. Aber ansonsten nicht übel. Passable Figur, ein kleiner Ansatz von Bauchspeck, leichte Brustbehaarung, gepiercte Titten, muskulöse Oberarme. Das Ganze verpackt in einer Lederhose mit einer dicken, aussagekräftigen Beule, die Björn zu gerne mit der Zunge abgetastet hätte. Und die „stats" – wenn sie stimmten – waren auch okay. Der Typ war ein Jahr älter als er, suchte eine passive Drecksau und keinen Cybersex. Konnte er haben, dachte Björn. Hauptsache, er wohnte nicht in Brandenburg.

Kurzentschlossen klickte Björn auf „Quick Message" und begann zu tippen.

„Hi, du suchst live?"

Es dauerte einen Moment, bis der andere antwortete. Wahrscheinlich schaute er erst einmal in Björns Profil, ob er das „pic" mochte. Björn war froh, dass er erst letzte Woche ein neues Foto eingescannt hatte, mit frisch rasiertem Schädel. Man musste schließlich mit der Zeit gehen. In Berlin waren Glatzen in.

„Nein", kam schließlich als Antwort. „Heute ausnahmsweise nicht. Kann nicht weg."

Enttäuscht schlug Björn mit der flachen Hand auf die Tischplatte. Idiot! Gerade wollte er sich frustriert ausloggen, als eine weitere Nachricht für ihn eintraf.

„Geil?" fragte MachoMan.

„Blöde Frage", tippte Björn wütend zurück. „Sonst wäre ich wohl kaum im Chat!" Was sollte diese dumme Anmache?

„Vorschlag: Ich bring dich jetzt zum Abspritzen, und wenn ich das schaffe, treffen wir uns morgen?"

Björn lachte laut auf vor seinem PC. Der Typ hatte vielleicht Nerven! So ein eingebildeter Wichser!

„Versuch's doch!" höhnte er.

„Okay, ich hab ein paar meiner Lieblings-Hankycodes in meinem Profil angegeben. Wie wär's, wenn du mal nachsiehst", chattete MachoMan zurück.

Schnell überflog Björn die Farbangaben. Dunkelblau, gelb, rot, alles aktiv ... und grau! Gegen seinen Willen aufgegeilt, leckte er sich die Lippen. Sein Schwanz zuckte. Grau! Mit Bondage hatte er schon ewig nichts mehr zu tun gehabt.

„Na, du stehst doch auf Fesseln, oder?"

Björn zögerte einen Moment. Woher ...? „Ja", antwortete er dann.

„Dachte ich es mir doch. Geil. Und ab jetzt brauchst du mir nicht mehr zu antworten", erklärte MachoMan. „ Tu einfach, was ich sage. Nur wenn ich dich auffordere, bestätigst du mit einem simplen OK. Verstanden?"

„Ja", antwortete Björn, nachdem er noch einen schnellen Blick aus dem Fenster geworfen hatte. Der Regen war stärker geworden. Es goss jetzt wie aus Kübeln und er konnte kaum die Häuser auf der anderen Straßenseite sehen. Resigniert gab er den Gedanken an einen echten Schwanz für heute auf. Wahrscheinlich hätte er sich sowieso nicht mehr aufgerafft. Aber dann wollte er wenigstens sehen, was dieser Spinner auf Lager hatte. Zum Glück war er genau wie Björn ein „Gold"-Mitglied. Sie konnten sich also so viele Nachrichten zukommen lassen wie sie wollten, ohne mittendrin abgewürgt zu werden.

„Zieh dich aus! Komplett!" flimmerte ein Befehl über seinen PC. Björn zog seine Jeans aus und warf sie auf den Boden, danach das Sweatshirt und die Strümpfe. Unterhosen trug er sowieso nie. Er setzte sich wieder vor den PC, begann zu wichsen und wartete auf MachoMan.

„Fertig? Bestätige!"

„OK", erwiderte Björn.

„Gut. Ich werde dir jetzt erzählen, was ich morgen mit dir machen werde, so als kleinen Vorgeschmack."

„Wenn du gewinnst ..." gab Björn zurück.

„Pass auf, in zehn Minuten hab ich dich soweit, dass du deine Ladung auf die Tastatur klatschst. Und jetzt halt's Maul!" MachoMan schien sich seiner Sache sicher zu sein.

„Du wirst als erstes auf die Knie gehen, ohne dass ich dir etwas sagen muss, und du wirst mir den Kolben durch die Lederhose lecken, bis er knüppelhart ist. Wenn du es gut machst, werde ich dir als Belohnung in deine hungrige Fresse rotzen, so, wie du es gerne magst."

Björn hielt überrascht die Luft an. Sein Schwanz war steif und die ersten Lusttropfen perlten aus der roten Eichel. Er begann kräftiger zu wichsen.

„Ich werde meinen Ledergürtel nehmen, dir die Hände auf den Rücken drehen und die Handgelenke fesseln. Du wirst vollkommen wehrlos sein, eine wehrlose, stöhnende Drecksau, die darum bettelt, das Maul gestopft zu kriegen. Und dann werde ich meinen fetten Riemen langsam auspacken, dir vors Gesicht halten und ihn dir in die Fresse rammen. Ich werde dich ins Maul ficken, ganz tief, und du kannst nichts dagegen tun. Dir werden die Knie und die Handgelenke wehtun, aber es wird dir egal sein, weil du scharf darauf bist, meinen Kolben zu blasen. Und während ich dich ins Maul ficke, werde ich dir die Titten bearbeiten, bis du vor Schmerzen und Geilheit aufschreist ..."

Björn stöhnte, und seine Hand fuhr an seine Brustwarze. Ein wohliger Schauer, wie das Kribbeln eines kleinen Elektroschocks, durchströmte ihn. Ungeduldig wartete er auf mehr Text von MachoMan.

„Danach werde ich dir den Gürtel abnehmen, aber du wirst trotzdem tun müssen, was ich sage, denn ich werde dir befehlen, dich auf den Rücken zu legen, und ich werde mich auf dich setzen und mit meinen Oberschenkeln deine Arme wie in einem Schraubstock festhalten. Dann werde ich langsam den durchgehenden Reißverschluss meiner Lederhose aufmachen und dir meinen behaarten Arsch genau vor das Maul halten und dann werde ich mich auf dein Gesicht setzen, und du wirst mich lecken. Ich will deine Zunge ganz tief in mir drin spüren, ich will, dass du meinen Geschmack in deinem Maul hast, und wenn du es nicht gut machst, werde ich einfach sitzen bleiben und mich daran aufgeilen, dass du keine Luft mehr bekommst. OK?"

„OK", bestätigte Björn hastig und wichste weiter. Der Kerl war gut. Richtig gut. Sein Schwanz pochte, und er fühlte, wie seine Eier langsam ihren angestammten Platz verließen und sich zusammenzogen.

„Wenn ich davon genug habe", chattete MachoMan weiter, „werde ich dich auf den Bauch drehen und dir die Hände wieder auf dem

Rücken fesseln, damit du nicht abspritzt, bevor ich es dir erlaube. Vielleicht hast du Glück und ich nehme ein bisschen Schmiere, aber vielleicht bin ich auch nicht so zufrieden mit dir, weil du dir keine Mühe gegeben hast. Dann werde ich meinen Schwanz einfach so in dich reinrammen, und es wird mir egal sein, ob du schreist. Aber spätestens wenn ich deine Prostata erreicht habe, wirst du wieder vor Geilheit stöhnen und um mehr betteln. Und dann werde ich dich durchknallen, tief und kräftig, genau wie du es brauchst, bis dir die Soße von ganz alleine nach oben steigt. Ich werde dich weiter und weiter ficken, und du wirst nicht mehr denken, du wirst dich ganz darauf konzentrieren, ein Fickloch zu sein, und du wirst nicht wollen, dass ich aufhöre."

Björns Atem kam jetzt stoßweise. Wie hypnotisiert starrte er auf den Text, der vor ihm über den Bildschirm flimmerte, und in seinem Kopf tanzten die Bilder, die von den Buchstaben auf seinem Monitor erzeugt wurden. Er würde nicht mehr lange zurückhalten können.

„Und dann werde ich meinen Schwanz noch einmal bis zum Anschlag in dich reinrammen. Ich werde in deinem Arsch abspritzen und meine volle Ladung in deinen Darm schießen. Danach mache ich den Gürtel von deinen Handgelenken los, und dann darfst du zum ersten Mal deinen Schwanz wichsen. Ich werde dir meine dreckigen Stiefel ins Gesicht halten und du wirst auf dem Boden liegen und sie sauberlecken ... und dann rolle ich mir den Pariser vom Schwanz, drehe das Gummi um und lasse dir mein Sperma auf den Bauch und die Brust tropfen, und du wirst die Augen verdrehen und abspritzen und die Soße wird dir bis aufs Kinn klatschen ..."

Björn stöhnte laut und sein Schwanz bäumte sich auf. In seinen Ohren dröhnte es, als hätte er eine Ladung Poppers eingeatmet. Das Kribbeln zog sich in seinem Unterleib zusammen, sammelte sich in seiner glitschigen, verschmierten Schwanzspitze, und dann schoss das Sperma in einem hohen Bogen aus ihm heraus, spritzte auf seinen Arm, auf den Schreibtisch und klatschte auf die Tastatur. Keuchend presste Björn seine Anspannung und seine Geilheit aus sich heraus. Und noch während er kam, hatte er das unheimliche Gefühl, die Situation, die MachoMan beschrieben hatte, schon einmal erlebt zu haben. Gerade das letzte Stück mit dem Gummi kam ihm merkwürdig bekannt vor. Hatte er nicht mal irgendwann ...? Oder bildete er sich das alles nur ein?

MachoMan meldete sich erneut. „Na, Drecksau, abgespritzt?"

„tdfztdls", antwortete Björn, als er hastig versuchte, die Tasten und die Maus mit einem Tempotaschentuch von dem klebrigen Sperma zu befreien.

„Verstehe!" antwortete MachoMan. „Und? Zufrieden? Hab ich gewonnen?"

„Wer bist du?" fragte Björn. Da seine Gehirnzellen jetzt nicht mehr nur noch an Ficken dachten, war er sicher, dass hier irgendetwas oberfaul war.

„Ein Kerl, der morgen einen Fick bei dir gut hat, Björn!" erwiderte MachoMan unschuldig.

Björn stockte für einen Moment der Atem. Und dann erinnerte er sich.

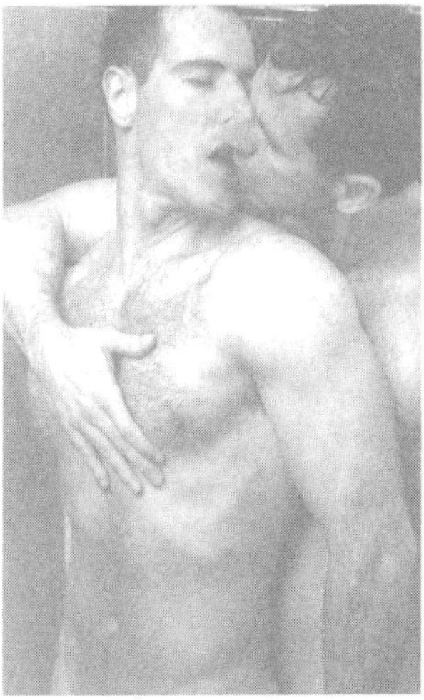

Klaus Berndl

Die Saga von Thorgrim Schinkenspalter

I.

Thorir hieß ein Mann. Er war der zweite Sohn Akis des Grönlandfahrers. Von Thorir wird erzählt, er habe lange Zeit sehr eng hinter König Sverrir gestanden. Späterhin hatte er einen Sohn mit Gunnlög, den er Sigurd nannte. Sigurd war ein großer Seefahrer; er heerte viel in England und Irland. Dann jedoch zog er einer Erbschaftsangelegenheit wegen nach Känugard, das die Eingeborenen Kiew nennen. Er geriet dort in Streit mit dem Jarl und starb schließlich, ohne seine Ansprüche durchgesetzt zu haben. Sigurd hatte nun eine Tochter, die er mit Thorbjörn Gelbzahn vermählte. Sie gebar ihm Sigurd den Jüngeren, der damals der Rothaarige genannt wurde. Dieser Sigurd trat in die Gefolgschaft des großen Jarls von Miklagard ein, den die Griechen den Kaiser von Byzanz nannten. Die Gefolgschaft aber wurde Warägergarde genannt.

Ein Mann hieß Toki, der war der Sohn Akis des Grönlandfahrers mit dessen zweiten Frau, Gudrid. Toki hatte Thorkell zum Sohne, der mit Búi bei den Jomswikingern war. Thorkell zog später ebenfalls nach Känugard, wo er sich mit einer Slawin vermählte. Er wurde dort schnell reich im Handel. Aslak hieß sein Sohn; der schlug ganz nach seinem Vater, und man munkelte, er sei der reichste Kaufmann Känugards gewesen. Aslak nannte seinen Sohn Thorgrim, und von dem wurde gesagt, dass er die schönsten Augen von ganz Russland gehabt habe. Thorgrim hielt sich fern von dem Geschäfte seines Vaters, und es wird von ihm berichtet, dass er die Frauen, die sich ihm zu nähern suchten, mit Pflaumenkernen zu bewerfen pflegte. Zu dieser Zeit kleidete er sich ganz in dunkles Leder, ein kurzes ärmelloses Hemd und eine gutsitzende Hose. Außerdem wird erzählt, dass er sich bis zu seinem zwanzigsten Sommer nicht gewaschen habe und dass er nichts getan habe, als am Strand zu liegen und dem Ruf der Wellen zu lauschen.

Dann jedoch stand er auf und sprach zu seinem Vater: „Ich werde nach Süden ziehen", und er fragte ihn, ob er ihm ein Schiff oder Waffen und Männer geben wolle. „Das sage ich dir, dass du dich selbst unterstützen musst, wenn du die Stadt verlässt", antwortete sein Vater. Daraufhin nahm Thorgrim das Brotmesser vom Tisch und ging zum Jarl, doch auch der verweigerte sich seiner Forderung. Thorgrim stach ihn nieder. Er ließ ihm das Messer, nahm dafür das Schwert des Fürsten, und er bedankte sich höflich für die Gabe: „Damit sind wir quitt." Dieses Schwert aber war eine reichverzierte Waffe, und sie trug den Namen Steinbeißer. Anschließend fuhr Thorgrim mit so großer Schnelligkeit nach Miklagard, dass es heißt, nie wieder hätte jemand diese Strecke in ähnlich kurzer Zeit zurückgelegt.

II.

Miklagard ist die größte Stadt der Welt und die schönste. Ihre Mauern sind so dick, dass in ihre Tore ein ganzes Langhaus passen würde, und so hoch, dass sie den Blick auf den Himmel verwehren. In ihnen drinnen ist es dunkel wie in einer mondlosen Nacht.

Angesichts dieses Mauergebirges zog es Thorgrim Aslaksson vor, die Befestigungsanlagen schnell zu durchschreiten, und so konnte der Wärter, der sich ihm entgegenstellte, seinen Kopf nur dadurch retten, dass er ihn blitzartig einzog. Danach schien es Thorgrim ratsam zu sein, das Schwert in der Hand zu behalten. Tatsächlich wurde er dann auch nicht mehr aufgehalten, denn die Griechen tragen keine Waffen, genau wie die Weiber.

Auf dem Weg zum Haus des Kaisers schlug Thorgrim sein Wasser an einem großen Gebäude ab; das war ein prächtiges Haus mit einem großen, vielfach umkränzten Eingang und einem hohen Turm, der ganz aus Stein gebaut war. Den Griechen blieb der Mund offen stehen, als sie sahen, wie Thorgrims dicker Strahl den Kalk in Schollen von der Mauer spülte, und sie riefen andere herbei; da war viel Geschrei in der Gasse. Thorgrim drehte sich um. Schwer lag der Steinbeißer in seiner Rechten, schwer sein Mannesschwert in seiner Linken; das war eine große, kräftige Waffe. Und sein Wasser rauschte so laut wie das Meer auf ihre Sandalen. Da wurden viele Fäuste geschüttelt. Es wird aber auch erzählt, dass Thorgrim den Blick von ein paar hungrigen Augen gespürt habe.

Ein Rotschopf trat aus der Menge. Er war in weites Leinen gekleidet wie die Griechen, doch trug auch er prächtige Waffen, wie man deutlich sah. Er legte ihm die Hand auf die Schulter. „Thorgrim Aslaksson", sprach er und ließ den Blick nicht von seiner Waffe. „Sigurd Thorbjörnsson" sagte Thorgrim, und sie tauschten Neuigkeiten über ihre Verwandten aus. Odd hieß ein Mann, der war der Sohn Ketills, des Sohnes von Arngrim Bierstiefel. Er hatte tiefschwarze Haare und seine Brustwarzen zeigten sich unter seinem Hemd. Odd trat nun an Thorgrims rechte Seite und griff nach seinem Arm. Thorgrim stieß ihn zurück, und Sigurd sah, wie sich die Schwertschneide seines Gesippen nach rechts drehte. Schnell trat er zwischen die beiden und gab Thorgrim weitere Kunde von ihren Verwandten. „Steck deine Waffe weg", sagte er dann. „Ich will in die Gefolgschaft des Griechenjarls eintreten", entgegnete Thorgrim. „Das wird der Kaiser gerne sehen", sagte Sigurd, der die Augen nicht von dem Glitzern an der Spitze des mächtigen Schwertes lösen konnte. „Du hast aber an den Christentempel gepisst", kam es von dem schwarzen Odd. Thorgrim sagte bloß: „Ich will in die Gefolgschaft des Griechenjarls eintreten."

„Seid ihr schwatzsüchtige Mägde?" ließ sich Ragnar Thorwaldson vernehmen, der Hauptmann der Garde, und alle wandten sich ihm zu. Er überragte die Menge um Haupteslänge. Gemächlich schob er die Griechen beiseite und trat in die Runde. „Ich will in die Garde eintreten", wiederholte Thorgrim. Ragnar musterte ihn und rieb sich den Bart. Er sagte: „Schnell ist getan, was lange bereut wird." Und er fuhr fort in der Musterung Thorgrims. Langsam hob er dabei den Kopf und langsam senkte er ihn wieder, dass es fast wie ein Nicken war. Auch sein Blick blieb an dem Schwert in Thorgrims Hand hängen, und er wiegte den Kopf bedächtig: „Das wird dem Kaiser gefallen." Er streckte die Hand aus, und Thorgrim überließ ihm den Steinbeißer. Ragnar prüfte die Schneide mit dem Daumen und ließ die Klinge über die Köpfe der Griechen sausen, dass sie sang. „Ein schönes Messer", sagte er, „Ihr müsst hartes Brot haben in Känugard, dass ihr solche Messer braucht." „Das ist nur ein Obstmesser", entgegnete Thorgrim. Bewegung ging durch die Reihen der Gefolgschaft. Ragnar winkte zu schweigen. „Woher hast du das Schwert?" „Vom Jarl von Känugard." „Der verschenkt solche Waffen?" „Im Sterben ..." „Woran starb er?" „Er vertrug mein Brotmesser nicht." Die Männer lachten nun alle, Sigurd aber rief: „Ich stehe für ihn ein!" „Das wirst du auch müssen", sagte Ragnar, und nur unter dieser Bedingung wollte er ihn dem Kaiser vorstellen. Über das weitere Gespräch wird nichts mehr erzählt.

III.

Zunächst jedoch gingen sie ins Bad. Ragnar und Sigurd meinten nämlich, dass Thorgrim sich waschen müsse, bevor er vor den Kaiser treten könne. „Du stinkst wie ein Wildschwein." Und Thorgrim sagte: „Ich fand auch, dass ihr nach Milch riecht wie die Säuglinge." Bei diesem Wortwechsel beließen sie es.

Nun war es aber so heiß in dem Bad, dass alle Männer aus ihren Kleidern fuhren. Selbst die Waffen legten sie ab. Einzig Thorgrim blieb, wie er war. Der Badewärter, der nach seinem Schwert griff, konnte seinen Kopf nur dadurch retten, dass er ihn blitzartig einzog. Es bedurfte nun großer Beredsamkeit Ragnars, dass er seine Waffe wieder in die Scheide schob; dazu, sich ihrer und seiner Kleider zu entledigen, konnte er ihn nicht bewegen.

Im Boden des großen, runden Badesaales befanden sich einige Wasserbecken. Die Wände bestanden ganz aus Stein und gingen bruchlos in die Decke über, die kein Gebälk stützte. Und der ganze Raum war so voller Wasserdampf, dass Thorgrim dies alles erst erkannte, als er schon mitten in der Halle stand. Da waren seine Begleiter bereits im Dampf verschwunden. Alleine tastete er sich vorwärts. Einmal hätte nicht viel gefehlt, und er wäre ins Wasser gefallen. So drehte er sich um und irrte in der Gegenrichtung weiter.

Er sah den schwarzen Odd auf einer Bank aufgestützt liegen, und er ging zu ihm hin. Noch bevor er ihn erreicht hatte, stieß er sich aber übel den Kopf an. Es saß dort nämlich gar nicht Odd, es war nur das Bild eines Schwarzhaarigen aus bunten Steinen zusammengefügt und an die Wand geklebt worden. Dies war mit so großer Kunstfertigkeit geschehen, dass man die einzelnen Haare auf Brust und Bauch erkennen zu können meinte. Thorgrim fuhr mit der Hand über den Stein, und er stellte fest, dass die Brustwarzen des Mannes abstanden und sich seine Lippen vorwölbten. Er fühlte sich genau so an, als ob er lebendig gewesen wäre, denn die Feuchtigkeit schlug sich auf dem Stein nieder und lief an ihm herab wie der Schweiß an Thorgrim selbst. Und auch sonst war der Mann ganz natürlich, selbst sein Mannesschwert, es wölbte sich in seiner ganzen Länge vor. Thorgrim prüfte das alles lange und ausgiebig, und er verglich es mit der eigenen Größe. So fand ihn Sigurd, und er lachte hell auf. Thorgrim riss es herum, seine Hand flog an den Schwertgriff, doch schnell trat Sigurd in den Nebel zurück.

Thorgrim eilte dem Lachen nach. Schon nach wenigen Schritten platschte er ins Wasser. Prustend und spuckend tauchte er auf. Da stand die ganze Schar am Beckenrand, und alle grinsten sie und deuteten auf das Wasser, dass sich deutlich trübte, wo Thorgrim ruderte. So zeigte sich, dass nur wenig von der Bräune seiner Haut der Sonne zu verdanken war. Thorgrim kletterte aus dem Becken und schüttelte sich wie ein Hund. Das gab viel freien Raum um ihn. Er ließ sich auf eine Bank fallen und schöpfte Atem.

Währenddessen hechtete Sigurd ins Wasser, stieß bis zum Grund hinab und barg Thorgrims Helm. Breitschultrig und breitbeinig stand er dann vor ihm und drückte den Nasenschutz der ganzen Länge nach an sein Mannesschwert. Thorgrim entriss ihm den Kopfschutz. Und dann blieben seine Augen an Sigurds blutschwerer Waffe hängen. Langsam hob er den Kopf. Eine rote Narbe zog sich wie eine Schärpe von Sigurds rechter Schulter bis unter die linke Brustwarze. Seine Nase war frech aufgeworfen, und seine festen braunen Augen blitzten Thorgrim an. Sommersprossen bedeckten sein Gesicht wie seine Brust. Und das Wasser troff von seinen Gliedern. „Woher hast du das?" fragte Thorgrim, wobei er die Narbe meinte und nicht die Waffe, die vor seinem Mund zuckte. „Vom Jarl von Känugard." „Ah. Es ist gerächt." „Ich weiß. Zieh dich aus", sagte Sigurd. Thorgrim zog das naßglatte Hemd über den Kopf. Er öffnete seine Hose, und sein Schwert sprang aus dem Leder. Dann war er nackt. Weiter wird nichts aus dem Bade berichtet.

IV.

Die Geschichte setzt da wieder ein, wo sie das Haus dieses Griechenjarls betraten, der sich der Kaiser nannte. Auf dem Gang nämlich kam ihnen eine dürre, schmuckbehängte Vettel entgegen. Sie wurde begleitet von einem großen Gefolge, und alle trugen sie wallende Gewänder und weiße Hauben. Da die Weiber den Weg nicht gutwillig freigeben wollten, standen sich die beiden Gruppen in der Mitte des Ganges gegenüber.

Eines der Weiber flüsterte da der alten Herrin etwas ins Ohr und deutete auf Thorgrim. Die Meisterin schwang ihren Stock und schrie gellend. Thorgrim fragte: „Wer ist das Weib?" Gewaltig dröhnte das Gelächter der Männer im Gewölbe. Sigurd sprach: „Das ist der Hohe Priester der Christen." „Ach", sagte da Thorgrim, „bei uns sehen die Priester anders aus." Und er fragte: „Und was will er?" „Er verflucht dich, weil du an seinen Tempel gepisst hast." „Aber doch nur von außen", sagte Thorgrim und wunderte sich. Darauf Sigurd: „Sie schätzen das nicht. Gehen wir." Er machte einen Schritt. Der Priester wich zurück und blinzelte nach seinem Gefolge, das hinter ihm zerstob. Thorgrim aber sprach: „Nicht möchte ich das Ende der Beschwörung versäumen." Und er verschränkte die Arme vor der Brust und blieb stehen. Mit wackeliger Stimme fuhr der Priester fort, und sein Gefolge traute sich wieder unter seine Fittiche.

Mit dem Stab deutete er auf Thorgrims Kopf. Gefährlich nahe kam er ihm dabei, und die eingezogene Spitze seines Stockes war von schwerem Gold. Sigurd bemerkte, wie sich Thorgrims Armmuskeln spannten, und er legte ihm die Hand auf den Schwertarm. Thorgrims Muskeln schwollen nun so an, dass sie seine Finger festkniffen. So nahe stand Sigurd neben Thorgrim, dass ihn dessen Geruch anflog, und der war trotz des Bades noch wie der eines wilden Tieres. Unwillkürlich bleckte Sigurd die Zähne. Der Priester kam darob ins Stottern. Thorgrims Blick blieb weiter auf ihn geheftet, und er ließ sich keine Silbe entgehen. Der Kuttenträger bezog Sigurd nun in seinen Fluch mit ein und schwang sein Priesterschwert über beiden.

Jetzt berührte der Krummstab Thorgrim an der Schulter. Da flog der Steinbeißer durch die Luft und trennte das Gold vom Holz. Und im hohen Bogen segelte die glänzende Schnecke quer durch den Raum und polterte in einer Ecke auf den Boden. Der Priester erbleichte und prallte zurück auf sein Gefolge, das sich vergeblich mühte, ihm auszuweichen. Da konnte man manche Knochen auf den Stein schlagen hören, da war viel Gewinsel und Gewusel. Nun steckte Thorgrim sein Schwert in die Scheide.

V.

Sie begaben sich zum Griechenjarl. Der war klein und sehr dick und hatte eine platte Nase, einen ungewöhnlich großen Mund und abstehende Ohren. Thorgrim stellte fest, dass sein schlaffes Fleisch wohl kaum in der Lage war, ein Schwert zu führen. Und der Kaiser lief hin und her und hüpfte auf und ab und schrie und tobte. Viele Priester in schwarzen Röcken standen um ihn herum.

Der Kaiser erblickte sie in der Menge. Er flitzte auf Ragnar zu und machte ihm Vorhaltungen, was das Pinkeln gegen Tempelmauern betraf. Ragnar aber legte Thorgrim Aslaksson die Hand auf die Schulter, und er zeigte ihn ihm und sagte, er wäre eben erst hier angekommen und hätte nicht gewußt, dass das hier nicht üblich sei. Dabei sahen sich Ragnar und der Kaiser fest in die Augen. Jetzt musterte der Griechenherrscher Thorgrim in seinem Leder. Da lösten sich die Knoten zwischen seinen Brauen. Thorgrim deutete eine knappe Verbeugung an. Ragnar brachte nun sein Anliegen vor und empfahl ihn ihm: „Er war es auch, der dem Jarl von Känugard den Tod brachte." Da leuchteten die Augen des Kaisers auf, denn mit dem war er von Alters her verfeindet. Trotzdem lehnte er Thorgrims Ansinnen ab. Das schien Thorgrim kein guter Ausgang der Sache zu sein, und er legte die Hand auf den Steinbeißer. Sie zogen ihn aus dem Saal.

Nun fragte Thorgrim nach dem Weg zum Hafen. Sie wollten ihn aber nicht gehen lassen und erklärten, es hätte nicht besser ausgehen können. „Der Kaiser musste mit den Schwarzkitteln grunzen. Aber die sind nicht seine Freunde." Sigurd erklärte: „Was unumstößlich scheint, wandelt sich umso schneller." So ließ sich Thorgrim überreden, vorerst zu bleiben.

Sie erreichten das Palasttor. Dort wartete schon ein Bote auf sie, der ihnen die Zustimmung des Kaisers brachte. Es hörten dies aber einige Leute. Darauf rief Ragnar: „Jetzt heißt es rasch handeln." Und er lief voraus. Tatsächlich wartete in seinem Hause schon ein Bote der Priester und verlangte die Auslieferung Thorgrims. „Wir pflegen unsere Gäste niemandem auszuliefern", sprach Ragnar und schob den Boten zur Tür hinaus. „Ich gehe zum Kaiser", drohte der, und Ragnar fragte: „Du kennst den Weg?"

Man bereitete nun alles vor. Ragnar verlas die Gesetze. Thorgrim gelobte, sie alle zu halten. „Ich, Thorgrim, der Sohn Aslaks von Känugard, des Sohnes von Thorkell dem Jomswikinger, des Sohnes von Toki dem Tapferen, des Sohnes von Aki dem Grönlandfahrer gelobe hiermit, eure Gesetze zu achten und zu ehren, und ich rufe jeden auf, mir den Tod zu geben, sollte ich sie brechen!" Bjarni Thorfinnsson, der Sohn Thorfinns des Einäugigen, dessen Mutter, so heißt es, aus dem Sachsenland stammte, holte das Brenneisen aus dem Feuer. Thorgrim setzte sich rittlings auf eine Bank. Man gab ihm ein Beißholz. Sigurd nahm hinter ihm auf dieselbe Weise Platz und packte seine Arme, stemmte sich in seine Ellbogen. Da rief Bjarni: „Das soll das erste und letzte Mal sein, dass ich dir eine Wunde zufüge!" Und Thorgrim rief: „Das soll das erste und letzte Mal sein, dass ich dies ungerächt hinnehme!" Nun kam Bjarni mit dem glühenden Eisen. Beißender Qualm stieg auf, als sich der Adler in Thorgrims Haut fraß, und es bedurfte aller Kräfte Sigurds, ihn niederzuhalten, und Schweißtropfen bildeten sich auf seiner Stirn. Schweißtropfen standen auch auf Thorgrims Haut; er pumpte die Luft zwischen den Zähnen durch. Bjarni zog das Eisen zurück, und Thorgrim und Sigurd, beide rangen sie nach Atem. Thorgrim spuckte die Reste des Beißholzes aus. Erst danach ließ Sigurd ihn los. Bjarni wusch die Wunde und legte ein weißes Band darüber.

Die Waräger bereiteten ein großes Gelage zu Ehren ihres neuen Kameraden. Alle tranken sie da viel und lange, Thorgrim und Sigurd aber hielten am längsten aus. Der Himmel hellte sich schon auf, als sie aufeinander gestützt gegen das Tor rumpelten; erst beim dritten Versuch kamen sie hindurch. Thorgrim steuerte auf den nächstgelegenen Glockenturm zu, um den Kalk von der Mauer zu spritzen. Sigurd übte sich währenddessen darin, sein Schwert über den Köpfen der Griechen Kreise und Achter ziehen zu lassen. Und beide besangen sie laut die Taten ihrer Vorfahren. Auf dem Rückweg hätte nicht viel gefehlt, und sie hätten einem der Schwertlosen, deren Geschrei die Gasse füllte, die Halshaut geritzt; gemeinsam wuchteten sie hinter sich den Sperrbalken in das Tor des Wachhauses. Es dauerte noch lange, bis das Poltern am Tor verstummt war, aber es dauerte nicht lange, bis Thorgrim und Sigurd eingeschlafen waren, die Beine ineinander verschränkt und die Arme umeinander geschlungen.

Spät am nächsten Morgen wachte Sigurd auf. Immer noch drehte sich die Welt um ihn. Sigurd spürte einen heißen, harten Prügel an seinem Oberschenkel. Er faßte nach und fand Thorgrims Schwert in seiner ganzen Größe in seiner Hand. Thorgrim warf seinen Arm um ihn und nahm ihn im Schlaf zwischen die Schenkel, jedoch fand er den Weg nicht aus seiner Hose, und er brummte missmutig. Sigurd fasste ihn nun an den Hüften und hielt ihn fest. Und Sigurd brummte, und Thorgrim brummte, und Sigurd nickte wieder ein. So schliefen sie beide lang und fest und tief und gut. Dieses Fest wurde noch lange nachher weithin gerühmt.

VI.

Am nächsten Tag erwachten sie spät. Ragnar gab ihnen beiden dienstfrei und riet ihnen, einen Ausflug auf das Land zu machen. „Lasst euch heute lieber nicht in der Stadt blicken." Sigurd und Thorgrim hielten das für einen guten Vorschlag, und sie beschlossen, ihn auszuführen.

Die Sonne stand schon tief am Himmel, als sie ihre Pferde vor die Mauern führten. Sie preschten los, dass die Griechen auseinander spritzten, und so hatten sie die Römerstraße frei für ein Wettrennen. Doch bald ließ Sigurd Thorgrim vor, damit er sehen konnte, wie dessen Hintern auf dem Pferde saß. Und bald ließ Thorgrim Sigurd neben sich kommen, um sehen zu können, wie dessen kräftige Schenkel dem Tier seinen Willen aufzwangen.

Nun ritten sie nebeneinander her, und während sich Sigurd für das Leder begeisterte, das Thorgrims Kraft mit Glanz und Schatten unterstrich, fand Thorgrim Gefallen an Sigurds gut gefülltem Leinen, das zum Enthüllen dessen verlockte, was es verbarg.

Warm war ihnen geworden von dem langen Ritt. Sie zogen im Schritt dahin, als Thorgrim Sigurd die Hand auf die Hüfte legte und ihn an sich heranzog. Ihre Knie berührten sich, und sie verschränkten ihre Beine. Sigurd griff nach Thorgrims Zügeln und lenkte die Tiere vor einem entgegenkommenden Wagen von der Straße. Es wird erzählt, dass keiner von beiden die Wutschreie der Griechen auf dem schleudernden Karren wahrgenommen haben soll.

Am Seeufer sprangen sie von den Tieren. Sigurd griff Thorgrim im Nacken und spaltete dessen Mund mit der Zunge. Beider Münder bildeten nun eine einzige Höhle, in der ihre Zungen sich nass umspielten. Thorgrim hielt seinen Gevatter mit der einen Hand an der Schulter, die andere wanderte auf seinen Hintern hinab. Er griff hinein. Davon weiteten sich Sigurds Augen. Seine Hand schob sich zwischen ihre Leiber, dorthin, wo die Eisen aufragten, deren Hitze man durch Leder und Leinen spürte. Sigurd fasste tiefer und griff nach dem Waffengehänge in der Tierhaut. Thorgrim drückte ihm das Knie zwischen die Beine.

Nun verlor Sigurd das Gleichgewicht, und während Thorgrim ihn noch hielt, ließ er sich ins Gras fallen. Thorgrim riss ihm die Hose runter, während Sigurd das Roheisen aus dem Leder pellte. Er beugte sich vor, begrüßte es mit einem saftigen Kuss und stülpte den Mund darüber. Er lutschte und leckte. Thorgrim aber nahm ihn an den Ohren und machte ihn zur Scheide seiner Waffe, führte ihn, bis Sigurd schluckte und würgte. Aber sein Verwandter brauchte keine Führung, Zunge, Lippen und Rachen taten ihre Arbeit von allein. Thorgrim genoss die Meisterschaft, mit der Sigurd seinen Männerstahl schmiedete; Sigurd war nämlich schon lange bei den Warägern. Thorgrim zog ihn schließlich ab. Sigurd stand der Mund offen, als ihm das Schwert genommen wurde. Die Frage stand in seinen Augen, der Geifer lief ihm aus dem Mund, und er troff auch von Thorgrims Gehänge. „Das ist eine schöne Waffe", sagte Sigurd. „Sie trägt den Namen Schinkenspalter", sagte Thorgrim.

Sigurd griff zwischen den Beinen seines Gevatters durch nach dessen Arsch, der immer noch im Leder steckte. Thorgrim machte keine Anstalten, sich weiter auszuziehen, Sigurd aber streifte auch noch das Hemd ab. Thorgrim spuckte in seine Hand und ließ sie zwischen Sigurds Hinterbacken klatschen, rieb sie in die Spalte und ins Loch, und er grinste, als er merkte, wie Sigurd mit beiden Backen nach seinen Fingern griff.

Die einen berichten nun, dass Thorgrim seine Waffe ganz langsam in die Mannesscheide seines Verwandten habe gleiten lassen. Die anderen aber sagen, dass er seinen Prügel einfach in ihn hineingerammt habe, bis in Sigurds Lunge hinauf. Einig ist man sich, dass Sigurd nur noch am Japsen war, als Thorgrim dann in ihm steckte, und dass der ihn ganz ausgefüllt habe. „Thorgrim!" japste Sigurd, „Thorgrim Jarlstöter." Thorgrim grinste fett. Gleich darauf ließ Sigurd seine Hände auf den Hintern seines Reiters klatschen, dass es in Thorgrims Ohren klang. So gab er den Rhythmus vor, mit dem Thorgrim nun in ihn hineinhämmerte. Rücksichtslos, so, dass er Sigurds Zauberpunkt nicht nur traf, sondern im Vorstoß und Rückzug beiseiteprellte, als wäre er ihm bei seinen Attacken im Weg. Und er kniff Sigurds Brustwarzen mit Daumen und Zeigefinger. Sigurd nahm ihn an den seinen und zog grob an ihnen. Thorgrims ganzes Gewicht spürte er nun auf sich. Ihre Münder fanden sich wieder. Gleich darauf leckte Sigurd Thorgrims Ohr aus, und dessen Zunge streckte sich nach seinem Nacken, dem Haaransatz. Fast erlahmte sein Hämmern darüber, und so klatschte Sigurd auf das kraftgefüllte Leder seines Reiters, spornte ihn wieder an. Der Saft schwitzte ihnen schon aus den Poren, schmierte ihre Glieder, die in der Abendsonne glänzten. Mit den Schenkeln hielt Sigurd Thorgrim und ließ nur noch eine Bewegung zu, und der rammte sich tief und immer tiefer in ihn hinein. Hitze spürten sie in sich, und heißes Fleisch fühlten sie um sich herum, glitschige Glieder überall. Es klatschte und schmatzte, wo sie aufeinander trafen. Sigurd winselte und wimmerte, und Thorgrim röhrte und gröhlte.

Und nun teilen sich die Meinungen wieder. Die einen sagen, es sei Sigurd gewesen, der nun Thorgrim seine Soße unter das Kinn gespritzt hätte, während die anderen erzählen, zunächst hätte Thorgrim Sigurd mit seiner heißen Flut ausgefüllt, und diese Eruption erst habe dazu geführt, dass Sigurd das Gesicht seines Gesippen mit seinem Schleim überschwemmt habe. Einig ist man sich wieder darin, dass beide bei dieser Explosion nicht wußten, wo oben und wo unten war, und dass sie beide so dröhnend aus der Tiefe der Brust brüllten wie brünstige Stiere. Und dann blieben sie liegen, der eine in dem anderen, der eine unter dem anderen. Und sie genossen die Nachglut wie den Sonnenuntergang.

Nun verging einige Zeit. Es dämmerte schon fast, als Sigurds Arschloch zu zucken begann und Thorgrims Schwanz wieder zum Leben erweckte. Sie begannen eine zweite, ruhigere Runde. Klebrig war ihre Haut geworden: Sigurds Schenkel pappten auf Thorgrims Flanken, und sein Schweif flutschte in Thorgrims Faust. Dieses Glitschen war alles, was man hörte, und ganz still entluden sie sich. Das Stöhnen, das bei dieser Gelegenheit zu vernehmen war, kam nicht von ihnen, sondern aus einem Gebüsch. Sie erhoben sich und zogen einen Kuttenträger aus den Blättern, den eigenen Seim zwischen den Fingern. Lachend ließen sie ihn laufen. Nun erst bemerkten sie die Kapelle unweit im Gesträuch, und sie nutzten die Gelegenheit, ihre Blasen zu erleichtern. Sigurd hielt Thorgrims blutschwere Waffe, und der die seine, deren Spitze krebsrot im Abendlicht glänzte. „Sigurd der Rote", sagte Thorgrim, und Sigurd grinste, und sie vereinigten ihre gelben Ströme. Sonst ist an diesem Tage nichts Berichtenswertes mehr geschehen.

VII.

Die Geschichte setzt an einem Samstag wieder ein. An diesem Tag pflegten die Christen in aller Frühe ihren Gott zu verehren. Die Sänfte des Kaisers stand im Palasthofe bereit, und die Träger warteten und mit ihnen die Garde. Jetzt kam der Griechenherrscher die große Treppe hinuntergewatschelt und Thorgrim fragte Sigurd, ob der Jarl nicht wenigstens ein Kurzschwert führen könne. Da sagte Sigurd: „Davon ist mir nichts bekannt. Jetzt aber ist es besser, zu schweigen."

Die farblosen Augen des Kaisers gewannen einen feuchten Glanz, als er Thorgrim erblickte, und der Herrscher ordnete an, dass dieser auf der linken Seite seiner Sänfte gehen sollte, Sigurd aber rechts. Auf dem Weg kam es so, dass der Vorhang links immer einen Spalt weit offen war.

Groß war das Gedränge auf den Straßen Miklagards, und gering der Abstand des Volkes zur Garde und zu seinem Herrscher. Da löste sich ein Grieche aus der Menge und stürzte mit blankem Dolch auf die Sänfte zu. Und er schrie „Christus!" Thorgrim zog nun sein Schwert und hieb dem Angreifer den Arm gleich unterhalb der Schulter ab. Das Metall des Dolches schepperte blechern, als es auf den Stein fiel, und Thorgrim stieß ihn mit dem Fuß weg. „Dieses Werkzeug scheint mir keine gute Arbeit zu sein." Der Grieche sah ihn mit offenem Mund an und winkte mit dem Stumpf seinem Arm nach, der sich auf dem Pflaster krümmte. Sein Blut aber schoss stoßweise aus dem offenen Fleisch. Da hieb ihm Thorgrim mit einem so knappen Schlag den Kopf ab, dass sein Schwert klang. Er nickte und sprach: „Dies ist doch eine bessere Waffe." Und er wischte sie an der Toga des Toten ab und steckte sie in die Scheide.

Jetzt stürzten die Griechen bleichgesichtig auf die Sänfte zu, nachzusehen, ob ihrem Herrn etwas geschehen war. Sie beglückwünschten ihren Herrscher und jubelten laut. So drängten sie Thorgrim ab. Es war aber alles Blut, das von seinem Leder tropfte, griechischen Ursprungs, wie Sigurd feststellte.

VIII.

Nun ist zu erzählen, was sich weiter ereignete. Der Kaiser nahm nämlich die letzten Vorfälle zum Anlass, anzuordnen, dass ihn nicht mehr die Griechengarde, sondern die Waräger zu den Spielen geleiten sollten. Das war eine große Ehre, und es diente als Auszeichnung für seine Rettung vor dem Mordanschlag. Die Spiele fanden in einem großen, steinernen Kessel statt, der mitten zwischen den Häusern Miklagards aufgerichtet war. Der Kaiser hatte dort seinen eigenen, fest ummauerten Platz, auf dem sein Hochsitz stand. Der Fürst ordnete an, dass keiner der Kuttenträger Zutritt zu seinem Platz erlangen sollte, und die Männer verriegelten den Zugang sorgfältig. So befand sich außer ihnen nur die Katze des Kaisers auf dem Platz; sie war ungewöhnlich groß und gelb und hatte schwarze Tupfen. Sie war mit einem Halsband festgebunden, und sie fauchte viel, und neben ihr lag eine Klopfpeitsche bereit. Nun ordnete der Kaiser an, dass Thorgrim links und Sigurd rechts von ihm stehen sollten. Er dankte Thorgrim und der Garde wortreich und wetzte fleißig die Zunge, und eifrig flatterten seine Hände dabei. Einen Armreif streifte er sich ab, der war ganz aus Gold und mit blauen Steinen besetzt, und er ist das schönste Geschmeide, das eines Menschen Auge je erblickt hat. Er reichte ihn Thorgrim. Diese Gabe war etwas zu eng für dessen Arm, und so steckte er sie sich vorne in die Hose. Dort paßte sie genau. Diese Art, Schmuck zu tragen, kannten die Griechen noch nicht; ihre Rufe füllten das Rund. Da hoben sich viele Arme und zeigten auf Thorgrim. Der Kaiser aber lachte, und er gab das Zeichen, und die Spiele begannen.

Viel bekam der Kaiser von dem Wagenrennen nicht mit, denn der Goldreifen führte dazu, dass sich Thorgrims Hose schnell ausbeulte, was das Blickfeld des Fürsten deutlich einschränkte. Nun griff der Fürst nach dem Schenkel des Kriegers. Thorgrim schlug seine Hand weg. Der Fürst langte nach seinem Beutel, und so angenehm lag dessen Hand um Thorgrims Gehänge, dass der unwillkürlich die Augen schloß, bevor er sie wegstieß. Der Kaiser deutete das Augenschließen als gutes Zeichen, und er fühlte nach der Keule, die sich jetzt bei Thorgrim abzeichnete und sich seinem Hosenbund entgegenstreckte. Jetzt ließ Thorgrim ihn gewähren, und er lachte Sigurd über die Glatze des Kaisers hinweg zu. Gleich darauf wuchs Thorgrims Spitze über seinen Hosenbund hinaus, und der Herrscher begann, daran zu züngeln und zu nippeln. Und er griff nach seinem

Schenkel und zog ihn näher zu sich heran. Das sahen die Griechen, die in der Nähe des Kaiserplatzes saßen, und sie zeigten es einander und deuteten auf sie.

„Es fehlt hier etwas an Christentempeln", bemerkte Sigurd. Er öffnete die Hose und lenkte seinen Strahl auf den Bauch des Fürsten. Der Herrscher quiekte auf, ließ ab von Thorgrim und lehnte sich zurück, suhlte sich wohlig in dem sonnenwarmen Strom. Bjarni Thorfinnsson stand oberhalb des Thrones. Nun öffnete auch er die Hose und ließ es auf die Glatze des Fürsten pladdern, und der drehte den Kopf und riss den Mund weit auf. Es traten noch mehr Männer an ihre Seite, so dass die Toga des Griechenherrschers binnen kurzem gelb durchgefärbt war, und sie klebte schwer an seinem weißen Fleisch. Und er schluckte und gluckste glücklich. Da schlossen sich die Hände der Griechen in dem Rund zu Fäusten, und ihre Arme reckten sich drohend in die Luft. Auf dem Kaiserplatz aber streckte sich anderes in die Höhe, und das war stämmiger als die meisten dieser Arme.

„Das scheint mir doch ein ungewöhnliches Verhalten für einen Herrscher zu sein", sagte Thorgrim, als der Kaiser ihm nun mit zittrigen Fingern die Hose öffnete und seinen Mund über seine Waffe stülpte. „Es herrschen viele seltsame Gebräuche im Ausland", erklärte Sigurd, „aber einiges ist auch überall gleich." Er riss dem Herrscher die Toga herunter und warf sie in die Menge; einen gelben Regen-Bogen zog die Stoffbahn hinter sich her. Vielstimmiges Schreien war die Folge, und nun zeigten sich die ersten der Priesterschnecken zwischen den Köpfen der Griechen.

Sigurd nahm die Peitsche und hieb über das Fürstenfleisch, dass es zitterte, und gehorsam drehte sich der Kaiser auf den Bauch und streckte ihm den Hintern entgegen. Sigurd zögerte nicht lange und pflockte seinen Pfahl in das Herrscherloch. Nun begannen die Fäuste jenseits der Brüstung zu toben, und eine Hitze stieg aus dem Kessel auf, die kaum schwächer war als die, die die Garde ausstrahlte.

Das Rennen hatte inzwischen sein Ende gefunden, und der Sieger lenkte seinen Wagen unter den Kaiserplatz. Was er jedoch an Gold zum Siegespreis bekam, war flüssiger Art; da standen fünf Waräger an der Brüstung. Das schienen die Griechen nicht gerne zu sehen, denn wild wirbelten ihre Arme herum, und überall sah man zwischen ihnen die Priesterschwerter fuchteln. Das war ein einziges Toben, jeder schien höher hinauf zu wollen als sein Nachbar. So rührten sie in der Luft. Die Waffen aber, die auf dem Kaiserplatz zum Einsatz kamen, arbeiteten zielgerichteter.

Die Goldströme der fünf Waräger an der Brüstung erloschen eben, und sie wandten sich wieder anderen Tätigkeiten zu. Das gab den Griechen den Blick auf ihren Herrscher frei. Nun wurde ihr Geschrei zum Gebrüll, denn sie sahen, dass Thorgrim ihren Fürsten an den Ohren gepackt hatte und dessen Gesicht dafür nutzte, wofür es seiner Meinung nach am besten geeignet war. Ganz im Einklang mit ihm rammte sich Sigurd von hinten in ihn hinein. Der Kaiser würgte und japste, und seine Hände zogen heftig an dem Stöpsel zwischen seinen Beinen. Dies brachte die Erregung in dem Kessel zur Entladung. Die Griechen sprangen auf die Bänke, und es war wohl doch ihr Toben, das das ganze Gebäude erzittern ließ, und nicht die Tätigkeit der Waräger. Da knirschten die Steine. Da füllten Thorgrim und Sigurd den Kaiser ab. Gleichzeitig entluden sich auch die anderen Waräger, und sie taten dies mit einem einzigen, gewaltigen Schrei.

Danach versuchten die Griechen, die Schranken zum Kaiserplatz zu erklimmen. Die Männer packten ihre Waffen weg und ließen ihre Schwerter in der Luft summen. Sigurd nahm der Katze des Kaisers das Halsband ab und verpasste ihr einen Tritt, dass sie in die Menge flog; das gab ein großes Rennen und Flüchten. Thorgrim legte das Halsband dem Herrscher um und zog ihm die Peitsche über die Schenkel. Der Kaiser quietschte lustvoll, ließ sich auf den Rücken fallen und spreizte die Beine. Thorgrim zwang ihn auf alle Viere und trieb ihn die Treppen hinab.

Nun machten sich die Waräger auf den Rückzug aus dem Steinkessel. Sie entschieden sich für den kürzesten Weg und gingen zum Hafen, wo sie sich das erstbeste Schiff nahmen. Es zeigte sich, dass es ein Viehhändler war. So sperrten sie den Kaiser zu den Schweinen. Es wird berichtet, dass er späterhin sehr anstellig geworden sei. Damit aber schließt nun diese Saga.

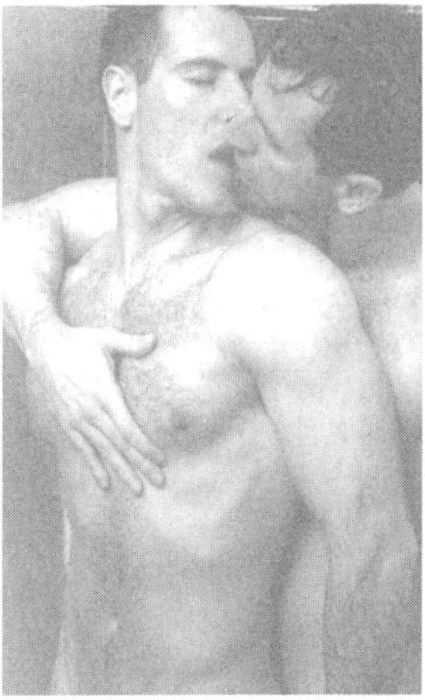

David B. Harden

Toter Grund*

Meine Schenkel zittern von der Fahrt mit dem Rad quer durch die Stadt. Ich erreiche Flusskilometer 6 bei der Donauinsel, mein Ziel, den Toten Grund. Im Sommer komme ich oft hierher. Meine enge Radfahrhose ist schweißgetränkt, und ich bemerke, wie mir das Augenpaar eines nackt durch die Büsche streifenden Mannes folgt.

Nicht mein Typ. Ich habe Zeit.

Auf meinem Stammplatz direkt am Wasser ziehe ich mich langsam aus und beginne, meinen Körper mit Sonnenöl einzucremen. Die Finger gleiten über meine Brust, verweilen bei den Brustwarzen, die von der letzten Nacht noch etwas schmerzen, wandern weiter zu den Arschbacken. Die Wärme der Sonne macht mich geil. Zuschauer stören mich nicht. Ich spiele mit meinem Arschloch, das meinen Finger gierig einsaugt. Die andere Hand massiert meinen halbstei-

* Der Tote Grund ist ein Teil der Wiener Donauinsel, Naturschutzgebiet und bei Schwulen ein beliebter Nacktbadestrand.

fen Schwanz, knetet meinen rasierten Sack und kehrt zurück zu den Brustwarzen.

Noch nicht. Später.

Ich lege mich auf die Decke und schließe die Augen. Plötzlich höre ich neben mir ein Rascheln im Gras, blicke auf und sehe eine Gestalt, die ich aber, geblendet von der Sonne, nicht genau erkennen kann. Zwei Beine, gegrätscht, kräftig, in derben Stiefeln. Mein Blick wandert höher. Scheiße! Der Typ trägt Uniform: Ein Beamter der Naturwacht. Groß, schlank, fast hünenhaft steht er vor mir und blickt auf mich runter.

„Wissen Sie nicht, dass Sonnenbaden im Naturschutzgebiet verboten ist?" herrscht er mich an.

Ich will aufstehen, doch er stößt mich auf die Decke zurück.

„Bist wohl zum Ficken gekommen? Kannst du haben!" Er macht sich den Gürtel auf. Zu meiner eigenen Überraschung knie ich vor ihm, öffne seinen Hosenstall und massiere seinen Schwanz. Meine Lippen streifen über die Unterhose, in der sich ein kräftiges Stück Fleisch zu rühren beginnt.

Langsam vergesse ich alles ringsum. Seine Hand drückt gegen meinen Hinterkopf. Seine Hose rutscht. Meine Hände kneten zwei feste Arschbacken. Mit geschlossenen Augen konzentriere ich mich ganz auf seinen Schwanz, lecke, beiße, sauge seinen herben Duft ein.

Ich öffne den Mund. Seine Eichel liegt auf meinen Lippen. Ganz langsam gleitet sein Glied über meine Zunge, immer weiter in meine feuchte Mundhöhle. Der Druck auf meinen Gaumen, tiefer, ja, tiefer! Den letzten Widerstand überwinden. Das Zucken seines Schwanzes ermutigt mich. Ich höre ihn stöhnen. Nimm meinen Mund! Dring ein, tief, ganz tief! Wir sind ein Rhythmus: er ganz Schwanz, ich ganz Schlund. Dieses fremde Stück Fleisch wird ein Teil von mir, ein Teil von meiner Lust.

Ich betrachte das speichelglänzende Monstrum. Meine Zunge spürt das Pulsieren des Blutes in seinen Venen. Wieder stülpe ich meinen Mund über ihn.

Wir sind zu Boden gesunken, jetzt beide nackt, schweißnass. Meine Finger zwirbeln seine Brustwarzen. Er spielt mit meiner Rosette. Der Schweiß in der Furche erleichtert das Eindringen eines Fingers in mein Arschloch, dann eines zweiten. Er dreht mich auf den Bauch.

Ich strecke ihm meinen Arsch entgegen. Nimm mich! Ich will dich in mir. Doch er lässt sich Zeit, lässt mich betteln. Seine Zunge massiert meine Rosette, die sich öffnet, zuckt. Ich winde mich. Komm, nimm mich ganz!

Er packt mich, dreht mich auf den Rücken. Nun liege ich unter ihm. Er spreizt meine Beine und drückt sie runter zu meinen Schultern. Mein willig zuckendes Arschloch reckt sich ihm entgegen. Seine glänzende Eichel wippt vor meinen Lippen. Ich schnappe nach seinem Schwanz und sauge ihn gierig ein. Mit gleichmäßigen Stößen beginnt er, in meinen weit aufgerissenen Mund zu ficken. Seine Zunge ist tief in meinem Arsch, wechselt sich mit seinen Fingern ab, die mein Loch dehnen, vorbereiten. Während seine Schwanzspitze immer wieder drängend gegen meine Rachenwand stößt und meine Nase in seinem Schamhaar versinkt, wühle ich im griffbereit liegenden Rucksack nach einem Gummi.

Mit meinem Mund rolle ich ihm den Black Rubber über, ergötze mich noch einmal am Anblick seines kraftstrotzenden Gliedes, drehe ihn auf den Rücken, massiere ihm mit meinem Arschloch die Eichel. Ich sinke nieder, bin gepfählt, endlich. Meine Eier pressen sich in sein Schamhaar. Ich halte inne, gewöhne mich langsam an seine Größe. Komm, tiefer, benutz mich! Zum ersten Mal treffen sich unsere Lippen. Nun sind wir eins, unsere Zungen ineinander verschlungen, sein Schwanz in meinem Arsch. Langsam gleite ich auf und nieder. Er antwortet mit sanften Stößen.

Er treibt seinen Schwanz in mich hinein, nicht mehr sanft, ohne Rücksicht. Ich bäume mich auf. Schmerz und Lust vermischen sich. Die Sonne brennt auf meinen öligen Rücken. Meine Arschbacken sind weit gespreizt. Warum kann ich sie nicht noch weiter spreizen, ihn ganz aufsaugen, aussaugen?

Seine Brust liegt auf meiner. Uns trennt nur ein feiner Film aus Schweiß. Meine Beine ruhen auf seinen Schultern. Ich spüre die Muskeln seiner Schenkel auf meinen Arschbacken, wenn er zu einem neuen Stoß ausholt. Mein Arschloch melkt seinen Schwanz, der immer wieder in mich eindringt, mit jedem Stoß tiefer drängt. Noch einmal schiebt sich seine Zunge in meinen Mund. Komm, dein Speichel, dein Atem, komm, komm endlich!

Mein steifer Schwanz zuckt. Gleich komme ich, ohne dass ich mich berührt hätte. Komm, erlöse mich, rette mich, lass mich leben, gib mir Leben! Gib mir deine Kraft und Gewalt, indem du mich bezwingst! Komm!

Er verlangsamt sein Tempo, hält inne, tief in mir. Mein Körper erzittert unter dem Pulsieren seines Schwanzes. Ich gehöre dir, bin ganz du. Jede Pore meines Körpers öffnet sich für ihn, ich kralle meine Finger in seinen Arsch, presse ihn an mich. Er holt aus, stößt noch einmal zu, mit aller Kraft. Mein Stöhnen. Sein kehliger Schrei.

Wir atmen schwer. Mein Samen vermischt sich zwischen unseren Leibern mit unserem Schweiß. Ich lecke über seine Brust, als er aufsteht. Achtlos wirft er den gefüllten Gummi ins Gebüsch. Ich möchte so gern seinen Samen trinken.

Nachdem er sich wortlos angezogen hat, fährt er mich an: „Was ist? Pack dein Zeug und verschwinde! Sonnenbaden ist hier verboten. Ich will dich nicht noch mal erwischen, sonst ..."

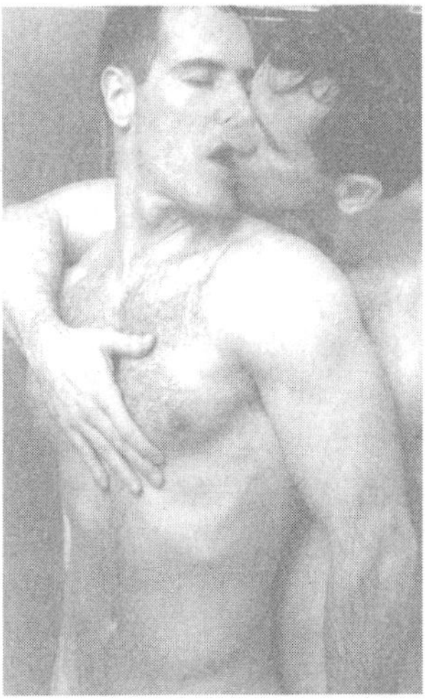

Peter Jungblut

Kalte Dusche

Gerne hätte er auch mal eine aufregende Geschichte erlebt mit einem Pizzalieferanten, Bäckerburschen, Bauarbeiter oder Fahrradkurier. Aber Sven war für solche erotischen Abenteuer wahrscheinlich viel zu schmalbrüstig, zu bleich, zu schüchtern und obendrein Brillenträger. Welcher ganze Kerl wollte sich schon mit einem dermaßen unauffälligen Versicherungsangestellten einlassen?

Seine Arbeit fanden die meisten so stumpfsinnig wie einen Job an der Supermarktkasse oder in der Flaschenabfüllung. Kaum einer fragte nach, wenn Sven von seinem Beruf erzählte. Den ganzen Tag am Computer sitzen und Kfz-Schäden bearbeiten – soviel grauer Alltag wirkte abschreckend. In Wirklichkeit hatte er natürlich eine abwechslungsreiche und manchmal sogar unterhaltsame Beschäftigung. Zugegebenermaßen war unter seinen doch immerhin fünfzig Kollegen aber kein einziger aufregender Mann. Sven war angeödet von ihrem triebhaften Karriere- und Konkurrenzdenken. Vor allem beim Mittagessen in der Kantine erwiesen sich diese eitlen Kollegen als nervtötende Gesprächspartner. Fußball, Autos, Frauen und Gehalt, das waren die Dauerthemen. Bei diesen mittäglichen Palavern fiel es Sven schwer, seinen höflichen Gesichtsausdruck eine halbe Stunde lang durchzuhalten. Sie wussten über ihn Bescheid, machten manchmal ein paar schale Witze und ärgerten ihn ansonsten mit eingehenden Beschreibungen ihres jeweiligen Familienglücks.

Sven war jedes Mal froh, wenn er wieder allein in seinem Büro saß. Frau Küster aus dem Vorzimmer brachte ihm täglich gegen halb drei seinen Nachmittagskaffee und verwöhnte ihn jeden Freitag mit selbst gebackenen Plätzchen. Sie ging stark auf die fünfzig zu, war seit etlichen Jahren geschieden, hatte mit allen Männern gebrochen und sich auf Katzen verlegt. Drei davon mästete sie zu Hause mit Edelfutter. Ihre Mutterinstinkte richteten sich ganz und gar auf die Viecher und den 28-jährigen Sven, denn ihr eigener Sohn war vor Jahren auf die kanarischen Inseln ausgewandert.

Zu den spröden Zärtlichkeiten von Frau Küster gehörte auch die obligatorische Frage nach seinen Wochenendplänen. Sven war ehrlich und murmelte fast immer: „Nichts Besonderes." Zwei Wörter, die sein ganzes bisheriges Leben kennzeichneten.

Natürlich nur bis zu diesem besagten Mittwoch im Juli. Heiß war es draußen, schon früh morgens um die zwanzig Grad. Sven war mit dem Fahrrad zur Arbeit gefahren, obwohl es ihn nervte, verschwitzt anzukommen und den ganzen Tag mit klebrigen Achseln vor dem Computer zu sitzen. Eine Klima-Anlage gab es nicht. Frau Küster hatte sich daher wie viele andere Kollegen während der Sommerzeit einen Ventilator auf den Schreibtisch gestellt. Sven war dafür zu empfindlich. Der Luftstrom verkühlte seinen Hals, rötete die Augen und trocknete die Schleimhäute aus. Deshalb musste er übrigens immer absagen, wenn Freunde zu einer Cabrio-Fahrt einluden. Er war eben ein Weichei – zu erkältungsanfällig, um seine Haare im Wind flattern zu lassen, wie es echte Kerle im Werbefernsehen machen. Er tröstete sich damit, dass ihm Autos sowieso egal waren.

Um die Hitze wenigstens etwas erträglicher zu machen, hielt er über Nacht alle Fenster im Büro sperrangelweit geöffnet und schloss sie gegen elf Uhr vormittags, wenn draußen die Luft zu flimmern begann. Mit einem Knopfdruck ließ er die Jalousien herunter und saß den Rest des Tages im Dämmerlicht vor seinem Computer. Hin und wieder nahm er einen lauwarmen Schluck aus der Mineralwasserflasche.

Kühlschränke waren in den Büros seit einem Jahr nicht mehr erlaubt. Schuld daran war der ehemalige Sicherheits- und Gesundheitsbeauftragte. Ein unangenehm emsiger Wichtigtuer und Ober-Hausmeister, der als einziger im ganzen Betrieb seinen Hausausweis von morgens bis abends deutlich sichtbar an einer Halskette trug. Sven erinnerte sich mit Schaudern an diesen Herrn Wiegand. Der Typ hatte bei einem überraschenden Besuch herausgefunden, dass Sven unerlaubterweise hin und wieder am Büro-Computer rein privat im Internet surfte, und zwar auf schwulen Seiten. Wiegand war außer sich, sprach von Schweinereien und einer fälligen Verwarnung. Der Abteilungsleiter stufte den Vorfall allerdings als Lappalie ein, was Wiegand hellauf empörte. Er sann auf Rache. Der völlig humorlose und übereifrige Sicherheitsbeauftragte hatte schnell herausgefunden, dass Sven und einige andere Kollegen private Kühlschränke aufgestellt hatten, um darin Salate und andere von zu Hause mitgebrachte Speisen aufzubewahren. Das brachte den Kantinenpächter natürlich um etliche Einnahmen. Als Wiegand irgendwann sogar Weißwein und Bier entdeckte, ja sogar einen alkoholhaltigen Drink mit Eiswürfeln auf der Fensterbank stehen sah, griff er eisern durch. Mit Einverständnis der Leitung und viel Beifall aus der Großküche wurden alle Kühlschränke entfernt. Kurz darauf musste er gehen, weil er bei der Bestellung von neuen Rauchmeldern Schmiergelder angenommen hatte.

Ein fauchendes Geräusch lenkte Sven von der Arbeit ab. Er brütete gerade über einem Schadensfall aus Paderborn. Eine 58-jährige, offenbar angetrunkene Opel-Fahrerin hatte auf einem Supermarkt-Parkplatz beim Rangieren drei Autos gestreift und erheblichen Sachschaden angerichtet. Bei einem der verbeulten Fahrzeuge handelte es sich um ein hochpreisiges, zweisitziges Sport-Coupé. Sven wunderte sich in solchen Fällen immer darüber, dass man für so wenig Beinfreiheit so viel Geld ausgeben konnte. Jedenfalls sollten die Ersatztür und der neue Kotflügel ein Vermögen kosten. Die Versicherung würde selbstverständlich erst einmal einen Gutachter einschalten. Sven wollte gerade mit der Bearbeitung dieses Falles beginnen, als er draußen den merkwürdigen Lärm hörte. Er öffnete eines der Fenster und drückte die Lamellen der Jalousie auseinander, um nach dem Rechten zu sehen.

Drüben, auf dem Dach des Nachbargebäudes, standen zwei Arbeiter einer Dachdeckerei. Sie erneuerten die Teerpappe. Mit einem Schweißbrenner brachten sie die schwarze Bitumen-Schicht der Rollen zum Schmelzen und verklebten sie nacheinander auf den Holzbohlen. Bei dieser Hitze mussten sich die Männer vorkommen wie in der Sauna, allerdings mit abgeschlossener Tür und eingebautem Solarium. Der ältere der beiden machte gerade eine Pause. Nur mit einer wadenlangen, fleckigen und ausgebeulten Jogging-Hose bekleidet, hatte er sich offenkundig einen bösen Sonnenbrand geholt, denn sein bauchiger Oberkörper war krebsrot. Erschöpft setzte er sich in eine schattige Ecke und wischte sich mit seinem schmutzigen, weißen Käppi den Schweiß aus dem Gesicht.

Der Jüngere schien weniger sonnenempfindlich zu sein. Braun gebrannt und mit verkniffenem Mund stand er in der flirrenden Luft und bearbeitete die streng riechende Teerpappe. Sven spürte einen Schwall heiße Luft ins Zimmer fluten und atmete die Dämpfe unwillkürlich ein paarmal tief durch die Nase ein. So einer wie der da auf dem Dach, das wäre was, dachte er, steckte eine Hand in die Tasche seiner Bundfaltenhose und befingerte seinen Schwanz. Der neigte bei dieser Hitze sowieso zu unkontrollierten Reaktionen. Die pralle Eichel schob sich aus der Vorhaut und drängte gegen den Bund seiner Unterhose. Leider konnte er die Tür nicht abschließen, sonst hätte er sich umgehend Erleichterung verschafft.

Aus einer Entfernung von vielleicht zehn Metern geilte er sich am einzigen Kleidungsstück des Arbeiters auf, einer kurzen, zerschlissenen Jeans. Die Nähte der rechten Gesäßtasche waren an einer Seite aufgerissen. Der Stoff hing lose herunter. In der anderen Tasche steckte ein Handy. Besonders gut gebaut war der Mann eigentlich gar nicht. Die Oberarme wirkten kräftig, aber nicht durchtrainiert oder aufgepumpt. Auf dem linken Schulterblatt prangte ein kleines Tattoo-Ornament. Am unteren Hals hatte er einen auffälligen, briefmarkengroßen Leberfleck. Die Brust war unbehaart und wenig muskulös, was zum harten Job des Arbeiters nicht so recht passen wollte. Vielleicht war er nur eine Aushilfe; altersmäßig hätte er noch Student sein können. Seine strohblonden Haare waren zwar kurz, er hatte aber nicht den sonst auf Baustellen üblichen Bürstenschnitt. Man konnte noch erkennen, dass seine

Haare eigentlich wellig waren. Das schmale Gesicht mit den feinen Lachfalten, den wunderbar geschwungenen Lippen und einer ganz leichten Stupsnase faszinierte Sven. Mit großen Augen starrte er auf die dicken Schweißperlen, die auf der Haut des Arbeiters in der Sonne glitzerten.

Der ältere Kollege hatte wohl gerade einen Witz gemacht, jedenfalls lachte der Arbeiter und dabei blitzte in seinem tief gebräunten Gesicht kurz die Zahnreihe auf, und zwar beneidenswert weiß, was durch die grelle Sonne noch verstärkt wurde. Weil er sich beim Lachen verschluckt hatte, hustete er zwei-, dreimal und spuckte auf den Boden.

Das Telefon klingelte, Sven ging zurück zum Schreibtisch. Nach dem Gespräch drückte er auf die automatische Jalousien-Steuerung und ließ den Sonnenschutz wieder hoch. Als Spanner hinter den Lamellen zu stehen, das machte ihn zwar scharf, aber es reichte ihm diesmal nicht. Ausnahmsweise fasste er Mut. Die Hitze hatte glücklicherweise seiner Konzentration nicht geschadet. Seine sonst üblichen Hemmungen waren auf überwindbare Restbestände zusammengeschrumpft. Er spielte also den an Baustellen interessierten Laien, der neugierig ist auf die fachgerechte Bitumenverarbeitung. Man hört ja soviel von undichten Flachdächern!

Sven blinzelte, weil sich seine Augen erst an die Helligkeit gewöhnen mussten. Das geräuschvolle Hochfahren der Jalousien hatte die Aufmerksamkeit der Bauarbeiter erregt. Sie schauten herüber. Sven nickte ihnen fast unmerklich zu und versuchte zu lächeln, wobei er genau wusste, dass das nicht freundlich, sondern nur dämlich, womöglich sogar schadenfroh aussah. Der ältere der beiden winkte aus seiner schattigen Ecke müde mit seinem Käppi, wahrscheinlich angefressen vom offenkundigen Spott dieses komischen Zuschauers und den Feierabend herbeisehnend. Der Jüngere stützte sich auf den Schweißbrenner und war augenscheinlich dankbar für die Gelegenheit zu einer kurzen Pause.

„Könnte wenigstens etwas Wind gehen", rief der Arbeiter herüber.

„Ja. Ist wirklich heiß. Wahnsinn, diese Arbeit auf dem Dach, was?" Sven lehnte sich aus dem Fenster und guckte nicht gerade unauffällig auf die Knopfleiste an der Jeans des Arbeiters. Sie war teilweise ausgerissen, weshalb sie sich nach vorne wölbte.

„Na ja, ist ja gleich Feierabend. Noch 'ne knappe Stunde."

„Ich hab noch etwas länger. Bis fünf."

„Geht auch vorbei."

„Klar. Wie lange wird das denn noch dauern mit dem Dach?"

„Ein paar Tage. Ist sowieso nur provisorisch. Da steckt überall der Schwamm drin." Der Arbeiter deutete auf das Dachgestühl und Gemäuer unter ihm. „Wird nächstes Jahr angeblich alles neu gemacht."

„Das kommt bestimmt teuer."

„Kann man wohl sagen. So, dann woll'n wir mal wieder." Er packte sich eine neue Rolle Teerpappe und wickelte sie ab.

Sven stand noch einige Momente am Fenster, ganz verwirrt von dem belanglosen Gespräch. Am liebsten hätte er zwei volle Stunden auf die Baustelle gestarrt, alle Bewegungen des schweißnassen Körpers verfolgt und dabei an sich herumgespielt. Diese Aussicht aus dem Fenster war allemal schärfer als eines der besseren Videos aus deutscher Produktion. Für eine unverschämte, offensive Anmache war Sven natürlich viel zu verklemmt. Wer wusste schon, ob der Arbeiter bei soviel Glotzerei nicht mit Beschimpfungen reagieren würde. Sven setzte sich also, benebelt von den Teerdämpfen, der Hitze und seinem heiß gelaufenen Ständer, wieder an den Computer und starrte auf seinen Briefentwurf im Schadensfall Paderborn.

Pünktlich um halb fünf machten die Arbeiter Schluss. Sven beobachtete gespannt, wie sie ihre T-Shirts überstreiften, über das Gerüst hinunterkletterten und zum Bauwagen gingen, um dort ihre Gerätschaften zu verstauen. Gleich würden sie in ihre Autos steigen und wegfahren. Stattdessen rollte jedoch ein dunkelblauer Mercedes auf die Baustelle. Ein älterer, ergrauter und stark übergewichtiger Herr quälte sich aus dem Sitz, streifte sich den dunklen Anzug glatt und schlurfte zum Bauwagen.

„Brauchen Sie noch was?" Frau Küster stand in der Tür. „Sie sollen übrigens noch den Vorgang Cottbus abschließen und in den Ausgang legen. Ist 'ne Bitte vom Chef."

„Heute noch? Ist doch schon viertel vor fünf. Wie soll ich das denn schaffen?" Sven war stocksauer.

„Ja, ich weiß. Aber der Chef will es so. Ich muss auch länger bleiben." Frau Küster drehte sich um, packte eine Akte und schlenderte hinaus auf den Gang. Ihr Muttertrieb hatte eben auch eine abgebrühte und grausame Seite. Sven kickte vor Wut den Papierkorb in die Ecke, wo das hässliche Ding umfiel und sich der zerknüllte Inhalt auf dem Boden verteilte. Vorgang Cottbus! Und jetzt plötzlich so eilig! Für einige Augenblicke vergaß Sven Frau Küster, die Hitze, und sogar den Dachdecker und malte sich zur seelischen Erleichterung ein paar Foltermethoden für seinen Chef aus. Dann holte er sich den Vorgang Cottbus auf den Schirm und begann mit der Arbeit.

Kurz nach halb sechs hatte er die leidige Angelegenheit überraschend zügig hinter sich gebracht. Er ging missmutig zum Fahrrad-Parkplatz, ärgerte sich dort mal wieder über die verdreckten Unterstände und machte sich auf den Weg nach Hause. Er war gerade mal um die Ecke geradelt, als es vor seinen Augen krachte. Ein Kleinwagen hatte die Vorfahrt missachtet, war in die Kreuzung gefahren und glücklicherweise nur mit geringem Tempo auf eine klapprig aussehende, vielfach angerostete Limousine aufgeprallt. Sven sah zu seiner großen Verblüffung, wie die geschockte Frau Küster sich entgeistert vom Anblick des erschlafften Airbags löste, die Tür ihres Kleinwagens öffnete und zitternd ausstieg. Nachdem er eilig sein Rad auf die Straßenböschung gelegt hatte, wollte Sven gerade tröstend auf seine kreidebleiche Sekretärin zugehen, als er den Fahrer des anderen Autos bemerkte. Es war der Teerpappen-Verleger, mit dem er sich am Nachmittag unterhalten hatte.

„Schöne Scheiße", zischte der Arbeiter Frau Küster an.

„Na, Gott sei Dank habe ich einen Zeugen!" rief sie unvermittelt aus, als Sven an ihre Seite trat.

„Sagen Sie mal, Sie haben doch 'nen Knall! Was fällt Ihnen ein, mir einfach die Vorfahrt zu nehmen?" empörte sich der Unfallgegner, der in Badeschlappen auf der heißen Asphaltdecke stand.

„Sie sind gerast!" stellte Frau Küster abwehrend fest. „Viel zu schnell waren Sie! Mindestens sechzig! Erlaubt sind hier aber nur dreißig. Sie sind schuld. Ich habe einen Zeugen!" Hilfesuchend wandte sich die stark verunsicherte Sekretärin an Sven.

„Ich habe alles gesehen." murmelte er total verwirrt.

„Wir haben uns doch heute Nachmittag gesprochen, oder?" fragte der Bauarbeiter, verwundert über die zufällige Begegnung.

„Ja, ja. Ich bin ein Kollege von Frau Küster." Sven war es furchtbar peinlich, plötzlich als Zeuge und Vertrauter einer offenkundig schuldigen Unfallbeteiligten dazustehen. Womöglich musste er

Partei ergreifen, ausgerechnet gegen diesen strohblonden, kräftigen Kerl, dem braun gebrannten Körper, den behaarten Unterschenkeln und dem von der Baustelle verdreckten T-Shirt, auf dem in roten Buchstaben die ausgebleichte Aufschrift „Hier werden Sie geholfen" stand.

„Ich fass es nich'!" staunte der Arbeiter. „Ich war also schuld, ja? Und Sie haben alles gesehen? Ich hatte gerade mal vierzig drauf, höchstens. Sie sind volle Pulle in die Kreuzung. Weder links, noch rechts geguckt! Die Tante war doch blind!"

„Hören Sie mal, Sie Flegel! Wir rufen die Polizei. Wir kennen uns mit so was aus. Wir arbeiten ja bei einer Versicherung, speziell Kfz-Schäden." Frau Küster wurde mit jedem Satz selbstbewusster, schließlich war sie überzeugt, einen zuverlässigen Zeugen an ihrer Seite zu haben.

„Okay, okay. Rufen Sie die Polizei. Ich hab's nicht eilig. Ist ja gerade mal kurz vor sechs. Brauchen Sie ein Handy?" Unwirsch beobachtete der völlig verschwitzte Bauarbeiter, wie Frau Küster ihr eigenes Mobiltelefon aus der Tasche kramte und die Polizei alarmierte.

Die Kreuzung war wenig befahren, sogar jetzt, im Feierabend-Verkehr. Allerdings rollten einige Kollegen aus der Versicherung vorbei. Einige hielten an, stiegen aus und gesellten sich dazu.

„Stimmt, Sie waren ziemlich langsam", sagte Sven plötzlich zum zornigen Bauarbeiter und fügte zur Verdeutlichung hinzu: „Wahrscheinlich hätte Frau Küster besser aufpassen müssen."

„Das darf doch nicht wahr sein! Fällt er mir in den Rücken! Das ist ja ein starkes Stück. Sie machen mir Spaß! Da kümmert man sich von morgens bis abends um Sie, und wenn man mal Hilfe braucht, steht man da." Frau Küster war außer sich über diesen verräterischen Anschlag eines jungen Mannes, dem sie immerhin seit über zwei Jahren jeden Freitag kostenlos Gebäck mitgebracht hatte. War das der Dank dafür? Man wurde in aller Öffentlichkeit als Unfallverursacherin gebrandmarkt.

„Der Schaden ist ja nicht so groß, keine Aufregung", versuchte Sven dic Lage zu entschärfen. „Am Besten fahren Sie beide die Wagen an den Rand und machen erst mal die Kreuzung frei."

„Ich denke ja gar nicht dran. Das wird alles aufgeschrieben und festgehalten. Ich will Beweisfotos haben!" ereiferte sich Frau Küster und blickte ihren Unfallgegner feindselig an. Sven wurde ignoriert.

Aus dem Handschuhfach holte sie einen Notizblock und kritzelte die Kfz-Nummer des angefahrenen Autos auf ein winziges Blatt. „Wollen wir doch mal sehen, ob ich nicht zu meinem Recht komme!"

Die Polizei hatte das Protokoll ziemlich unwillig zu Papier gebracht, da es sich um einen lästigen Bagatellschaden handelte. Noch mehr fühlten sich die beiden Beamten allerdings genervt von den Schaulustigen, die sich allesamt als Versicherungsbeschäftigte erwiesen, sich demzufolge als Experten aufspielten, unerwünschte Ratschläge gaben und lauthals diskutierend die juristischen und gutachterlichen Aspekte des Falls besprachen. Es versteht sich von selbst, dass alle bis auf Sven der Meinung waren, dass Frau Küster vollkommen im Recht war. Einige wollten aus der Ferne sogar entsprechende Beobachtungen gemacht haben.

Frau Küster konnte es nach Ende der Unfallaufnahme zwar kaum glauben, aber ihr Kleinwagen war noch fahrtüchtig, trotz demolierter Stoßstange, einem zersplitterten Scheinwerfer und eingedrückter Motorhaube. Sie lenkte das Auto die paar hundert Meter zurück auf den Firmen-Parkplatz und ging Richtung U-Bahn, ohne mit Sven auch nur ein einziges weiteres Wort gewechselt zu haben.

„Danke für die Aussage. Ich bin der Dirk." Der Bauarbeiter reichte Sven die Hand und versuchte, ein möglichst dankbares Gesicht hinzukriegen.

„Ist schon okay. Ich konnte ja schlecht lügen, auch nicht für Frau Küster." Sven fasste die Hand und verlieh seinem Griff einen möglichst kernigen Ausdruck.

„War heute echt 'n Scheißtag", sagte Dirk wütend. „Erst rückt der Chef die Kohle nich' raus, und dann fährt mir auch noch die Alte in die Weichteile."

„Manchmal kommt eben alles zusammen." Das war zwar nicht direkt tröstlich, aber was Besseres fiel Sven auf die Schnelle nicht ein. Er war immer noch ganz durcheinander vom Händeschütteln und fragte sich, ob er auch hart, also männlich zugepackt hatte.

„Weißte was? Wir gehen jetzt erst mal baden. Was hältst du davon? Du weißt schon, der Waldsee. Ist halb acht durch. Da nervt um diese Zeit keiner mehr. Ich nehm dich mit."

Dirk kraulte sich verlegen am Hinterkopf. Vermutlich hatte er zu spät gemerkt, dass Sven für so eine spontane, abendliche Strandpartie allem Anschein nach viel zu spießig war – immerhin trug er ein kurzärmeliges, weißes Hemd mit Krawatte, eine dunkelblaue Tuchhose und ausgesprochen biedere, noch dazu blitzsaubere Schuhe. Deutsche Büroangestellte in diesem Outfit neigten ja nicht gerade dazu, sich nach der Arbeit nackt ins nächste Wasserloch zu werfen. Dirks Bedenken waren folglich sehr berechtigt.

„Wollte sowieso erst mal 'ne kalte Dusche nehmen", sagte Sven. „Der Waldsee ist bestimmt erfrischender. Aber ich hab nix dabei zum Baden gehen." Sven war sauer über seinen ohne Sinn und Verstand herausgeplapperten Einwand und starrte verlegen auf die Splitter von Frau Küsters Scheinwerfer, die auf der Straße herumlagen.

„Ist doch egal. Hab Handtücher im Kofferraum. Komm, steig ein. Bis zehn ist's noch hell. Oder hast du 'n Termin?" Dirk öffnete die ramponierte Beifahrertür.

„Nö, das nicht. Aber warte, ich muss noch mein Rad abschließen."

Sven vermisste im Auto irgendwelche schwulen Erkennungszeichen. Keine Regenbogen-Aufkleber, Wackeldackel, herumliegende Zeitschriften mit nackten Männern, Haargel-Spender, einschlägige Party-Flyer, Kondome oder gar Cruising-Packs. Nichts, außer staubige Socken auf dem Rücksitz und die schweren Stiefel vom Bau auf der Gummimatte. Also ein Hetero. War ja klar, sagte sich Sven enttäuscht. Welcher Schwule verlegt schon Teerpappe?

Dirk drückte barfuß aufs Gaspedal und fuhr ziemlich rasant die Tempo-30-Zone entlang. Frau Küster hatte wohl doch die richtigen Beobachtungen gemacht, was den Fahrstil ihres Unfallgegners betraf. Dirk kurbelte seine Scheibe herunter und legte den Arm aus dem Fenster. Auf der Beifahrerseite war der Fensterheber durch den Unfall leider defekt. Sven krallte sich an seiner Aktentasche fest und blickte immer wieder verstohlen zu Dirk. An dessen Schläfen rann der Schweiß herunter, perlte über die Wangen und den Hals bis in das T-Shirt hinein, wer weiß, wohin. Sven stellte sich vor, in einem dieser dicken Tropfen eingeschlossen zu sein und die ganze Reise den Körper hinunter mitzumachen: über die Brust, die vibrierende Bauchdecke, am Nabel vorbei, in den Haarflaum und noch weiter.

Wahrscheinlich war Dirk ein ganz rabiater und einfallsloser Liebhaber, wie man sich Bauarbeiter eben so vorstellte. Schnell hart, schnell weich. Hoffentlich kann ich bei mir alles unter Kontrolle halten, sagte sich Sven, der sonst schwer entflammbar war, jetzt aber lichterloh brannte. Wenn ich am Waldsee mit einer Latte im Sand liege, mache ich mich zum Gespött, ging es ihm durch den Kopf.

Wahrscheinlich gibt's um diese Zeit dort wenigstens keine Zuschauer mehr.

Tausend Einwände und Bedenken wirbelten zwischen seinen Schläfen herum. Er war eben auch zehn Jahre nach dem Coming-out kein Draufgänger geworden, sondern ein Weichei geblieben. Andere trieben es im Aufzug, auf dem Schreibtisch, im Lagerraum, in der Telefonzentrale oder gar in der Werkstatt – Sven hatte bisher nur im Schlafzimmer und im Stadtpark Erfahrungen gesammelt. Die meisten davon waren nicht der Rede wert, abgesehen von dem unerfreulichen Quickie im feuchten Gras am Flussufer, bei dem sich eine Zecke in seiner Wade verbissen hatte. In solchen Fällen musste man ja gelegentlich mit Virusinfektionen rechnen. Seine Zecke hatte allerdings auf seine schwachen Nerven Rücksicht genommen und war gutartig gewesen. Risikofaktoren, wohin man blickte: kein Wunder, dass Versicherungsangestellte den tückischen, schönen Seiten des Lebens ein gewisses Misstrauen entgegenbrachten.

„Boss müsste man sein", sagte Dirk. „Dann hast du 'n leeres Konto, aber die Taschen voller Scheine. Nix Steuern, nix Abgaben. Wir Malocher können auf die Kohle lange warten ."

„Du bekommst kein Geld?" fragte Sven.

„Das werden wir mal sehen. Der Alte war heute auf der Baustelle. Hatte nur Ausreden, das Arschloch. 'ne ganze Stunde rumpalavert. Seit zwei Wochen ist er im Rückstand. Nur Miese hab ich auf 'm Konto. Echt krass. Wenn er bis Donnerstag die Knete nich' vorbeibringt, tu ich keinen Handschlag mehr, das kannste glauben."

„Vielleicht ist er pleite."

„Nee, nee. Der ist nur abgebrüht. Mit den Illegalen kann er alles machen. Mit mir aber nicht. Ich bin sowieso in drei Wochen weg."

„Eine andere Baustelle?"

„Bloß nich'! Ich mach eine Umschulung. Mir reicht's am Bau."

Dirk wollte sich zum EDV-Spezialisten ausbilden lassen und hatte einen zweijährigen Kurs belegt, der teilweise vom Arbeitsamt bezahlt werden sollte. Der Lehrgang begann im September; im August wollte er noch Urlaub einschieben. Sven erzählte kurz von seiner Arbeit bei der Versicherung und war überglücklich, dass Dirk zwei-, dreimal interessiert nachfragte. Er fand es sogar amüsant, den skurrilen Fall Paderborn geschildert zu bekommen.

Dirk fuhr am Parkplatz und am „Durchfahrt verboten"-Schild vorbei und hielt den Wagen erst fünfhundert Meter weiter, direkt am Seeufer an. Es war kurz vor acht. Nur noch eine Gruppe von Jugendlichen war am Badeufer zu sehen und bereitete ein Lagerfeuer vor. Dirk holte zwei Handtücher aus dem Kofferraum und ging mit Sven ans Ende des sandigen Uferstreifens, dorthin, wo der Schilfgürtel begann. Er zog sein T-Shirt aus, hatte mit zwei Griffen die Jeans aufgeknöpft und stand nackt da. Nichts drunter, stellte Sven fest und war sofort heftig erregt. Glücklicherweise trug er eine Bundfaltenhose; da drin ließ sich sein Ständer einigermaßen verbergen.

„Na, komm schon", forderte ihn Dirk auf, rannte zum See und war mit einem Sprung im Wasser. Er tauchte ein paar Meter und kraulte mit kräftigen Zügen vom Ufer weg. Sven legte seine Brille vorsichtig aufs Handtuch, lockerte die Krawatte, zog sein Hemd aus und wusste nicht, wie er seine Latte auf dem kurzen Weg ins Wasser tarnen sollte. Umständlich streifte er die Schuhe ab, stopfte die Socken hinein und machte sich endlich am Gürtel zu schaffen. Dirk war schon etliche Meter hinausgeschwommen. Die Jugendlichen waren ausgeschwärmt, um Brennholz für das geplante Feuer zu besorgen. Also konnte er es wagen. Mit einem Ruck riss Sven Hose und Unterhose runter, tat so, als ob er sich am Schamhaar kratzte, und konnte den nicht vorhandenen Zuschauern dadurch den freien Blick auf seinen steifen Schwanz vorenthalten.

Der kühle Waldsee entlastete ihn von allen weiteren diesbezüglichen Sorgen. Er schwamm hinüber zu Dirk, der den Vorschlag machte, einmal den ganzen See zu durchqueren, bis ans gegenüberliegende Ufer. Das waren einige hundert Meter. Sven hätte lieber im seichten Wasser herumgetollt und ausprobiert, wie Dirk auf „zufälligen" Körperkontakt reagierte, aber er fügte sich in sein Schicksal und schwamm nicht sehr elegant neben Dirk her, was sich wegen der kräftigen Züge des Bauarbeiters als ziemlich anstrengend erwies.

Drüben angekommen, setzte sich Dirk breitbeinig auf einen Baumstamm, der über das Ufer ragte. Mit den Beinen wirbelte er Wasser auf und bespritzte damit Sven, der wegen seiner schwachen Kondition ziemlich zurückgefallen war und das Ziel deutlich später erreichte. Tief schnaufend war Sven froh, wieder festen Boden unter den Füßen zu haben. Beim Auftreten auf den sandigen Seeboden spürte er jedoch einen schmerzhaften Stich.

„Aua!" Sven fasste sich an den linken Fuß.

„Biste wo reingetreten?" erkundigte sich Dirk.

„'ne Glasscherbe oder so was." Sven humpelte zum Baumstamm und setzte sich neben Dirk.

„Lass mal sehen." Dirk rutschte wieder ins Wasser, das ihm bis zur Hüfte reichte. Er fasste Svens Wade und hob sie hoch, um die Fußsohle ansehen zu können. „Blutet etwas. Hast dich geschnitten. Sieht aber nich' schlimm aus." Dirk pustete auf den Fuß, um die verletzte Stelle zu trocknen.

„Passiert mir dauernd. Ich bin 'n echter Pechvogel." Der Fuß schmerzte kaum noch, allerdings tropfte etwas Blut ins Wasser. Sven hatte dafür keinen Blick, denn er kämpfte mit zusammengepressten Zähnen gegen seine Erregung an. Dirk ließ sein Bein nicht los, streichelte sogar tröstend ein paarmal rauf und runter und gab ihm einen Klaps auf den Oberschenkel.

„Na, viel Glück habe ich heute ja auch nicht gehabt."

„Dann passen wir ja irgendwie zusammen", sagte Sven. So unauffällig wie möglich hatte er sich eine Hand schattenwerfend über den Schoß gelegt. Das wirkte natürlich nicht beruhigend, wie eigentlich beabsichtigt, sondern aufreizend, denn sein Schwanz drückte schon energisch gegen die Handfläche.

„Ich hol dir nachher das Verbandszeug aus dem Auto. Tut's noch weh?" Dirk hielt den verletzten Fuß weiter in die Luft.

„Ist schon gut. Wir können gleich zurückschwimmen." Sven drückte seine Beine möglichst eng aneinander, was Dirk wohl als Unmutsäußerung oder Abwehrreaktion wahrnahm. Er ließ Sven los und stemmte sich mit Schwung wieder hoch auf den schrägen Baumstamm. Die Beine ließ Dirk rechts und links herunterbaumeln, so dass er Sven von der Seite ansehen konnte. Sie saßen nur ein paar Handbreit auseinander. Sven schielte verstohlen, aber um so gieriger auf das beste Stück von Dirk, der trotz des kühlen Seewassers einen beeindruckend großen Sack mit entsprechend geilen Eiern hatte. Sein Schwanz lag schlaff auf der grüngrauen Baumrinde. Dirk begann nachlässig und wie geistesabwesend mit seiner Vorhaut zu spielen, zog sie etwas zurück und wieder vor.

Sven hatte keine Ahnung, wie dieses Signal zu deuten war. Heteros hatten ja absurde Angewohnheiten, auch solche, die Schwule regelmäßig als Anmache missverstanden. Insofern war eigentlich Vorsicht angebracht, aber Sven gab es auf. Er kapitulierte vor seiner Geilheit und bemühte sich nicht länger, seinen Kolben zu verheimlichen. Er machte es sich bequemer, lockerte die verspannten Beine, präsentierte seinen nicht gerade riesigen, aber gut proportionierten Ständer und wartete schicksalsergeben ab, wie Dirk auf die Offenbarung reagieren würde. Jetzt ist auch schon alles egal, sagte sich Sven. Wenn er hetero ist, soll er sich eben verpissen. Vielleicht hat er wenigstens Mitleid mit einem Verletzten und ist mit seiner Abfuhr nicht ganz so grob wie sonst üblich. Schließlich war Dirk ihm wegen der Zeugenaussage zu einer gewissen Dankbarkeit verpflichtet. Wenn es Heteros überhaupt jemals mit einem Schwulen trieben, dann aus zwei Gründen: Mitleid oder schlechtes Gewissen. Manchmal natürlich auch, weil sie notgeil waren, aber das konnte man bei Dirk wohl ausschließen. Er wirkte nicht gerade bedürftig und wusste seine vielen Chancen sicherlich zu nutzen.

„Hab noch nie rumgemacht mit 'nem Kerl. Du schon mal?" Dirks Stimme war plötzlich ganz leise. Das Flüstern passte überhaupt nicht zu ihm.

„Ja. Öfter." Sven kam sich mit dieser Antwort als selbstbewusster Schwuler selten bescheuert vor. Das klang doch so, als ob er selbst ein Hetero auf Abwegen wäre! Dafür hatte man nun sein Coming-out hinter sich gebracht, dass man sich eilig verleugnete, nur um einen Hetero mit dicken Eiern rumzukriegen.

„Hast 'nen geilen Prügel. Echt. Macht mich an." Dirk berührte zögernd Svens Latte, griff schließlich außerordentlich behutsam mit den Fingerspitzen zu und begann ihn langsam zu wichsen. Offenbar hatte er wirklich noch keinerlei Erfahrung mit Männern, denn er behandelte Svens bestes Stück so vorsichtig wie eine Antiquität aus chinesischem Porzellan.

Sven begann am ganzen Leib zu zittern, was ihm peinlich war. Die stundenlange innere Anspannung löste sich abrupt. Er zog Dirk an sich, küsste ihn auf den Leberfleck am Hals und züngelte sich nach oben ins Gesicht. Wenn Dirk hetero war, dann würde er sich nicht auf den Mund küssen lassen – alte Schwulenweisheit, sagte sich Sven. Man musste also die Probe aufs Exempel machen. Das wurde ihm von Dirk jedoch abgenommen. Der Kerl drückte ihm die Zunge heftig in den Mund und saugte ihm die Lippen wund. An Svens Kinn rieben sich Dirks blonde Bartstoppeln. Sven meinte, in den nassen Haaren des Bauarbeiters noch die Schwaden vom geschmolzenen Bitumen zu riechen, was natürlich reine Einbildung war. Es machte ihn trotzdem scharf, weil es ihn an die nachmittägliche Spannerei durch das Bürofenster erinnerte.

Sven fasste Dirks Schwanz, fest und energisch. Er hatte ein geiles Gerät mit einer aufreizend großen Eichel. Svens Fingerkuppen ertasteten den Kranz und spielten mit der feuchten Naht. Dirk hielt die Augen geschlossen und befeuchtete mit seiner Zunge die Grube über Svens Schlüsselbein. Sie hatten beide Gänsehaut, die im milden Licht der späten Abendsonne besonders erregend aussah. Dirk ließ sich rückwärts auf den Baumstamm fallen und zog Sven zu sich herunter. Eine hellblaue Libelle schwirrte um ihre Köpfe. Sven nahm Dirks Brustwarzen zwischen Zeigefinger und Daumen und begann immer stärker zu drücken. Gleichzeitig beugte er sich hinunter zum feuchten Sack, züngelte den Schaft hinauf und lutschte genussvoll an der geröteten Nille. Er schmeckte Dirks Freudentropfen, die sich in seinem Mund mit Speichel vermischten, und verteilte die Nässe auf der glatten Eichel. Sven setzte sich wieder aufrecht und begann Dirk zu wichsen. Die Latte war dem heftigen Griff aber nur ein paar Minuten gewachsen. Dirk stöhnte laut auf und spritzte ab. Die Ladung tropfte in mehreren Stößen ins Wasser; ein kleiner Rest blieb an der Baumrinde kleben. Sven ließ es sich ebenfalls besorgen, wobei es ihn besonders heiß machte, dass Dirk seinen Schwanz so neugierig und gebannt fixierte wie ein spannendes Experiment. Der erste Spritzer landete knapp oberhalb der Brustwarzen. Die nachfolgenden am Bauchnabel, worin etwas Saft zusammenlief. Dirk quetschte seine Eichel und drückte den letzten, milchigen Rest heraus.

Sie hielten sich umschlungen. Sven machte sich innerlich schon auf eine harte Landung gefasst, man wusste ja, wie Heteros nach der Erleichterung die Flucht ergriffen, Entschuldigungen murmelten und wortreich beteuerten, dass sie alles nur mal ausprobieren wollten. Doch Dirk blieb erst einmal stumm, knabberte Svens Ohrläppchen, streichelte ihm die Augenbrauen, nagte am Adamsapfel und an den Brustwarzen. Sven lachte mehrmals laut auf, was Dirk irritierte. Schließlich nahm Sven seinen ganzen Mut zusammen und outete sich als stinknormaler Schwuler. Dass er mit den Kerlen im Allgemeinen wenig Glück hatte und in der Szene nicht gerade zu den Erfolgsmenschen gehörte, überging Sven für's erste. Hauptsache, Dirk war nicht allzu sehr abgeschreckt von einer schwulen Perspektive. Bloß keine tuntenhaften Anfälle und übertriebene Lobpreisungen des Analverkehrs – erfahrungsgemäß bremste das die Freude am Coming-out.

„Ehrlich gesagt, stehe ich schon lange auf Männer", sagte Dirk. „Aber getraut habe ich mich bisher nicht. Nur einmal, als Schüler, war aber harmlos, in der Turnhalle, zwischen den stinkigen Matten. Das war's. Keine Kerle. Mit den Frauen hat's ja auch geklappt, und gar nicht mal schlecht. Hatte sogar mal 'n paar Monate eine Freundin. Die hat mich dann sitzen lassen. Keine Ahnung, warum. Vielleicht hat sie was geahnt."

„Kann sein. Frauen haben dafür so 'n Instinkt. Hat sie dir nichts gesagt?"

„Nö. Jedenfalls nich' direkt."

„Und indirekt?"

„Auch nich'. Ist ja auch total egal. Lass uns wieder rüberschwimmen, okay?"

„Na klar. Ich finde übrigens: Du bist ein absoluter Super-Typ. Habe ich auf den ersten Blick gedacht." Sven küsste ihn auf die Stirn und sah ihm in die Augen.

„Ach, komm. Du bist echt 'n Schmeichler. Turnt mich viel zu sehr an, so was. Hab lange keine Komplimente mehr bekommen."

Am Badeufer angekommen, legte sich Sven auf ein Handtuch, während Dirk aus dem Auto ein Pflaster für den verletzten Fuß holte. Die Jugendlichen hatten ihr Lagerfeuer inzwischen angezündet. Der grauschwarze Rauch zog auf den See hinaus. Es war kurz nach neun. Die Sonne stand schon tief, der Horizont färbte sich orange. Die Grillparty konnte beginnen. Zwei Bierkästen lagen im Sand, in einer Kühlbox waren wahrscheinlich die obligatorischen Fleischwaren. Dirk tupfte Svens Fußsohle sauber und klebte das Pflaster auf den Schnitt. Dann legten sie sich beide nebeneinander, verschränkten die Arme unter dem Kopf und schauten den Himmel an.

Jetzt müsste er eigentlich tausend Fragen stellen, sagte sich Sven. Dirk blieb aber erst einmal stumm.

„Meinst du, wir können uns noch mal sehen?" fragte Sven schließlich.

„Hast du Lust?"

„Na klar. War einfach toll mit dir – und glaub mir: Es gibt nicht so viele Männer, denen ich das sagen kann."

„Ich denke, Schwule haben so einen hohen Verschleiß. Hundert Kerle sind für euch doch nix, oder? Sauna, Park, Bahnhofstoilette, wie ist das eigentlich?"

Aha, dachte Sven, das will er nun also alles herauskriegen. Typischer Fall von spätem Coming-out. Sie plauderten ein paar Minuten über schwule Gewohnheiten und Vorlieben, wobei Sven bemüht war, all seine Frust-Erlebnisse mit der Szene großräumig zu umfahren. Dirk lächelte ihn hin und wieder an, schloss gelegentlich die Augen und genoss mutmaßlich allerlei erotische Phantasien, die er Sven demnächst hoffentlich im Einzelnen mitteilen würde.

An diesem warmen Juliabend ließ es sich noch eine Weile nackt auf dem Handtuch aushalten. Sven rechnete sich natürlich eine zweite Nummer aus, diesmal mit mehr Gefühl, und vollem Programm. Hinter dem Schilf war genug Platz. Dirks Schwanz regte sich auch schon wieder und wuchs dem Bauchnabel entgegen. Dirk streichelte sich unter dem Sack und zog seinen Schwanz in senkrechte Position. Sven sah sich um nach den anderen Strandgästen, aber sie waren mit sich selbst beschäftigt. Dennoch fühlte er sich beobachtet und gebremst in seiner Geilheit. Er fasste trotzdem Dirks Ständer.

In diesem Moment rollte ein Geländewagen an den Uferstreifen und zwei dienstlich aussehende Herren mit Funkgerät und Schäferhund stiegen aus. Sven zuckte zurück von Dirks voll ausgefahrener Latte und drehte sich schleunigst auf den Bauch. Er stützte das Kinn auf, beäugte das anrückende Duo und versuchte, sich darauf einen Reim zu machen. Er brauchte nicht lange, denn einer der Männer war Herr Wiegand, der ehemalige Sicherheitsbeauftragte und Ritter gegen das Kühlschrank-Unwesen. Mit ausladenden Schritten kam er auf sie zu. Sein Kollege ging mit dem Hund zu den Lagerfeuer-Veranstaltern.

Dirk ahnte wohl schon, das seine Pechsträhne für diesen Tag noch nicht zu Ende war. Er stand auf und zog sich seine kurze Jeans über, um dem neuen Unheil nicht nackt gegenüberzustehen. Sein Ständer war kaum geschrumpft und ließ sich nur äußerst widerwillig in der engen Hose verpacken. Sven war zwar in Sekundenschnelle schlaff, hatte aber keine Zeit mehr, sich den Sand abzuschütteln und in die Hose zu steigen, also blieb er so keusch wie möglich liegen, nämlich auf dem Bauch.

„Sagen Sie mal: Wem gehört der Wagen da?" Wiegand zeigte auf Dirks Auto.

„Mir. Warum?"

„Sie wissen wohl nicht, dass es da hinten einen Parkplatz gibt, was?"

„Doch, doch."

„Es ist verboten, bis an den See zu fahren, das wissen Sie doch auch. Was meinen Sie, wenn das jeder machen würde. Das ist Landschaftsschutzgebiet. Außerdem ist Ihr Wagen beschädigt. Wer weiß, was da alles rausläuft."

„Ist ja gut. Ich fahr ihn gleich weg."

„Aber vorher bezahlen Sie dreißig Euro. Überweisungsformular kriegen Sie gleich mit. Und da kommen Sie noch gut bei weg." Wiegand zückte einen Block und wollte mit dem Schreiben beginnen.

„Hallo, Herr Wiegand." Sven war verwundert, dass der ehemalige Kollege ihn überhaupt nicht angesprochen hatte. Sie hatten zwar nicht viel miteinander zu tun gehabt, aber man kannte sich doch einigermaßen vom Sehen und vom gelegentlichen Kantinenschwatz.

„Ach, ja. Wir kennen uns, nicht wahr?" sagte Wiegand nur.

„Natürlich, Sie waren doch bei uns. Sind Sie jetzt beim privaten Wachdienst gelandet?" Sven war verärgert über das arrogante und abweisende Verhalten dieses unsäglichen Kerls.

„Wie Sie sehen, ja. Gehören Sie zu dem Herrn? Dann bitte ich Sie jetzt, den Badestrand zu verlassen und das Auto sofort wegzufahren. Außerdem ist das hier kein Nacktgelände."

„Nun seien Sie mal nicht so förmlich. Wir gehen ja schon. Sie haben es nötig, uns Vorschriften zu machen. Nehmen Sie eigentlich immer noch Geld an?" Sven konnte sich diesen Seitenhieb nicht verkneifen. Diese Möchtegern-Sheriffs gingen ihm dermaßen auf den Keks, vor allem, wenn sie selbst kriminelle Machenschaften zu verantworten hatten. Die Schmiergeldaffäre mit den Rauchmeldern war ihm noch in bester Erinnerung. Wiegand war offensichtlich peinlich berührt und abgeschreckt. Er steckte nämlich seine Formulare schnellstens ein, schimpfte nur: „Machen Sie, dass Sie wegkommen!" und stiefelte zu seinem Kollegen. Der hatte dafür gesorgt, dass das Lagerfeuer gelöscht wurde und die Party ein vorzeitiges Ende fand.

Ängstlich wie er war, wollte Sven sein Fahrrad nicht über Nacht an der Unfallkreuzung zurücklassen, also fuhr ihn Dirk dorthin zurück. Um diese späte Stunde war die Gegend völlig ausgestorben, rundherum nur Bürogebäude und Brachflächen. Dirk hielt am Straßenrand an. Sven neigte sich zu ihm hinüber und gab ihm wie zum Abschied einen langen Zungenkuss. Er griff Dirk zwischen die Beine und spürte die sofortige, heftige Expansion. Dirk zog Sven an sich und knabberte an seinem Ohr. Trotz der unbequemen Autositze und der beengten Lage gelang es Sven rasch, die Jeans von Dirk zu öffnen, was die ausgerissene Knopfleiste natürlich erleichterte. Dirk hatte mit der Bundfaltenhose von Sven schon wesentlich mehr Probleme. Sie neigten die Sitzlehnen zurück und begannen sich zu wichsen, diesmal mit weniger forschem Tempo als am See. Die schönen Seiten der zweiten Auflage: weniger Gier, mehr Sinnlichkeit. Sein T-Shirt – „Hier werden Sie geholfen" – hatte Dirk ausgezogen und in das heruntergekurbelte Fenster der Fahrerseite gelegt.

„Na, da hört sich ja alles auf!" polterte eine bekannte Stimme von draußen ins Auto. Sie hielten völlig verdutzt gegenseitig ihre Schwänze gefasst und blickten benommen auf. Frau Küster stand neben dem Wagen - ihre Augen zeigten viel Weißes. Die Arme hatte sie in die Hüften gestemmt. Bei der Begegnung mit gefährlichen Tieren soll man sich ja möglichst groß machen. Diese Überlebenstechnik schien auch Frau Küster anzuwenden. Sie bebte vor Zorn.

„Frau Küster! Was machen Sie denn hier? Und um diese Zeit?" Sven stotterte noch ein paar wenig verständliche Worte. Dirk richtete sich drohend auf und steckte seinen Kopf durchs Fenster, um die Unfallgegnerin auf Distanz zu halten.

„Was für eine Schweinerei! Das passt zu Ihnen! Erst lügen und sich dann dafür bezahlen lassen. Na, das wird Folgen haben! Sie Stricher! Ekelhaft. Da können Sie aber sicher sein. Das wird sich herumsprechen. Pfui Teufel!" Frau Küster zischte ihre Worte mit größter Vehemenz ins Wageninnere.

„Aber regen Sie sich doch nicht auf. Ist doch wohl meine Privatsache, was ich hier mache, oder?" Sven hatte inzwischen notdürftig seine zerknitterte Hose hochgezogen und versuchte mit wenig Erfolg, den Gürtel zu finden.

„Widerlich, wie die Karnickel. Sie brauchen wirklich mal 'ne kalte Dusche. Schönen Abend noch." Frau Küster machte auf ihren niedrigen Absätzen kehrt und bewegte sich eilig zum unweit gelegenen Firmenparkplatz. Dort hatte jemand auf sie gewartet, denn kurze Zeit später fuhr sie mit ihrem Begleiter an ihnen vorbei. Offensichtlich hatte sie sich in ihrer Unruhe noch einmal den Tatort angesehen. Das schlechte Gewissen treibt die Leute bekanntlich zu allerlei irrationalen Handlungen

„Und was machen wir jetzt?" fragte Dirk und legte Sven den Arm um die Schulter.

„Jetzt fahren wir zu mir, steigen ins Bett und treiben's wie die Karnickel."

„Gute Idee", lachte Dirk. „Mal sehen, was du mir noch alles beibringst."

„Nur Sauereien natürlich."

„War doch irgendwie ein wunderbarer Scheißtag."

„Und der Beginn einer wunderbaren Leidenschaft", ergänzte Sven, mit gespielt tiefer Stimme und über das ganze Gesicht schmunzelnd. Dirk musste erneut lachen, streifte sich Jeans und das T-Shirt über, ließ den Motor an und gab Sven mit der Faust einen zärtlichen Puffer auf den Arm.

„Weißte, was ein alter Römer zu diesem Tag gesagt hätte? Ich kam, sah und liebte", sagte Sven. Er war ganz beeindruckt von seinem Zitat, rückte seine Brille zurecht und sah die Welt mit völlig anderen Augen.

Simon Froehling

Bodyguard

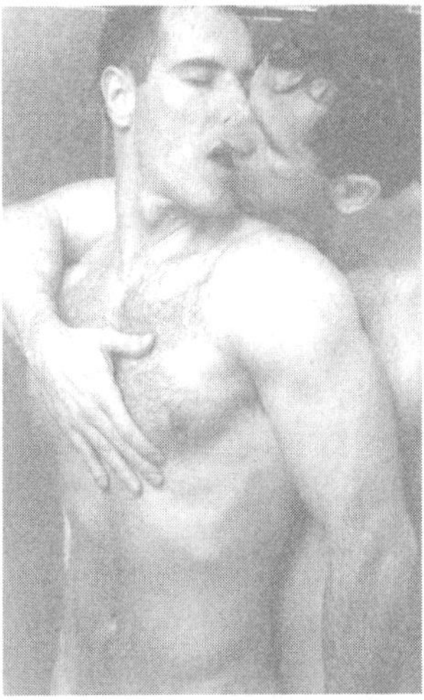

Ich hieß die Limo unter der Autobahnbrücke gegenüber vom Park anhalten, so dass sie außer Sichtweite blieb. Das langgestreckte Gefährt mit den getönten Scheiben hätte sonst zuviel Aufmerksamkeit erregt. Ich blieb sitzen und wartete auf Mr Big – so nannte ich meinen kleinen, dicklichen Chauffeur, der mir die Tür hätte öffnen sollen. Mr Big ließ den Motor jedoch laufen und rührte sich nicht vom Fleck, bis ich ihm mit einem „Bin gleich zurück" versicherte, dass alles in Ordnung sei. Hastig stieg er aus, watschelte ums Auto herum und tat seine Pflicht.

Gleichzeitig sprang auch Tarek aus der Limo. Er folgte mir mit einigen Schritten Abstand über die Straße und in die Dunkelheit der Bäume hinein, die den Park säumten. Bevor wir ganz verschwanden, drehte er sich um und rief Mr Big zu, er solle beim Auto warten, den Motor laufen lassen und auf alle Fälle die Funkverbindung aufrecht erhalten. Seine sonst tiefe und körnige Stimme war merklich gestiegen, überschlug sich gar ein bisschen, was ich als Zeichen einer noch nie an den Tag gelegten Ängstlichkeit deutete. Ich mußte schmunzeln, verzieh ihm aber seine Unsicherheit – in Anbetracht seiner Aufgabe war es nur verständlich, dass Tarek sich um sein Mandat Sorgen machte.

Ich beschleunigte meinen Schritt, denn ich wollte keine Zeit verlieren. Uns blieben genau fünfundvierzig Minuten, um zur Konzerthalle zu gelangen. Zügig ging ich den schmalen Kiesweg entlang, der zum Toilettenhäuschen führte: vorbei an all den Männern, die gegen Bäume lehnten oder auf Bänken saßen, schnurstracks auf einen jungen, wenn nicht den jüngsten Typen zu, den ich schon von weitem erblickt hatte. Er stand ein wenig abseits des Pavillons am Brunnen, sah verunsichert und etwas ängstlich aus. Er war zwar schlank, aber unter seinem engen T-Shirt zeichneten sich drahtige Muskeln ab. Unentwegt schielte er unter seiner Kappe hervor zu den Männern hinüber, die von Zeit zu Zeit das Klo betraten.

Ich lief geradewegs auf ihn zu und hielt erst direkt vor ihm an. Tarek blieb einige Schritte hinter mir stehen, damit es nicht aussah, als wolle er sich einmischen. Ich hörte, wie Tarek mit seinen schweren Stiefeln auf dem Kies scharte. Ihm musste die Situation wohl sehr unangenehm sein, aber mich zu bewachen war nun mal sein Job. Unbeirrt lehnte ich mich zum Gesicht des Burschen vor und spürte, wie sich sein Atem beschleunigte. Ich starrte ihn an, bis er seinen Blick zu Boden senkte, dann drehte ich mich um und ging ins Toilettenhäuschen. Ich bildete mir ein, dass ich den Kleinen schlucken hörte, bevor er mir folgte. Seine Hilflosigkeit hatte meine Phantasie längst entfacht.

Tarek folgte uns mit knirschenden Schritten und trat direkt hinter uns ins Häuschen ein. Ich wählte die vom Eingang am weitesten entfernte Kabine und stellte mich schräg vor die Tür. Als der Kleine gleich darauf erschien, befahl ich ihm mit einem knappen Kopfnicken ins Kabäuschen zu treten, welches so grell beleuchtet war wie das Kühlregal in einem Supermarkt. Das gleiche kalt-bläuliche Licht ließ keine Illusionen zu. Doch der Junge sah im Hellen noch viel niedlicher aus, da er versuchte, sich so klein und unscheinbar als möglich zu machen. Seine ängstliche Unterwürfigkeit in den grünen Augen geilte mich nur noch mehr auf. Einige Sekunden blickte ich ihn starr an, ließ meinen Blick über den blonden Schopf, der unter der schwarzen Baseballmütze hervorquoll, über die knochigen Wangen und das scharfe Kinn herunter wandern, über seinen drahtigen Oberkörper und sein schmales Becken zum doch recht prallen Paket in den engen Jeans. Ob er mich erkannte? Mit größter Wahrscheinlichkeit nicht, rechnete ich mir aus, denn er war erstens nicht die richtige Generation für meine Musik und zweitens viel zu nervös, um meinem Blick standzuhalten.

Ich vergewisserte mich, dass Tarek sich draußen vor der Kabine positioniert hatte. Doch ich hätte keine Zweifel haben müssen, erledigte er seinen Job doch stets korrekt, gewissenhaft und zu meiner vollsten Zufriedenheit. Kurz ließ ich meine Augen über seine volle, solide Länge wandern, als ob ich ihn in dieser doch sehr speziellen Situation auf die Probe stellen wollte. Doch was auch immer in seinem Kopf vorging, er ließ es sich nicht anmerken. Er hatte sich wohl wieder gefangen, denn er stand ganz ruhig da – die Beine leicht gespreizt, die Hände im Schritt verschränkt. Ganz entspannt und doch bereit, beim kleinsten Anzeichen einer Gefahr nach vorne zu schnellen und mir Schutz zu bieten.

Tarek war nun seit fast einem Jahr mein fester Begleiter in der Öffentlichkeit. Bis jetzt war er auch der Beste gewesen – und der Schönste. Groß, dunkel, muskulös und breitschultrig wie aus Tausendundeiner Nacht. Sein markantes, etwas finsteres Gesicht mit den scharf gezeichneten Wangenknochen und den leicht versenkten braunen Augen war stets verschlossen, was mich nur noch mehr faszinierte. Wie ich es so oft tat, stellte ich ihn mir auch jetzt ohne den dunkelblauen Anzug mit der dezenten Krawatte vor, den er bei der Arbeit zu jeder Tages- und Nachtzeit trug. Denn obwohl seine Aufgabe sehr viel Nähe bedingte, waren wir uns nie wirklich nahe gekommen. Er ließ selten einen Ton von sich hören, außer wir mussten etwas Geschäftliches besprechen. Außerdem hielt Tarek sich die meiste Zeit diskret im Hintergrund auf, bewegte sich leise und leicht wie ein zweiter Schatten. Diese kühle Distanz steigerte meine Lust jedoch nur noch mehr, und ich war fest entschlossen, ihn aus sich herauszulocken und auf eine Art zu verführen, die er nie vergessen würde.

Ich drehte mich wieder dem Jungen zu, der abwechslungsweise von mir zu Tarek hinüberschielte, aber nicht wagte zu fragen, was denn eigentlich vor sich gehe. Aber vielleicht erregte ihn der bullige Leibwächter? Oder das Ausgeliefertsein? Vielleicht gar beides? Mehr um ihn einzuschüchtern, als um eine Antwort zu finden, griff ich grob nach seinem Paket und drückte einmal kurz und heftig zu.

Tatsächlich war sein Schwanz schon steif, und ich setzte noch einmal an, um ihn kräftig durchzukneten. Als sich der Junge zu mir nach vorne beugte, griff ich mit einer Hand nach seinem Kinn und drehte mit der anderen seine Baseballmütze nach hinten. Dann drückte ich sein Gesicht zum WC hinunter. Der Junge fing sich auf und stützte sich am Rand der Kloschüssel ab, wo Tropfen eingetrockneter Pisse im Licht klebrig-gelb glänzten. Ich ließ meine Hand den langen Nacken hinunterwandern, ohne jedoch den Druck zu vermindern, und lehnte mein Gesicht ganz nahe an seine Wange. „So ist's brav, mein Junge", flüsterte ich ihm ins Ohr, um ihn dann sogleich anzubellen, er solle die Beine gefälligst auseinandernehmen und den Arsch freimachen.

Der Kleine tat wie geheißen, und während er mit seiner Jeanshose beschäftigt war, drehte ich mich zu Tarek um. Ich erwischte ihn dabei, wie er mit einem Daumen die riesige Beule in seiner dünnen Bundfaltenhose streichelte, die auch seine breiten Handrücken nicht zu verbergen vermochten. Als er meinen Blick sah, hörte er schnell damit auf und senkte den hochroten Kopf. Er sah aus wie ein großer Junge, den Mutti beim Naschen erwischt hat. So hatte ich ihn noch nie gesehen. Ich musste schmunzeln und wandte meine Aufmerksamkeit wieder dem Jüngling zu, der seine Jeans und die Boxershorts inzwischen ausgezogen hatte. Nur noch in T-Shirt und Turnschuhen bekleidet, stand er da und reckte mir seinen glatten Arsch entgegen.

Ich stieß seine Beine mit meinen Stiefeln noch weiter auseinander und ließ dann meine Hand um seinen Körper herum zu seinem Gehänge gleiten. Sein Schwanz, der steil nach oben stand und die glatte Bauchdecke berührte, war durchschnittlich groß, schien aber verglichen mit dem schmächtigen Körperbau überproportional. Sein ebenfalls haarloser Sack hing locker herunter, so dass es ein Einfaches war, nach ihm zu greifen.

Ich drückte einige Male fest zu und betastete mit der anderen Hand sanft den glatten Arsch. Der Bursche spannte seine Muskeln in Erwartung des Kommenden zusammen – vielleicht hatte er doch schon etwas Übung? Ich holte zum ersten Schlag aus und ließ meine Handfläche auf die kleinen und festen Arschbacken des Jungen niedersausen. Der Knall hallte durch das kahle Toilettenhäuschen. Das Geräusch vermischte sich mit einem scharfen Einatmen meines Opfers. Um keine Zuschauer anzulocken, zügelte ich mich etwas und hörte nach einigen wenigen, aber harten Hieben auf. Der Arsch des Jungen hatte sich ohnehin schon rötlich gefärbt, die Muskeln zitterten kaum merklich, und ich sah, wie ihm der Schweiß auf der Stirne perlte.

Ich streichelte einige Male über die warme Haut seiner Arschbacken und griff dann nach seinem Schaft. Erneut lehnte ich mich nach vorne: „Guter Junge, so ist's brav." Ich spürte, wie sein Schwanz bei diesen Worten noch steifer wurde, ein Lusttropfen aus der Nille trat und die zarte Schwanzspitze krönte. Ich wischte die klebrige Flüssigkeit mit dem Zeigefinger weg und schob ihm diesen in den Mund. Der Kleine begann meinen Finger zu lutschen, wie ein hungriger Welpe an der Zitze seiner Mutter.

Das schien mir genug des Vorspiels, schließlich drängte die Zeit. Ich durchsuchte meine Hosentaschen nach dem Päckchen Gleitmittel. Als der Kleine das Rascheln hörte, wollte er sich neugierig umdrehen, doch grob drückte ich seinen Kopf wieder zur WC-Schüssel herab. „Du bleibst schön unten!" raunte ich. Mit meiner freien Hand krallte ich mich in seinem Nackenhaar fest, wobei seine Mütze auf den schmutzigen Boden fiel. Dann öffnete ich das Päckchen Gleitcreme mit den Zähnen und zielte schließlich mit der anderen Hand auf seine Ritze. Als die kalte Fickschmiere auf seine Rosette triefte, zog sich die zarte rosa Öffnung noch mehr zusammen. „Schön eng bist du, nicht wahr?" lobte ich ihn und schob ohne Vorwarnung meinen Daumen bis zum Anschlag durch seinen Schließmuskel. Der Kleine stöhnte kurz auf, versuchte seinen Kopf aus meinem Griff zu befreien und nach hinten zu schauen. Doch ich blieb eisern und drückte sein Gesicht nur noch tiefer in die Schüssel runter. Dann zog ich meinen Daumen ebenso abrupt aus dem geschmierten Arschloch raus.

Ich drehte mich zu Tarek, der nun ziemlich unverschämt die massive Beule in seiner Hose bearbeitete. Ich nahm ein Kondom aus meiner Hosentasche und warf es ihm wortlos zu. Tarek fing es ohne Mühe auf, seine gut trainierte Reaktion beweisend, die ihm vielleicht eines Tages in seiner Arbeit zugute kommen würde. Einen Moment lang starrte er auf das Kondom in seiner Hand, als hätte er noch nie etwas ähnliches gesehen. „Er ist soweit", sagte ich nur und stellte mich zur Seite, ohne jedoch meinen Griff am Nacken des Kleinen zu lockern. Als Tarek keine Anstalten machte, sich zu bewegen, sagte ich: „Komm schon – heute bin ich spendabel drauf!"

Das ließ er sich nicht zweimal sagen und trat in die Kabine ein. Der Kleine hatte inzwischen gemerkt, wer das sagen hatte, und verharrte regungslos in seiner Position. Ich flüsterte ihm noch ein kurzes „Brav" zu, doch meine Aufmerksamkeit war ganz Tarek gewidmet. Dieser fummelte nervös am Bund seiner Hose herum und versuchte, mit zittrigen Händen Knopf und Reißverschluss zu öffnen, ohne das Kondom fallen zu lassen. Klammheimlich freute ich mich, ihn so unsicher zu sehen, ließ mir aber nichts anmerken. Als Tarek es endlich schaffte, seine Hose zu öffnen, reckte sich seine beachtliche Eichel schon aus dem Bund der weißen Unterhose. Ich konnte sehen, wie das fast violett gefärbte Teil leicht pulsierte. Ein Stück des dicken, dunkelbraunen Schafts kam zum Vorschein, und ich war erstaunt, wie viel dunkler sich der Schwanz vom Rest Tareks Haut abhob. Ich musste mich beherrschen, mein eigenes steifes Rohr nicht auch zu befreien.

Tarek verschwendete keine Zeit damit, seine Hose auszuziehen, aber bevor er sich das Kondom überstülpte, griff er sich in die Unterhose, die sich leicht nach unten verschob, und zog einen stark behaarten Hodensack mit zwei schweren Eiern über den Gummibund. Sein Schwanz stach nun kerzengerade in die Höhe. Ich spürte, wie mein eigener Knüppel gegen die Knöpfe meiner Lederhose drückte, was ein angenehmes Gefühl aus Lust und Schmerz auslöste. Ich beherrschte mich, indem ich den Griff im Nacken des Kleinen verstärkte und vorsorglich meine andere Hand über seinen Mund legte.

Gerade in dem Moment lehnten zwei Ledermänner in den Türrahmen und beäugten uns neugierig. Tarek drehte sich blitzartig um und knallte die Tür mit einem heftigen Tritt zu. Eine gespenstische Stille folgte dem Krach und drohte einen Augenblick lang die angenehm prickelnde und vor Geilheit geladene Stimmung zu zerstören.

Doch ich hatte Tarek die Karotte schon zu nahe vor die Nase gehalten. Er sammelte sich schnell wieder und legte seine beiden Handflächen fachmännisch auf die blanken Backen vor sich. Ich sah, wie Tarek sich an der Hilflosigkeit des Jungen weidete und den Moment einen Augenblick lang auskostete. Dann schaute er zu mir herüber, und als ich ihm kurz zunickte, zog er die beiden festen Arschmuskeln auseinander, zielte und spießte den Kleinen mit einem Stoß auf. Der Junge versuchte aufzuschreien, aber ich presste ihm meine Hand noch fester über den Mund. Lediglich ein kläglicher Wimmerlaut war zu hören.

Wieder wartete Tarek einen Moment, bevor er sein Kaliber fast ganz aus dem engen Loch zog. Nur noch die Eichel war unsichtbar, sein Schaft glänzte feucht im Neonlicht der Kabine, und ich sah, wie die fette blaue Ader im Rhythmus von Tareks beschleunigtem Herzschlag pochte. Plötzlich rammte Tarek dem Burschen seinen Schaft mit voller Wucht wieder tief in den Darm, wobei meinem nassgeschwitzten Begleiter ein unterdrücktes Stöhnen entfuhr. Wie um sich wieder zu fangen, verharrte er eine Weile regungslos. Dann konnte sich Tarek jedoch nicht mehr halten, und er begann mit langsamen und gleichmäßigen Stößen zu ficken.

Ich griff nach dem steifen Schwanz des Kleinen und pumpte ihn zum Rhythmus von Tareks Fick. Gleichzeitig lockerte ich den Griff über seinem Mund, und das Japsen des Jungen verwandelte sich allmählich in ein leises Stöhnen. Bald stimmte auch Tarek mit einem tiefen, kehligen Laut ein. Seine schweren Eier klatschten im Takt gegen die Oberschenkel des Burschen, und die Geräusche vermischten sich zu einer höchst erregenden Musik.

Doch plötzlich hörte ich, wie sich ein schwaches Knistern zu den Ficklauten mischte. Es schien aus Tareks Ohr zu kommen, wo der übliche hautfarbene Stöpsel saß, von dem ein dünnes, geringeltes Kabel im Kragen der Anzugsjacke verschwand. Das Knistern wich einem Laut, der nur unterdrücktes Stöhnen sein konnte. Tarek musste meine Entdeckung bemerkt haben, denn sein Schwanz rutschte aus dem Loch, und er schielte verlegen zu mir herüber. Ich beäugte seine fette Eichelknolle, wie sie sanft, fast unschuldig die Rosette des Kleinen zu küssen schien. Ich lächelte Tarek aufmunternd zu, und er bohrte seinen Pfahl wieder ins Arschloch unseres Opfers. Schnell verfiel er in seinen vorherigen Rhythmus, und jeder Stoß schien noch tiefer als der vorherige in den Jungen vorzudringen.

Das Stöhnen in Tareks Ohr trieb den sonst so zurückhaltenden Kerl an, Schweiß lief ihm die Schläfen herunter und seine Stoßbewegungen wurden immer schneller und schneller, wurden rasend. Der Kleine begann sich unter seinem Ficker zu winden, ich presste meine Faust stärker um seine Rute und passte mein Pumpen Tareks Rhythmus an. Als dieser den Kopf in den Nacken legte und sich auf die Unterlippe biss, zog ich meine Hand vom Mund des Kleinen und zwickte ihm fest in die linke Brustwarze.

Das Timing war perfekt: Gerade als Tarek seinen Samen in den zuckenden Körper schoss, begann der Kleine warmes Sperma über meine Hand, die Kloschüssel und die dreckigen Kacheln zu kleckern. Als beide aufhörten zu zittern und das Gestöhn in Keuchen überging, wischte ich meine Hand am T-Shirt des Jungen ab, gab ihm einen freundlichen Klaps auf den Hintern und ging an Tarek vorbei nach draußen.

Vor der Kabine hatte sich eine Traube Neugieriger versammelt, die mich im Vorbeigehen neidisch musterten. Ich sah aus dem Augenwinkel gerade noch, wie Tarek sein feuchtes Gehänge in der Unterhose verstaute, den Reißverschluss seiner Anzugshose zuzog und mir nacheilte. Schweigend gingen wir zum Auto, Tarek wie gewohnt einige Schritte hinter mir zurückbleibend. So konnte er zum Glück mein Grinsen nicht sehen. Ich hatte ihn hereingelegt und es geschafft, die Mauer zu durchbrechen, mit der sich Tarek ständig umgab.

Zum ersten Mal, seit er in meinem Dienste stand, stieg Mr Big nicht aus der Limo, um mir die Tür zu öffnen. Tarek erledigte das für mich und setzte sich dann schweigend in den Beifahrersitz. Als ich es mir hinten bequem gemacht hatte, bemerkte ich den Grund: Mr Big versuchte mit der Straßenkarte einen nassen Fleck auf seiner Uniformhose zu verdecken, und ihm stand die Schuld ins Gesicht geschrieben. Ich hatte große Mühe, mein Grinsen zu verbergen, und sagte gespielt barsch: „Fahren wir!" Dann lehnte ich mich in den kühlen Ledersitz zurück. Wir schafften es gerade noch rechtzeitig zur Konzerthalle. Die Band hatte den Sound-Check schon beendet, und mein Publikum wartete. Ich musste mich nur ins gleißende Licht stellen, das Mikro nehmen und anfangen.

Meine Ladung hatte ich mir für die Bühne aufgespart.

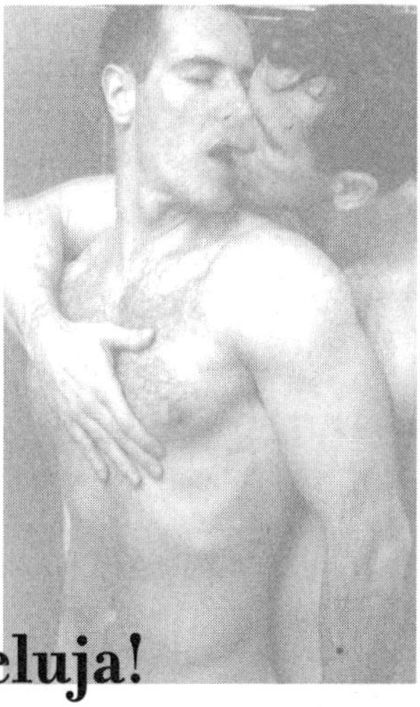

Gerke van Leiden

Glory, Glory, Halleluja!

Ich leide an einem ungewöhnlichen medizinischen Syndrom: Immer wenn ich das Geräusch eines auf Wasser treffenden Urinstrahls vernehme, sehe ich den verursachenden Schwanz vor mir. Und was an diesem Mittag aus der Kabine nebenan an meine Ohren drang, das war kein Pieseln oder Pullern, es war noch nicht mal als Pissen zu bezeichnen, sondern schlichtweg ein 1A-Brunzen.

Weil ich ein artiges Mädchen bin, setze ich mich auch für das kleine Geschäft. Nicht wegen meiner guten Manieren, sondern weil das Pinkeln mit einem dicken Piercing durch die Eichel ungefähr so ausgeht, wie wenn man eine Teekanne mit einem Rasensprenger zu füllen versucht. Nicht, dass es mir was ausmacht, Klohäuschen vollzuspritzen, ganz im Gegenteil. Ich musste nur meinen Anzug schonen.

Ich vernahm also diesen Ochsenstrahl, und in meiner Vorstellung sprang mich ein Glied an, dessen Pissloch den Eindruck erweckte, es könne meinen kleinen Finger verschlingen. Zwei Dinge passierten: Erstens erigierte meine Gerte mit einer Wucht, dass sich die

10er-Kugel meines Prinz-Albert-Piercings zwischen Klobrille und Schüssel verkeilte, zweitens entwichen mir vor Schreck orkanartige Winde; die Tür knirschte in ihren Scharnieren, ich stemmte mich gegen die Trennwände, aus Angst, sie könnten einfallen.

Für das Darauffolgende habe ich nur eine Erklärung: Der Urinator in der Nachbarkabine litt an einem ähnlichen Syndrom; bei dem Krach musste ihn das Bild eines gierigen Hinterns angesprungen haben.

Als erstes schoben sich die Spitzen von Schlangenlederschuhen unter der Wand hindurch, dann wurden oben zweimal vier Finger sichtbar, schließlich fiel die Klorolle mitsamt Halter von der Wand und im nächsten Moment hing statt ihrer dort eine etwa fünfundzwanzig Zentimeter lange und sieben Zentimeter dicke Fleischwurst. Hatte doch irgend so ein Schlingel ein Glory Hole durch die Wand gebohrt. In einem Sterne-Restaurant! In welchen Zeiten leben wir eigentlich?

Ich starrte darauf vermutlich ähnlich wie die Jungfrau Maria, als ihr der Erzengel Gabriel erschien und verkündete, sie sei schwanger. Und während ich noch versuchte, dieses Ereignis einzuordnen, quoll etwas Goldenes aus dem Pissloch, formte sich zögerlich zu einem Tropfen, um sich dann um das untere Ende des Eichelkopfes zu winden, wo es mit besorgniserregender Waghalsigkeit baumelte. Der drohende Absturz jagte mir einen markdurchdringenden Hilfeschrei durch die Knochen.

Ich schaute auf meine *Jaeger LeCoutre* und sah, dass die Zeit drängte. Schon in einer guten Stunde sollte ich einem Komitee argentinischer Abgesandter unser Staudammkonzept verkaufen, und ich hatte meine Mitarbeiter gebeten, jetzt in der Mittagspause die Details zu diesem Projekt mit mir durchzugehen. Sie warteten draußen auf ihren „Schwertfisch in geminzter Schokoladensoße" und auf mich.

Der Tropfen schaukelte bedenklich. Mein Pfarrer – Gott hab ihn selig – predigte immer, sich die Konsequenzen seines Tuns bewusst zu machen, bevor man zur Tat schreitet. Stünde ich auf und ginge, würde diese prächtige Latte allenfalls als Türstopper dienen – eine Herabwürdigung ihrer Makellosigkeit.

Der Tropfen zog sich mahnend in die Länge, riss und fiel. Dass ich ihn auffing, ist wohl auch meiner beispielhaften Kinderstube zuzuschreiben – die Vorstellung, er würde auf dem schnöden

Marmor zerschellen, ließ mich schaudern. Nun thronte er auf meiner Fingerkuppe und glitzerte mich herausfordernd an. Was blieb mir anderes übrig, als ihm die gebührende Wertschätzung zukommen zu lassen? Sein Aroma war würzig. Chili in der Kopfnote, vollmundiger Kaffee kolumbianischer Hochplateaus in der Basis, allerlei Mitteltöne wie Kampfer, Anis und Basilikum rundeten ihn geschmacklich ab.

Nun vertrete ich ohnehin die Meinung, man könne sich nicht besser auf eine anstrengende Verhandlung vorbereiten, als mit einem den Körper in seinen Grundfesten erschütternden Orgasmus. (Seit langem suche ich nach einem Weg, diese Weisheit meinen Mitarbeitern zu vermitteln, ohne den Eindruck zu erwecken, dass meine pralle Eichel für sie pochen würde – schließlich habe ich hohe moralische Werte.) Zudem stünde ich einem Menschen in Not bei, und was wäre ehrwürdiger als das? Die Rute nickte beipflichtend.

Also befreite ich meinen Prinz-Albert aus seiner misslichen Lage. Dann kniete ich vor der Schöpfung nieder und stupste sie mit der Nase an (Begrüßung der Eskimos – ein wenig Protokoll schadet nie!), woraufhin sie sich freudig, wie ein zum Spiel aufgelegter Tümmler, aufbäumte. Meine Speicheldrüsen schalteten auf Produktion. Ich neckte das Geschenk mit Lecken und legte schließlich meine Lippen liebkosend um seinen Nacken. Millimeter für Millimeter arbeitete ich mich vor. Auf halbem Wege etwa hatte ich den Mund bereits gut gefüllt. „Aber wer wird denn schwächeln?" sagte ich mir, atmete tief durch und schob mich unter gleichmäßigem Ausatmen noch weiter auf den Prügel. Langsam weitete er meinen Rachen, kitzelte bald an meinem Kehlkopf. Ich genoss dieses Dehnen und Zusammenziehen und diese angenehme Hitze einer prallen Eichel. Was für ein herrliches Gefühl! Auch mein Partner musste sich wohl fühlen, denn als ich meine Nase an der kühlen Wand plattdrückte, pochte die würzige Steckrübe vor Glück hinter meinem Adamsapfel.

Leises Scharren. Es war so sanft wie die Pfote einer Katze. Vor Schreck musste ich husten. Hatte ich die Tür zum Restaurant überhört? War es einer meiner Ingenieure, der mich suchte? Oder jemand vom Personal, der von unserem Treiben Wind gekriegt hatte? Ich sah schon die Schlagzeile: „Vorstandschef beim Klosex erwischt!" Sie können sich nicht vorstellen, wie ein solch grundlegendes Missverständnis einem zurückhaltenden Menschen wie mir an die Nieren gehen würde.

Wieder das Scharren. Katzenpfötchen, Haustür, Winter, eisige Kälte. Die Vorstellung ließ mein Herz erweichen. Ich zog meine Hosen hoch und öffnete die Tür. Ein junger Mann strahlte mich an: olivfarbene Haut, Haare wie ein wogendes Weizenfeld im Spätsommer, unwirklich blaue Augen. Wortlos drückte er sich zu mir in die Kabine und schloß hinter sich ab. Da war etwas Magisches in seinem Blick, er zog mich an. Und seine Küsse waren wie pures Gold. Ich hätte in ihnen versinken mögen, aber er bedeutete mir mit einem Nicken, dass ich mich dem Stück Fleisch an der Wand zuwenden sollte, das da geduldig auf mich wartete. Kaum hatte ich mich umgedreht, spürte ich flinke Hände an meinen Hüften. Geübt, wie die eines Taschendiebes, entblößten sie mich im Nu, und schon nahm ich ein Glühen am anderen Ende meines Körpers wahr.

Sein Schwanz drückte meiner Rosette einen feuchten Kuss auf, so öffnete ich meinen Schließmuskel weit und nahm den Fremden in mir auf. (Ich arbeite schon sehr lange an dieser Technik; ich habe sie von den Hindus – wobei ich nicht glaube, dass sie sie zu diesem Zweck unterrichten.) Für das übliche Reinraus reichte zwar der Platz nicht, aber der junge Mann hatte ein sehr bewegliches Becken, und er verfügte über die besondere Fähigkeit, seinen Schwanz wie eine Schlange in mir zu winden.

Und weil ich von hinten so zuvorkommend verwöhnt wurde, verleibte ich mir den Freischwinger erneut ein, diesmal so tief, dass meine Lippen die Wand berührten; er schmiegte sich in meinen Rachen, als wollte er sich dort auf Dauer einrichten.

Die beiden Fremden fickten mich im unterschiedlichen, aber steten Rhythmus. So ergab es sich, dass sie manchmal beide gleichzeitig ganz in mir steckten, dann nur der eine oder der andere oder beide nicht. Ich kam mir vor wie ein Ochs auf dem Spieß.

Da ich mehr oder weniger eingeklemmt war, musste ich mir keine Gedanken über Stellungen machen und konnte mich ganz und gar auf die Empfindungen konzentrieren. Ich spürte die Adern, die sich an meinen Schleimhäuten rieben, ja sogar den Herzschlag in ihnen. Diese sanfte Reibung, die Spannung im Gedehntwerden, die Entspannung beim Herausziehen, das Pochen der Eicheln. Ich drehte leicht meinen Kopf, um dem Schwanz in meinem Munde verschiedene Reize zuzuführen, und mein Schließmuskel massierte den anderen mit einem Spiel aus Kneifen und Loslassen. (Auch dies eine alte Yoga-Technik. Momentan arbeite ich daran, wie man mit dem After eine Banane schält.)

Der Geschmack von Chili intensivierte sich, da besann ich mich auf meine Krawatte. Zwar bin ich im Schlucken geübt, aber so mancher Schwanz entwickelt geradezu perfide Hinterhältigkeiten. Kaum entlässt du ihn aus deinem Rachen, jagt er noch einen Spritzer hinterher, und im Nu ist dein Hemd versaut. Wie hätte das ausgesehen? Weil ich mich ja nicht völlig entblößen konnte, streifte ich zumindest das Jackett ab und reichte es nach hinten, die Krawatte stopfte ich ins Hemd.

Das Überraschungsglied war dicker und röter geworden und zeigte nun schön nach oben. Die Vorhaut bedeckte die Eichel zur Hälfte, genug, um ein kleines Geheimnis zu bewahren. Nichts ist ergötzlicher als die pure Schönheit.

Ich bohrte meine Zunge in das Pissloch, fuhr dann unter die Vorhaut und leckte rund um den glänzenden Kopf. Aber weil der Junge hinter mir so gute Arbeit leistete, pirschte sich der anale Orgasmus schnellen Schrittes an mich heran: Meine Knie wurden weich, ein Kribbeln stieg an meinen maladen Beinen empor, dann diese süße Schwäche, die meinen ganzen Körper befiel! Mit letzter Kraft legte ich noch eins drauf: Ich bewegte meinen Sphinkter wellenförmig, so dass mein Hintermann das Gefühl bekam, gemolken zu werden. Und es zeigte schnell Wirkung, denn er wurde drängender, krallte sich in meine Flanken, warf sein Gesicht auf meinen Rücken, biss mir in die Schulter und jagte dann eine Portion Frischzellen in mich hinein. Tief in mir ein Kribbeln und Kitzeln, dann die strömende Wärme, die meine Finger- und Zehenspitzen rot anlaufen ließ, und schließlich ein Schwall von Hitze, der sich entlang der Wirbelsäule fortsetzte und in meinem Kopf eine mittlere Explosion hervorrief. Schade nur, dass die Sahnespritze in meinem Mund sich zurückgehalten hatte.

Meine Lippen waren trocken, Schweiß stand auf meiner Stirn. Ich richtete mich auf, so dass der Kleine Platz gehabt hätte, seine Hosen hochzuziehen, aber er tat etwas anderes: Mit demselben Lächeln, mit dem er sich in meine Kabine gedrängt hatte, setzte er sich auf den Boden vor das Glory Hole, legte seine jungen Hände – die wohl noch nie Holz gehackt hatten – an meine Lenden und rutschte so weit zwischen meine Beine, dass er sich auf die Ellenbogen stützen konnte. Dann öffnete er seinen hungrigen Schnabel, um mit der Zungenspitze nach meinem Prinz-Albert zu angeln.

Für die Verhandlung hatte ich mir den dicken Ring durch die Eichel geschoben, denn nichts macht mich wacher als das elektrisierende Kribbeln, das durch Reiben, Klopfen und Ziehen an der Kugel ausgeht. Ich wusste, welch kosmische Eruptionen durch mich hindurchzucken würden, sobald diese rosafarbene Zunge sich des Rings annahm, und bewegte mich daher – um die Vorfreude hinauszuzögern – nur langsam darauf zu. Ließ mich schon die Vorstellung erzittern, so ergriff mich mit der ersten Berührung ein Schütteln, als leitete jemand Strom in mich ein. Der Blondschopf umspielte die Kugel, fuhr mit der Zunge in den Ring, zog mich daran in sich hinein, hängte ihn hinter die Zähne und verdrehte durch Kopfbewegungen meine Eichel. Die Impulse dieses sanften Ziehens und Drehens bauten eine immense Spannung in mir auf; mein Sack zog sich zusammen, als wollte er implodieren, und das Brennen hinter meinen Eiern kündigte eine baldige und gewaltige Entladung an.

Ich stürzte mich auf das Stück Männerfleisch, das in den letzten Minuten meine Wangen gestreichelt hatte, um mir seine Zuneigung zu versichern, ritt mit meinen Lippen darauf vor und zurück, wie um einen Schaftstiefel auf Hochglanz zu polieren. Ich konnte gar nicht anders, ich musste mir den mächtigen Sack vorstellen, der zu diesem Schwengel gehörte, ein Euter, das gut und gerne zwei Hände gefüllt hätte, und beneidete die andere Seite der Wand, die es berühren durfte.

Es gehört zu diesem medizinischen Syndrom, dass ich meist ahne, wie sich die Lava in mich ergießen wird. Dieses Kaliber würde keine scharf stechenden Schüsse abfeuern, sondern meinen Mund in einem langsamen, steten, aber unaufhaltsamen Fluss zum Überlaufen bringen. Ich würde schlucken müssen und schlucken und noch mehr schlucken. Allein die Vorstellung ließ mich schwindeln, dazu kam, dass der Blonde an mir saugte, wie ein Kälbchen an der Zitze seiner Mutter. Er hatte die Kugel schon mehrmals tief in seinen Rachen hinabgelassen, und jedesmal, wenn meine Eichel an seinem Zäpfchen vorbeistreifte, hätte ich vor Geilheit geschrien, wäre mein Mund nicht mit diesem großartigen Beißholz blockiert gewesen. Das Brennen hinter meinen Eiern flackerte zu einem lodernden Feuer auf, das um sich griff. Bald würde es mein ganzes Becken in

Flammen setzen, und mein Körper versuchen, es mit seiner Sprinkleranlage zu löschen.

Die Schuhspitzen drehten einander zu, als würde das Leder lebendig werden und die Schlangen sich in die Augen schauen wollen. Die Finger, die sich noch immer an die Trennwand klammerten, verloren alle Farbe, als plötzlich mein Kabinennachbar sich mit aller Gewalt gegen die Wand presste. Schamhaar quoll durch das enge Loch und kitzelte meine Nase, auf dem Bolzen traten die Venen bedrohlich hervor, und bald füllte sich mein Mund genau so, wie ich es mir vorgestellt hatte: Ein warmer Strom, der nach Tropen, nach Regenwald und der feuchten, muffigen Höhle eines Pelztiers schmeckte, umschmeichelte meine Zunge und floss zielstrebig meinen Rachen hinunter. Mein Mund füllte sich erneut, wieder und wieder, und jedesmal mehr. Auf meine Saugbewegungen reagierte das leckende Rohr mit Zucken. Kurz und hart stieß sein Besitzer gegen die Wand, als wollte er das letzte aus seinen Hoden quetschen, und da zog sich tief in meinem Becken alles zusammen. Eine Ladung heißer Schmiere schoss in einer Geschwindigkeit durch meinen Schwanz, dass das Piercing erglühte. Ich versenkte meinen Zapfen im gierigen Schlund des Jungen und setzte eine so große Menge ab, dass er mit dem Schlucken nicht mehr nachkam, dass weißer Schaum auf seine Lippen trat, ihm über das Kinn rann und auf das lilafarbene Hemd tropfte. Und dann fegte der Schauer des kleinen Todes über mich hinweg wie ein Sandsturm, schüttelte mich, ließ mich frösteln, trieb mir Schweißperlen auf die Stirn; ich verkrampfte und entspannte mich, nur langsam flaute er ab.

Ich finde, es gehört zur Etikette, den anderen sauberzulecken – auch das rührt vermutlich aus meiner guten Erziehung. Der Kleine hielt sich daran, lutschte mein Pissrohr leer und entließ mich aus seinem Rachen, nur um meine Eichel gleich darauf wieder einzufangen, auszupressen und die letzten Tropfen zu vertilgen. Und natürlich versorgte ich den Jadestengel meines Kabinennachbarn ebenso.

Erst als ich halbwegs sicher sein konnte, dass meine Sinne allesamt wieder in Betrieb waren, half ich dem Kleinen auf die Füße. Er nickte, wie um sich zu bedanken, ich schlug die Arme über meine Brust und verneigte mich – meine Knie waren noch immer ein wenig weich –, dann sperrte ich die Tür auf, und der Junge schlüpfte hinaus. Ich musste mich setzen.

Von drüben drang das Klappern einer Gürtelschnalle an mein Ohr, dann rauschte die Spülung und schließlich wurde die Kabinentür geöffnet, kurz darauf hörte ich das Geplapper aus dem Restaurant.

Vierzehn Uhr dreißig. Ich raffte die Röcke, hängte den Halter samt Papier wieder an die Wand und wusch mir am Waschbecken das Gesicht. Ein Schleier der Trance glasierte meine Augen, und um meine Lippen lag ein entspannter Zug. Ich mochte mich.

Meine Mitarbeiter waren schon beim Kaffee. Der Kellner rauschte auf mich zu und fragte, ob er meinen Schwertfisch auftragen dürfe (welch Ironie!). Ich winkte ab.

„Ich dachte, Sie wollten ..."

Meinem neuen Assistenten fuhr ich über den Mund: „Denken Sie nicht so viel, Kindermann. Es gibt andere Wege, sich auf wichtige Gespräche vorzubereiten."

„So?"

Sein misstrauischer Ton gefiel mir nicht, aber Autorität beweist man durch Gelassenheit. „Durch Yoga, zum Beispiel", sagte ich und ging. „Jepsen, Sie kümmern sich um die Rechnung!" Der Rest der Truppe folgte mir.

Der Chauffeur setzte mich vor dem Haupteingang ab, der Wachmann verbeugte sich und öffnete die Sicherheitstür, der Aufzug wartete. Ich musste aufstoßen. Kollege Jost schaute mich erschrocken an. „Darf ich Ihnen einen Kaugummi anbieten?" flüsterte er mir zu und drückte mir einen Streifen in die Hand. Ich ließ ihn in meiner Tasche verschwinden, wollte mir doch den Geschmack nicht verderben. Dann eilten wir den langen Gang hinunter, die anderen wie ein Geschwader hinter mir her.

Die Südamerikaner hatten den Ruf, ihre Vertragspartner ordentlich in die Mangel zu nehmen. De Bolívar verfügte angeblich über ein gut eingespieltes Team. Punkt fünfzehn Uhr betrat ich den Konferenzraum. Manuel de Bolívar und seine Gefolgsmänner saßen bereits am Tisch. Seine Stimme hatte ich zwar bei Telefonkonferenzen schon öfter gehört, gesehen haben wir uns jedoch noch nie. Sein rollendes „R" hatte mir regelmäßig eine Erektion beschert. (Wussten Sie eigentlich, dass *corazon* zu den zehn Hauptwörtern zählt, die im Spanischen am häufigsten verwendet werden?) Genau so hatte ich ihn mir vorgestellt: einen Kopf kleiner als ich, stämmig und in einem mafiösen grauen Anzug gekleidet, darunter ein schwarzes Hemd ohne Krawatte. Das feine, angegraute Haar hielt er mit Pomade zusammen.

Ich ging auf ihn zu, schüttelte seine große, fleischige Hand. Seine Dolmetscherin stellte uns vor, aber mein Blick fiel auf den Jungen, der zwei Plätze neben ihm stand: olivfarbene Haut, unwirklich blaue Augen, Haare wie ein Weizenfeld im Spätsommer. Nur das rote Hemd passte nicht zu seinem Jackett. „*Mi secretario, Fernando*", sagte de Bolívar mit einem breiten Grinsen, und der Junge strahlte mich an; seine Schultern zuckten kaum merklich.

Ich nickte zum Gruße, um de Bolívars Schuhe zu sehen: graues Schlangenleder. Da musste ich schmunzeln, was er mit einem Augenzwinkern erwiderte. Wahrlich ein eingespieltes Team. Ich setzte mich gelassen auf meinen Sessel, legte die Hände in den Schoß, und Prinz-Albert jubelte. „Nun, Señor de Bolívar, Sie sind gekommen, um ..."

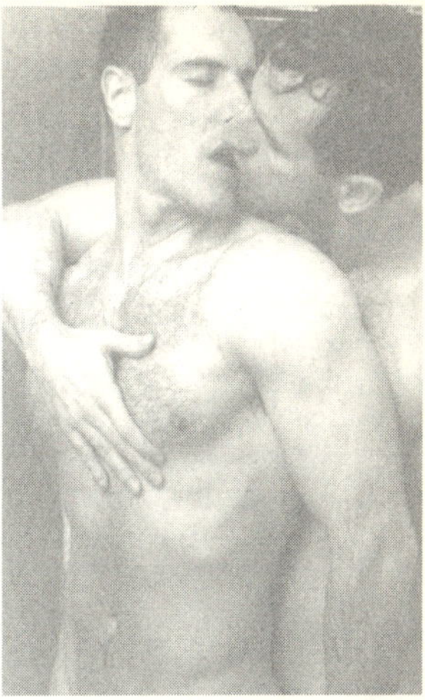

Thomas Mindt

Neptuns Sohn

Noch vor einer Woche habe ich bei einer Unterhaltung mit Freunden – es ging um Liebeskummer – lautstark verkündet, dass ich mich schon gar nicht mehr daran erinnern könnte, wie es ist, ein gebrochenes Herz zu haben. Ich hätte den Mund besser nicht so voll nehmen sollen!

Manchmal ist das Unglück nur einen Hauch weit entfernt und man wiegt sich in einer Sicherheit, die längst nicht mehr existiert. Die stabilen Mauern meiner Beziehung mit Sergio, die seit vier Jahren jeden Sturm abgewehrt haben, waren zum Zeitpunkt meiner Unterhaltung bereits wie ein Kartenhaus eingefallen, ohne dass ich davon etwas mitbekommen hatte. Ich muss blind und taub gewesen sein!

Vor drei Tagen hat sich Sergio endlich getraut – vielleicht sollte ich besser erbarmt sagen – mir zu gestehen, dass es seit zwei Monaten einen anderen Mann in seinem Leben gibt. Wir saßen am Frühstückstisch, und ich hätte mich fast an meinem Marmeladenbrot verschluckt. Nach vier gemeinsamen Jahren verkündete Sergio, während er ein Brötchen mit einem Messer halbierte, dass er einen Anderen habe, schrecklich verliebt sei, es ihm fürchterlich Leid tue, doch er keine andere Alternative sehe, als sich von mir zu trennen.

Wie gelähmt saß ich da, sah in Sergios Gesicht und erblickte einen Fremden. In den vergangenen zwei Monaten hatte Sergio mir noch unzählige Male zugeflüstert, dass er mich liebt. Alles Lüge? War das bloß emotionale Berechnung, weil er sich seiner Gefühle für den Anderen noch nicht sicher war? Ich hatte große Lust, Sergio am Frühstückstisch ins Gesicht zu schlagen, aber so richtig. Doch das hätte nichts geändert und ist auch nicht meine Art.

Gestern ist Sergio aus unserer gemeinsamen Wohnung ausgezogen; er lebt nun bei seinem neuen Freund. So schnell kann das gehen.

„Ich melde mich", sagte er zum Abschied, ohne mir in die Augen zu sehen.

Dass ein Mensch mit so wenigen Worten ein Leben, eine Liebe, einen lang gehegten Traum derartig vernichten kann, ist erschreckend.

In der Wohnung halte ich es nicht länger aus, ich muss raus. Ich muss mir den Wind um die Nase wehen lassen, sonst drehe ich durch. Scheiß Herzschmerz! Warum kann es kein Mittel dagegen geben? Gegen jeden erdenklichen Mist gibt es doch eine Arznei. Gestern habe ich es mit Aspirin aus lauter Verzweiflung probiert, ohne jeden Erfolg.

Ich gehe in den Flur, ziehe meine Lederjacke über und schnappe mir den Wohnungsschlüssel. Mit ein bisschen Glück werde ich vielleicht einen Menschen treffen, der an diesem milden Herbsttag genau wie ich dem Trübsinn entfliehen möchte.

Ohne ein konkretes Ziel vor Augen gehabt zu haben, finde ich mich kurze Zeit später am Rheinufer wieder. Schiffe tuckern vorbei. Wie schön wäre es jetzt, stünde ich am Meer und nicht hier. Das Licht wird blasser und verliert an Intensität, bald wird es dunkel sein. Vor wenigen Wochen schien um diese Zeit noch die Sonne; der Sommer ist gelaufen, was soll's.

In meiner derzeitigen Gefühlslage würde ich mit allem brechen, wäre da ein Mann, der mich leidenschaftlich in einen glücklicheren

Zeitabschnitt meines Lebens führen könnte. Als hoffnungsloser Romantiker glaube ich nun mal fest daran, dass Liebe allein den Horizont berühren kann und das Unmögliche möglich macht. Ich muss an die Worte des französischen Schriftstellers Paul Bourget denken: Der Flirt ist das Aquarell der Liebe.

Ich laufe das Rheinufer entlang und lächle, weil ich daran denken muss, wie ich Sergio kennen gelernt habe. Wie überrascht er mich angeguckt hat, als ich ihn nach der ersten gemeinsamen Nacht gebeten habe, mir seine Unterhose als Erinnerungsstück zu schenken. Sergio war sich nicht sicher, ob ich ihn aufziehe. Nachdem ich ihm erklärt habe, dass ich etwas Persönliches mit seinem erotischen Eigengeruch haben möchte, hat er strahlende Augen bekommen. Manchmal lege ich mir seine Unterhose übers Gesicht und atme seinen Geruch ein. In diesen Momenten ist mir so, als wäre Sergio nur einen Atemzug von mir entfernt. Schöne, schmerzvolle Illusion, denn Sergio schnüffelt bestimmt gerade an der Unterhose seines neuen Lovers. Allein bei dem Gedanken daran setzt mein Herz einen Schlag aus, zumindest kommt es mir so vor. Hätte ich mein Handy bei mir, würde ich den Rettungsdienst anrufen und röchelnd sagen, dass mein Herz kurz vor dem Stillstand steht. Sicherlich käme ich in eine Warteschleife, bis ich schließlich alle Viere von mir gestreckt hätte.

Plötzlich schaue ich hoch. Ungefähr hundert Meter vor mir steht ein junger Mann im Smoking und schaut auf den Rhein. Auf einmal schlägt mein Herz wieder laut und deutlich. Den Anruf beim Rettungsdienst kann ich mir also sparen. Von weitem sieht er recht smart aus. Sein Gesicht ist markant, die Konturen scharf geschnitten. Seine dunkelbraunen Haare sind etwas länger und mit Gel nach hinten gekämmt. Er erinnert mich an einen Mafiosi aus einem Hollywood-Film. Welches Kaliber er wohl in der Hose hat? Wie der aussieht, schießt er garantiert nicht mit Platzpatronen.

Vorrübergehend ist mein Herzschmerz wie weggeblasen und mir ist, als wäre mein unbekümmertes Ich zurückgekehrt. Jetzt weiß ich, wie sich ein Fisch fühlt, der aus einem Teich gesprungen ist und von gütigen Händen wieder ins Wasser gesetzt wird!

Ich verlangsame meine Schritte, da ich nicht zu schnell am smarten Burschen vorbeilaufen will. Noch schlappe fünfzig Meter ist er von mir entfernt. Er trägt eine Fliege und ein weißes Seidenhemd. Wüsste ich es nicht besser, dächte ich, ich wäre bei einer Hochzeitsfeier. Ja, tatsächlich, der Süße steckt in der Robe eines Bräutigams. Was macht er denn am Rheinufer? Will er etwa eine Nixe heiraten und wartet nur darauf, dass sie den Fluten entspringt? Ob er wohl auch Wassermänner mag?

Ich kann meine Augen nicht mehr vom Anzug-Typen abwenden. Ich komme ihm näher und glaube zu träumen: Tränen laufen sein Gesicht hinunter. Seine dunkelbraunen Augen sind schon ganz rot; die Hände lässt er kraftlos nach unten baumeln. Er wirkt wie eine Trauerweide, die verloren am Rheinufer steht. Er bemerkt mich, schaut mir ins Gesicht, verharrt einen Augenblick, sieht dann wieder auf den Rhein und lautlos fallen seine Tränen weiter zu Boden. Ich kann unmöglich an ihm vorbeigehen. Er wirkt einsam und verzweifelt, und ich ... ich will ihn haben!

Plötzlich bin ich nur noch drei Schritte von ihm entfernt und bleibe stehen. Unsere Blicke treffen sich erneut. Obwohl keiner von uns ein Wort sagt, scheinen wir uns längst verstanden zu haben. Der traurige Typ im Smoking würde auch am liebsten in die Welt rufen, wie abgrundtief hässlich sie an manchen Tagen ist und ganz besonders heute. Doch selbst an solchen Tagen kann man offensichtlich auf eine verwandte Seele treffen, und das gibt mir Hoffnung. Plötzlich kommt er auf mich zu, bleibt eine Nasenlänge vor mir stehen, schaut auf meine Beule, zögert, eine zerbrechliche Unsicherheit huscht über sein Gesicht, wie ein aufgeschrecktes Tier, das nicht weiß, ob es flüchten oder zum Angriff übergehen soll.

Es vergehen Sekunden, vielleicht auch nur der Bruchteil einer einzigen, ich weiß es nicht, denn ich bin gefangen in der Situation, habe alles um mich herum längst vergessen. Ohne dass ich es erahnen konnte, berührt mich der Fremde vorsichtig, schaut mir dabei in die Augen und nimmt mich in die Arme. Ich erwidere seine Umarmung, halte ihn fest und kann seine Traurigkeit förmlich atmen. Im Abstand zweier Lidschläge ist ein Vertrauen zwischen uns entstanden; wir küssen uns. Seine Tränen berühren mein Gesicht. Als sich unsere Lippen voneinander lösen, lecke ich die salzigen Tränen von seiner Haut. Wie kann solch ein junger Kerl nur schon so schrecklich traurig schmecken? Ich folge meinem Instinkt und streichle ihm zärtlich über das Gesicht. In seinen Augen spiegelt sich eine unglaubliche Enttäuschung wider, aber trotzdem ist er erregt, was er mir unverblümt zeigt, indem er seine Männlichkeit gegen meinen Körper reibt.

„Sie hat mich stehen lassen", schluchzt er plötzlich leise, „am Altar hat sie mich stehen lassen."

„Sie ist deiner Tränen nicht wert", sage ich ebenso leise.

Die Frau, von der er spricht, kenne ich nicht, und trotzdem ist sie in meinen Augen schuldig. Vielleicht hat sie gute Gründe gehabt, doch das interessiert mich nicht. Sie hat diesem smarten Mann das Herz gebrochen; das reicht für mich aus, um sie für all seine Probleme verantwortlich zu machen. Selbst wenn sie die treuste, liebevollste und fürsorglichste Frau aller Zeiten wäre, ist sie für mich nichts weiteres als ein herzloses, giftspritzendes Weibsbild.

„Sie fehlt mir so", weint er in meinen Armen.

„Sie ist wie jede andere", halte ich ihn.

Er sieht mich an, hört zu weinen auf, legt die Hände um mein Gesicht und küsst mich mit offenen Augen. Ich glaube nicht, dass ich mich besonders anstrengen muss, damit er sie für eine Weile vergessen kann.

Die Dämmerung bricht an; hoch oben am Himmel ist bereits eine Mondsichel zu sehen. Zwischen zwei Küssen hat mir der Süße seinen Namen verraten, er heißt Sandro. Ich knie vor Sandro, öffne den Reißverschluss seiner Smokinghose, angle mich durch den Schlitz seiner seidenen Boxershorts und fühle seinen strammen Schwanz, der sich meiner Hand fügt. Gefühlvoll ziehe ich den Riemen samt der Bälle, die tief im Hodensack liegen, nach vorne, bis Sandros stolzes Zepter aus der Hosenöffnung ragt. Ich streichle die weiche Haut, schiebe die andere Hand unter Sandros Smokinghemd, ertaste die kleinen Muskeln seines trainierten Bauchs. Sandro genießt meine Berührungen und stöhnt verhalten auf. Sein Schwanz ist unglaublich steif. Ich werde ihm jetzt den Kummer leidenschaftlich wegblasen und dafür sorgen, dass er vor Freude überläuft. Langsam stülpe ich die Lippen über seine Eichel.

„Mmmh", haucht Sandro wohlig. Noch blickt er auf das Rheinwasser, doch schon bald wird er die Augen wohlig schließen, da bin ich mir ganz sicher. Andächtig wie bei einer Predigt nehme ich Sandros Schwengel in den Mund – Zentimeter für Zentimeter. Er verzieht das Gesicht und genießt meine warme, feuchte Mundhöhle. Ich versinke in Sandros Schamhaaren; keuchend schließt er die Augen.

„Bitte nicht aufhören", sagt er leise und legt die Hände auf meine Schultern.

Sandro schmeckt wie eine verbotene Frucht, doch verbotene Früchte schmecken bekanntlich am besten. Vorfreude fließt wie süßlicher Saft aus Sandros Eichel. Ich will mehr davon, presse die Wangen zusammen, übe so einen angenehmen Druck auf Sandros Riemen aus und bekomme genau das, wonach ich mich sehne.

In meiner Jeanshose drückt es, was schon weh tut – kein Wunder, denn mein Schwanz ist längst hart und verlangt mehr Aufmerksamkeit. Ich öffne den Hosenknopf, dann den Reißverschluss, packe aus. Ich umfasse die Eichel, spucke kurz auf die trockene Haut, schiebe die Faust dann langsam nach unten und verteile den Speichel über das gesamte Rohr. Jetzt ist es in meiner Faust schön glitschig; es fühlt sich wie ein geöltes Loch an.

„Das machst du gut", röhrt Sandro.

Er packt meine Schultern, schaut zu mir herunter und fickt mir kräftig ins Maul. Sandro turnt es scheinbar an, zuzusehen, wie er mir mit seinem großen Prügel den Mund stopft. Ob er es auch mag, wenn ich an seinem Arsch rumspiele und einen Finger in das verschwitzte Loch drücke? Wenn ich es nicht ausprobiere, werde ich es nie wissen – und das könnte für Sandro viel schlimmer sein als für mich. Ich werde ihm eine kleine Vorführung geben, zu welchen Empfindungen ein Männerarsch fähig ist! Entschlossen schiebe ich die Hand unter Sandros Hängesack durch den Schlitz der Unterhose und berühre mit dem Zeige- und Mittelfinger Sandros Arschfurche.

„Was soll das?" fragt er irritiert. „Was hast du vor?"

Das wird er gleich merken.

„Willst du mir etwa den Finger ins ...?"

Weiter kommt Sandro nicht, denn die Kuppe meines Zeigefingers steckt bereits in seinem geilen Männerloch. Sandro reißt die Augen auf, stöhnt, sieht mich an und kann es selber nicht fassen, wie sehr ihm das gefällt.

„Tiefer", sagt er schließlich, „bitte schiebe ihn tiefer rein!"

Das kann er gerne habe. Während ich ihm den Schwanz blase, drücke ich den Finger tiefer in sein Arschloch hinein und nehme auch gleich einen zweiten dazu. Sandro stöhnt auf. Er ist verdammt eng; in seinem Arsch hat garantiert noch kein Schwanz gesteckt!

Sandro kneift den Schließmuskel zusammen. Ich bin zärtlich, geradezu behutsam, damit er sich entspannt. Zwar wird Sandro heute keine Braut über die Türschwelle tragen, doch zum Trost werde ich seinen muskulösen Männerarsch am Rheinufer entjungfern.

Wir tauschen die Rollen, und ich benutze Sandros Knutschmund wie ein Fickloch. Die Jeanshose hängt mir in den Kniekehlen – zum Glück ist es heute recht mild, andernfalls würden mir die Eier abfrieren. Sandro hat seine Smokinghose inzwischen ausgezogen und auf einen großen Stein gelegt. Er trägt noch sein Hemd und die Jacke sowie die schwarzen Lackschuhe, die ein Heidengeld gekostet haben müssen. Einige Knöpfe am Hemd sind offen, die Smokingfliege sitzt dagegen noch immer perfekt. Voller Hingabe bearbeitet er meinen Riemen mit seinen vollen Lippen. Ich bücke mich ein bisschen und spiele an Sandros Ritze. Von meinen Fingern kann er nicht genug kriegen, obwohl er vermutlich jetzt lieber meinen Schwanz in seiner Ritze spüren würde.

Ich stoße kräftig zu. Sandro muss würgen, was mich nur noch mehr aufgeilt. Ich will, dass er meinen Schwanz tief in sich hat, bis nichts mehr geht. Wenn er deswegen würgen muss, dann soll er eben würgen! Sandro scheint das ähnlich zu sehen, denn er lässt nicht locker und bleibt bei der Stange. Ich bin gespannt, wie er reagiert, wenn ich ihn von hinten aufbocke. So wie Sandro bläst, wird er wahrscheinlich nicht hart genug rangenommen werden können.

„Schmeckt er dir?" frage ich.

„Ja", antwortet Sandro.

„Willst du ihn endlich im Arsch spüren?"

„Ja, aber ich bin noch nie gefickt worden."

„Es wird dir gefallen."

„Meinst du?"

„Verlasse dich drauf!"

Erwartungsvoll schaut Sandro mich an. Ich muss lächeln. Die Sehnsucht in seinen Augen gefällt mir. Ich streichle kurz sein Gesicht und gehe um Sandro herum, bis ich hinter ihm stehe.

„Einen knackigen Hintern hast du", sage ich und drücke Sandros Beine mit meinem Knie auseinander, bis ich seine Ritze sehen kann. „Geiles Loch, gut zu stoßen."

„Meinst du wirklich?"

„Ich werde es dir beweisen."

Sandro dreht sich um; aufgeregt verfolgt er jede meiner Bewegungen. Er sieht zu, wie ich meinen Schwanz wichse, ein Kondom überziehe, aufs Gummi spucke, den Speichel mit der Hand verteile und mich ihm nähere. Als er meine Eichel am Schließmuskel spürt, reißt er den Mund auf. Noch muss er vor dem ersten Schmerz keine

Angst haben, schließlich habe ich noch nicht zugestoßen. Sandro will, dass ich ihn nehme, doch ich lasse ihn noch zappeln. Statt ihn anzuficken, reibe ich die Eichel gegen die Arschfurche.

„Fick mich, bitte!" fleht Sandro, als seine Ungeduld unerträglich wird und er es nicht mehr länger aushält.

Nun habe ich ihn so weit. Hier und jetzt ist nichts für Sandro von Belang, das einzige, was jetzt zählt, ist dieser Moment – nicht mehr und nicht weniger. Für diesen Fick würde er wahrscheinlich alles geben und die Frau, die ihn am Altar hat stehen lassen, ist aus seinen Gedanken verschwunden.

Im Zeitlupentempo drücke ich mit einer Bewegung meiner Hüfte die Männerritze auf und versenke meinen Schwanz darin. Sandro glüht vor Erregung; sein Ständer ist härter und kaum hat er meinen Dübel vollends stecken, brüllt er und spritzt schon ab, ohne sich angefasst zu haben!

Den Arsch hält er ganz still, damit ich ihn ja nur weiterstoße. Als ob ich damit aufgehört hätte, bloß weil er die erste Ladung schon abgeschossen hat! Sandros enges Loch zu ficken, ist unbeschreiblich geil. Er hält mir brav die Kiste hin, als hätte er nie etwas anderes gemacht. Gemächlich ziehe ich den Schwanz bis zur Eichelspitze aus seinem Loch und stoße dann wieder heftig zu. Sandro schnauft vor Geilheit.

„Ja! Ja!" ruft er so laut, dass wir bestimmt meilenweit zu hören sind.

„Geiles Stück!" sage ich und schlage auf Sandros Hintern.

Er genießt meine Stöße, holt sich dabei einen runter, weil er noch einmal abspritzen muss. Ich nehme mir derweil seine Männertitten vor und ziehe die Nippel lang. Sandro gibt ein animalisches Grunzen von sich.

Was hat Sandro in den letzten Jahren beim Sex erlebt? Viel kann das nicht gewesen sein! Wahrscheinlich durfte er seine Beinahe-Ehefrau bedienen und ist selber immer leer ausgegangen.

Sandros geiles Loch setzt meinem Schwanz heftig zu, noch einige Stöße und ich werde komme. Meine Bewegungen werden stockender und derber. Sandro weiß dies zu deuten und wichst schneller.

„Spritzt du mir jetzt in den Arsch?" fragt er mit heiserer Stimme.

„Noch nicht ... aber gleich", stöhne ich.

Ich stoße zu, jetzt wieder sehr hart, viel härter als zuvor. Sandro verliert fast den Halt.

„Ich komme", sagt er plötzlich.

Diesmal will ich mit ihm gemeinsam den Gipfel der Lust erklimmen. Ich versenke meinen Riemen noch zweimal richtig fett in seine Arschgrube und bin so weit. In Ekstase kleistere ich eine gewaltige Ladung Samen in Sandros Loch und stoße ungemindert weiter zu, bis auch Sandro den letzten Tropfen abgeschüttelt hat.

Sandro dreht sich zu mir herum, und ich nehme ihn in die Arme. Ich gebe ihm einen Kuss und drücke ihn fest an mich. Offenbar fühlt er sich in meinen Armen geborgen, denn er macht keinerlei Anstalten, sich aus der Umarmung zu lösen.

Plötzlich höre ich ein leises Schluchzen. Ich lege den Zeigefinger unter Sandros Kinn und drehe seinen Kopf zur Seite, damit ich in sein Gesicht blicken kann. Der Herzschmerz hat den armen Kerl wieder ergriffen, und er denkt bestimmt an die Frau, die er fast geheiratet hätte. Ich küsse seine Nasenspitze. Was kann ich bloß machen, damit er nicht mehr an diese blinde Närrin denken muss? Ich könnte ihn mit zu mir nach Hause nehmen, wenigstens müsste er dann die Nacht nicht alleine verbringen. Wir könnten uns bis zum Morgengrauen gegenseitig Trost schenken und unseren ganzen Kummer vergessen.

„Ich muss gehen", flüstert Sandro plötzlich. „Meine Familie wird sich schon Sorgen machen. Ich bin einfach abgehauen, wollte niemanden mehr sehen."

„Ich verstehe."

Es hätte mir gefallen, mit Sandro die Nacht zu verbringen. Ich muss mir selber eingestehen, dass ich jetzt schon davor Angst habe, alleine in meinem Bett zu liegen. Ich lasse Sandro los, ziehe meine Jeanshose hoch und schaue Sandro zu, wie er in seine Smokinghose steigt.

„Wer bist du eigentlich?" fragt er und lächelnd mich an.

Eine gute Frage. Hätte ich doch bloß eine Antwort darauf! Nachdem mich Sergio verlassen hat, weiß ich das selber nicht so genau. Ein Mann mit gebrochenem Herzen ist wahrscheinlich keine gute Antwort.

„Neptuns Sohn", sage ich spontan und blicke zum Rhein.

Amüsiert lächelt Sandro auf.

„Neptuns Sohn?" schüttelt er den Kopf. „Gibst du mir deine Telefonnummer? Ich würde dich gerne wiedersehen."

Warum weiß Sandro nicht, dass er sich lediglich eine Muschel ans Ohr legen muss, um mit Neptuns Sohn reden zu können? Meine

Fantasie geht mit mir durch. Einsamkeit lässt die seltsamsten Blumen in der Seele eines Menschen erblühen, anders ist dieser Zustand wohl auch nicht auszuhalten. Selbstverständlich gebe ich Sandro meine Telefonnummer. Weinenden Männern kann ich schließlich nichts abschlagen.

Schon beim Aufschließen meiner Wohnung verspüre ich ein beklemmendes Gefühl. Noch ein weiterer Schritt, und ich bin wieder allein. Die eigenen vier Wände sind manchmal nicht mehr als eine Gruft. Ich schließe die Tür hinter mir zu, gehe ins Wohnzimmer, stelle den Fernseher gleich an, um Stimmen um mich herum zu haben, denn Stille wäre jetzt tödlich. Ich ziehe mich aus, schmeiße die Klamotten achtlos in die Ecke und springe unter die Dusche.

Innerhalb kürzester Zeit verwandelt sich das Badezimmer in ein Dampfbad. In Gedanken bin ich noch bei Sandro. Ich habe keine Ahnung, ob ich ihn jemals wiedersehen werde. Wir haben uns wie Liebhaber verabschiedet. Doch was heißt das schon? Möglicherweise war unsere Begegnung nicht mehr als eine tröstende Verbrüderung gegen den Herzschmerz, wer weiß. Eines steht für mich jedoch außer Frage: Die Begegnung am Rheinufer werde ich niemals vergessen, und zumindest heute Nacht werde ich diesen Herzschmerz nicht spüren, kein weinender Mann sein!

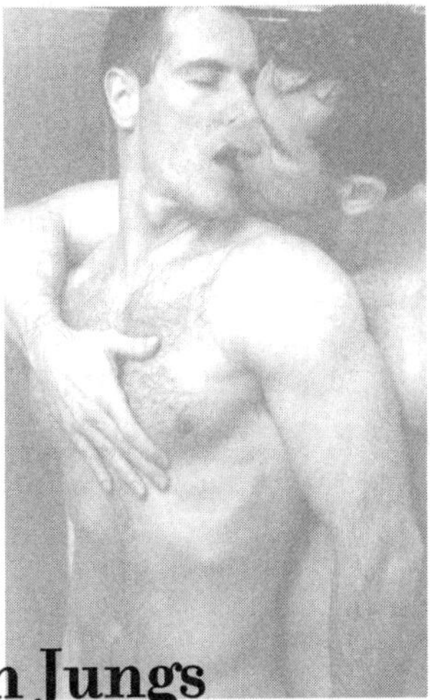

Kai Lindberg

Unterwegs mit den Jungs

Meetings. Briefings. Strategy-Workshops. Was für eine Woche! Auch die schicken englischen Bezeichnungen ändern nichts daran, dass fünf Tage hinter mir liegen, in denen ich mehr *bullshit* (auch ein schönes englisches Wort) hören musste, als für einen Menschen gut sein kann. Und dann gab es auch noch Fön, jenes Wetterphänomen, bei dem in München die Temperaturen blitzartig steigen und die allgemeine Stimmung ins Bodenlose sinkt.

Einziger Lichtblick: Freitag Abend. *Boys' Night Out.* Die Tatverdächtigen sind wie immer dieselben: Uwe, Bert und ich – Kai. Drei Freunde um die 30, die es sich leisten können, einen ganzen Abend lang mit vollem Einsatz zu trinken. Bis zum nächsten Morgen jedenfalls, wenn ein Blick in den Spiegel beweist, dass man mit Geld zwar viele Wodka Lemon kaufen kann, den Nebenwirkungen aber trotzdem hilflos ausgeliefert ist.

Wir sehen gut aus. Wir sind erfolgreich und smart. In einer Kontaktanzeige würde ein weniger wortgewandter Mann schreiben: „Fühle mich in Jeans und Smoking gleichermaßen wohl." Wir haben tolle Jobs und Geld genug, um im *Elixia* zu trainieren, dem teuersten, zickigsten und schwulsten Fitnessclub der Stadt, und bei *Annas* einzukaufen, dem entsprechenden „Herrenausstatter". (Rein theoretisch jedenfalls: Uwe trainiert, Bert kauft ein, und ich leiste beiden gelegentlich dabei Gesellschaft.) Wir hören die richtige Musik und haben die perfekte Balance zwischen natürlicher Männlichkeit und relaxtem Snobismus gefunden. Kurz: Wir sind genau die Männer geworden, von denen wir mit 21, 22 Jahren geträumt haben. Nur mit dem Unterschied, dass die Kinder, die sich heute in dieser Altersklasse bewegen, auf andere Dinge stehen als wir damals. In drei einfachen Worten ausgedrückt: *Nicht. Auf. Uns.* Wir sind ihnen deswegen nicht böse. Wir hassen sie ganz einfach.

„Der da hinten", zischt Bert und nickt in Richtung eines 25-jährigen in der obligatorischen Uniform aus Combathose und schwarzem Nylonshirt, „der ist so dünn, der hat seine Organe wahrscheinlich schon zu Lebzeiten für die Wissenschaft gespendet."

„Die Sorte kenne ich!" nickt Uwe. „Hängt nonstop im *Elixia* an der Donnersberger Brücke rum und trainiert von morgens bis abends."

„Gut, dass wir das nicht mehr nötig haben!" seufzt Bert.

„Haben wir nicht?" frage ich.

„Nein. Wir brauchen keine perfekten Körper mehr. Wir haben Charakter." Er ignoriert meinen zweifelnden Blick und fährt fort: „Der da an der Theke, der hat ... Hm ... Was meint ihr – wie viel Körperfett hat er noch?"

„Zehn Prozent?" vermute ich.

„Darf ich unterbieten?" grinst Uwe.

„Na, da seht ihr es", erklärt Bert. „Wenn man das Essen sowieso aufgibt, wozu dann den Körper weiterhin mit Magen und Darm belasten? Weg damit! Nicole Kidman hat's vorgemacht: Du kannst schließlich nie zu reich oder zu dünn sein."

„Mit einem Unterschied", werfe ich ein. „Die Kidman ist eine Frau. Und das da", ich deute in Richtung des Knaben, „ist es nicht."

„Noch nicht", gibt Uwe zu bedenken. Wir lachen und stoßen mit unseren Biergläsern an.

„Wo sind nur die Mä-hä-hänner hin" singt Bert, „wo sind sie geblie-hi-bän?" Er seufzt und deutet in die Runde. „Nein, mal im Ernst. Seht euch um: Es ist Freitag Abend. Das Wochenende steht vor der Tür! Noch vor fünf Jahren hätten wir hier schon vor dem ersten Bier klarmachen können, welchen Kerl wir uns später mit nach Hause nehmen. Und heute?" Er macht eine dramatische Pause. „Dünne, dünne, dünne Kinder, die ihr Coming-out zwischen zwei Aerobic-Kursen hatten, Madonna für Britney Spears' Mutter halten – und uns für altes Eisen." Er fährt sich mit der Hand über die blondgebleichten Stoppelhaare. „Ich frage euch: Wollen wir so was?"

Uwe und ich folgen seinem Blick, mustern die anderen Gäste – und bleiben beide an einem Typen hängen, der lässig an der Bar lehnt. Hinter ihm flackern auf der großen Leinwand die Pornofilme, für die *Fred's Pub* bekannt ist, und einen Moment lang könnte man meinen, er würde hier nur auf seinen Einsatz warten: groß, offensichtlich durchtrainiert, sonnenbraune Haut, kurze schwarze Haare, ein Goatie und zwei stramme Brustwarzen, die sich gegen das enge weiße T-Shirt stemmen. Um es auf den Punkt zu bringen: *Lecker*. „Ja, definitiv!" antworten wir daher zeitgleich wie aus der Pistole geschossen. Einen Moment lang sehen wir uns verblüfft an, um dann in schallendes Gelächter auszubrechen. Bert spielt für zwei Sekunden den Genervten, aber schließlich stimmt er ein.

„Nein, jetzt mal im Ernst – ich verstehe, was Bert meint", sagt Uwe, nachdem wir uns beruhigt und unsere Biergläser wieder ein paar Schlucke mehr geleert haben. „Wir sind vielleicht noch nicht so alt, wie wir mal sein werden, aber definitiv auch nicht mehr so jung, wie wir mal waren. Könnt ihr euch vorstellen, dass es mit so einem Bubi Spaß machen würde? Der nicht mehr zu bieten hat als seinen Knackarsch?"

Ich mustere Uwe so unauffällig wie möglich aus dem Augenwinkel – und kann ihn mir mit dem Pornoadepten sehr gut vorstellen. Uwe ist 180 Zentimeter groß, geht zweimal die Woche ins Fitnessstudio, jeden Sonntag sechs Kilometer im Hallenbad schwimmen und hat daher einen harten, wohldefinierten Körper. Seine dunklen Haare trägt er ziemlich kurzrasiert, was seinen schmalen, aber sehr maskulinen Kopf betont. Wenn er abends ausgeht, verzichtet er auf eine Brille und lässt seine blauen Augen durch Kontaktlinsen blitzen.

Uwe arbeitet bei einer Versicherung und prüft Schadensfälle. Warum er dabei immer einen Anzug in gedeckten Farben anhaben muss, kann er auch nicht sagen. Allerdings gehört Uwe zu den Leuten, die in dezentem Nadelstreifen durchaus scharf aussehen. Heute trägt er eine einfache blaue Jeans und ein weißes Hemd, was ebenfalls spießig aussehen könnte, es aber nicht tut.

Obwohl Uwe oft abgeklärt und vernünftig wirkt, ist er eigentlich ein kleiner Junge, der voller spontaner Ideen steckt. Er ist schlagfertig, schnell, sieht Lachen als seine Lebensaufgabe an und kann dabei brutal ehrlich sein. Wenn er kein Interesse an jemandem hat, lässt er ihn das deutlich spüren. Wenn er einen mag, hat man in seiner Gegenwart das Gefühl, dass ständig die Sonne aufgeht. Manchmal nenne ich Uwe meinen Peter Pan – der Junge, der nicht erwachsen wird, und das auf eine sehr kernige, männliche Art.

Bevor jemand fragt: Ja, ich war mal in ihn verliebt. Ein kleines bisschen jedenfalls. Als ich Uwe das erste Mal sah, trug er ein Lächeln im Gesicht – und sonst nichts. Was nicht ungewöhnlich ist, wenn man sich in der *Deutschen Eiche*, einer schwulen Sauna, kennen lernt.

Unter der Dusche hatte ich Blickkontakt mit einem kleinen Blondschopf, der mich interessiert musterte. Scheinbar stand er auf Männer, die knapp eins neunzig groß sind, kurze dunkle Haare auf Kopf und Brust haben und denen in guten Momenten eine entfernte Ähnlichkeit mit dem jungen Bruce Willis nachgesagt wird. Ein Vergleich, über den ich mich nie beschwert habe. Til Schweiger wäre mir peinlich. Bruce geht schon klar.

Von den Duschen führten zwei, drei Stufen in einen gefliesten, hellerleuchteten Gang. Auf der rechten Seite ging es zur Trockensauna und zum Dampfbad; auf der linken Seite blubberte ein großer Whirlpool, in dem ein paar Kerle mit hungrigen Augen warteten. Als ich hineinstieg, kam ich mir vor wie ein Missionar, der von Kannibalen in die Suppe geworfen wird. „Hi", grinste ich in die Runde. Keine große Reaktion, wenn man von einigen möglichst desinteressierten, dabei aber offensichtlich interessierten Blicken auf meinen Schritt absieht. Wie Krokodile, die sich noch nicht entschließen können, ob sie sich auf die Jagd machen sollen.

„Hallo", sagte eine Stimme neben mir; der kleine Blonde war mir gefolgt. Er saß auf dem Rand des Whirlpools und sah auf mich herunter. „Du warst gerade so schnell weg, da konnte ich mich nicht mal vorstellen." Er strahlte mich an.

Na super, dachte ich. Einer, der reden will. Ich war mir nicht sicher, ob ich das wollte. Nicht, dass ich prinzipiell etwas dagegen hätte, aber in Taxis steige ich schließlich auch nur ein, um irgendwohin zu kommen, und nicht, um mir die Lebensgeschichte des

Fahrers anzuhören. Und in die Sauna ging ich, um für 15 Euro zwei Handtücher und die Chance auf zwei, drei nette Ficks zu bekommen. Nett plaudern konnte ich auch anderswo.

„Bist du oft hier? Ich habe dich, glaube ich, noch nie gesehen", plapperte der Blonde ungerührt weiter. Er war eigentlich ziemlich süß: klein, schlank, mit einem festen, nahezu haarlosen Körper – abgesehen von der dunklen Ameisenstraße, die sich verführerisch von seinem Bauchnabel abwärts schlängelte und unter dem Handtuch verschwand.

Die anderen Typen im Pool musterten ihn unverhohlen – eine dicke Tunte mit wulstigen Lippen und Akne, ein muskelbepackter Südländer mit leicht vorstehenden Zähnen und ein schmächtiger Rothaariger. Die Krokodile schienen beschlossen zu haben, dass es Zeit für den Angriff wurde. Ich brauchte nur eine Sekunde, um mich zu entscheiden.

„Willst du reden – oder rüber?" fragte ich den Blonden. Der grinste breit und stand auf.

Vor der gläsernen Tür zur Dampfsauna streifte er sich das Handtuch herunter und warf es über einen der weißen Plastikhaken. Seine Pobacken waren klein und rund; bei jedem Schritt wippten sie ein bisschen, als wollten sie mich heranwinken. Ich streckte meine Hand aus und griff nach der linken Backe. Glatt und knackig, aber nicht zu fest; keine dieser durchtrainierten Melonen, mit denen ich noch nie viel anfangen konnte. Der Blonde grinste mich über die Schulter an. Dann öffnete er die Dampfraumtür und wir gingen hinein.

Sofort umschloss mich die Wärme wie ein samtiger Mantel. Im Vorraum gab es, hinter einer halbhohen Trennwand, eine kalte Dusche; direkt vor uns luden drei große Stufen zum Verweilen ein. Und dazu, das „Angebot" abzuchecken, das unermüdlich in den Dampfraum hineinströmte und meist kurze Zeit später wieder zurückkam.

„Vorher kalt duschen?" fragte der Kleine.

„Ficken und dann weitersehen."

Meine Stimme war dunkler als sonst. In meinem Magen kribbelte es. Es gibt wenig, was ich so sehr liebe wie dieses Spiel, bevor man zur Sache kommt: sich kantig geben, den Supermacho raushängen lassen. Wenn ich mit Freunden ein Eis essen gehe, lache ich gerne laut, mache alberne Witze und imitiere Verona Feldbusch. Wenn ich ficken will, springt mein Autopilot auf die Einstellung *Echter Kerl*.

Der gekachelte Dampfraum war langgezogen; an der Seite sorgten in regelmäßigen Abständen metallisch glänzende Trennwände für Sichtschutz. Ein leichter Dunstschleier hing im Halbdunkeln. Es roch schwach nach ätherischen Ölen und stärker nach schweißnassen Männerkörpern, die vor mir auftauchten und wieder verschwanden; kurze Ahnungen von Gesichtern, flüchtigen Blicken, Körpern, wippenden Schwänzen. Ich ging langsam durch den Raum, folgte dem Kleinen. Wir mussten ein paarmal stehen bleiben, wenn sich eine schemenhafte Gestalt an uns vorbeischob, und hin und wieder eine Hand fortstoßen, die sich zu aufdringlich zwischen unsere Pobacken oder Beine schieben wollte. Mein Schwanz, der wie immer anfangs klein und schrumpelig gewesen war – selbst nach einigen Jahren Erfahrung machte mich das Betreten einer Sauna immer noch nervös –, baumelte nun entspannt und dick zwischen meinen Schenkeln. Der Schweiß, der mir zuerst nur in feinen Perlen auf die Stirn trat, lief nun wie eine warme Hand meinen Rücken hinunter und zwischen den Pobacken hindurch.

Jede der Nischen, in die man sich stellen konnte, schien besetzt zu sein. Die *Deutsche Eiche* an einem Samstag um halb eins: Wenn die schwule Szene eine große Familie ist, war dies ihr beliebtestes Ausflugsziel. Allerdings spielten hier die lieben Kleinen nicht mit ihren Förmchen, sondern ihren Vätern und Brüdern. Ich hörte schweres Atmen und ein nasses, schmatzendes Geräusch, das meinen Schwengel zum Schwellen brachte – irgendwo bekam hier jemand einen geblasen. Und es wurde verdammt noch mal Zeit, dass das Jungchen vor mir auch damit anfing.

Wir waren am Ende des Raums angelangt. Der Kleine drehte sich um. Zum ersten Mal sah ich mir sein Gesicht, so gut es im Halbdunkel ging, genauer an. Nett. Schöne Lippen. Und ein leicht dümmlicher Gesichtsausdruck. Na ja, schoss es mir durch den Kopf, mal für Zwischendurch.

„Wollen wir woanders hingehen?" fragte er. „Hier ist alles voll."

„Wenn ich gehen will, sage ich dir das schon", knarzte ich ihn an. Rechts ging es in einen kleinen Raum mit einer weiteren Dusche; auf der anderen Seite gab es ein bisschen Platz. Das würde gehen.

Ich drückte den Kleinen nach links, bis er mit dem Rücken gegen die Wand stieß. Der Anblick der weißen Kacheln und seinem von einer leichten Schweißschicht bedeckten Körper davor schoss mir wie ein Stromschlag direkt in die Eichelspitze. Ich drückte mich gegen ihn, genoss das Gefühl, seine nackte Haut auf meiner zu spüren. Ich musste leicht in die Knie gehen, um mit ihm auf einer Höhe zu sein, und spürte, wie meine Brusthaare an seinen bloßen Brustwarzen rieben. Mein Schwanz war inzwischen hart und drückte an seinen Bauch; zwischen meinen Beinen konnte ich spüren, wie sich auch sein Ding langsam aufrichtete.

Ich ließ meine Hände an seinen Flanken hinaufwandern, schob sie nach hinten und packte seine festen Backen. Sie fühlten sich verdammt gut an, und als ich sie mit einem Finger teilte und tief durch die Spalte strich, atmete der Kleine deutlich lauter. „Okay", flüsterte ich in sein Ohr, „davon später mehr." Dann ließ ich seinen Arsch los und nahm mir die Nippel vor. Für eine Sekunde enttäuschten sie mich, denn sie waren klein, kaum größer als ein Centstück. Trotzdem begann ich sie feste zu kneten – und hart waren sie dann gar nicht mal mehr so schlecht. Der Kleine stöhnte. Ob ich zu grob war oder ob ihn das gerade anmachte, konnte ich nicht entscheiden. Es interessierte mich auch nicht besonders.

Sein Schwanz war inzwischen fest und lang, und ich spürte, wie er an meinen Sack drückte. Ich rieb mein Gesicht an seiner feuchten Schulter, wanderte mit der Zunge über seinen Hals hinauf, zog eine Spur an seinem Kinn vorbei über seinen Kieferknochen und ließ sie für eine Sekunde sein Ohr necken.

„Küsst du?" flüsterte er mit zittriger Stimme.

„Wenn ich will", raunte ich, packte seinen Kopf mit beiden Händen, drehte sein Gesicht zu mir und … sah ihn an.

Er hatte die Augen geschlossen und den Mund geöffnet. Ziemlich weit offen. Er sah ein bisschen aus wie ein Vogelbaby, das gefüttert werden wollte. Eine kalte Dusche hätte nur wenig abkühlender auf mich wirken können.

Ich war unentschlossen. Der Kleine war heiß, fühlte sich gut an, aber der dümmliche Gesichtsausdruck, der mir vorher aufgefallen war, und der aufgerissene Mund turnten mich gewaltig ab.

Einen Moment lang spielte ich mit dem Gedanken, einfach zu gehen. Dann aber siegte meine noch nicht ganz verklungene Geilheit. Er wollte also den Mund aufreißen? Dann sollte er es tun.

Ich trat einen Schritt zurück, legte ihm dabei die Hände auf die Schultern und drückte ihn kräftig nach unten. Der Kleine gab einen verdutzten Laut von sich, ging aber sofort in die Knie. Ich legte ihm die linke Hand unter das Kinn und drückte seinen Kopf hoch. Ihn vor mir kniend zu sehen war ein verdammt guter Anblick. „Na los", sagte ich. Dann packte ich meinen Ständer mit der rechten Hand und drückte ihn fest gegen seinen Schmollmund.

Der Moment, wenn ich meinen Schwanz zum ersten Mal in einen fremden Mund schiebe, ist unbeschreiblich. Der Kleine schien zu ahnen, wie ich es mochte: Seine Lippen umschlossen zuerst nur meine Eichelspitze, und ich musste drücken, um tiefer vordringen zu können. Langsam sank mein Schwanz weiter in ihn hinein, Stück für Stück, bis ich schließlich spürte, wie sich seine Nase gegen meinen Bauch drückte.

Ich bin keins von diesen Schwanzmonstern, die man in den Hochglanzmagazinen sieht – meine Latte ist ganz normale 17 Zentimeter lang und nicht übertrieben dick. Im Mund dieses Jungen aber fühlte es sich an, als hätte ich den größten Prügel aller Zeiten.

Ich legte die Stirn an die Fliesen, während ich breitbeinig vor ihm stand und meinen Schwanz langsam in seinen Mund hineinschob und wieder herausgleiten ließ. Vor, zurück, vor, zurück, langsam, dann wieder schneller. Ich spürte, wie er mich fest umschloss, an mir saugte, mit der Zunge um meine Eichel glitt. Mit einer Hand hielt er sich an meinem Becken fest, mit der anderen fuhr er über meinen Bauch nach oben, zerzauste meine Brusthaare und begann, abwechselnd meine Nippel zu bearbeiten. Ich hielt seinen Hinterkopf, kümmerte mich aber ansonsten nicht viel um ihn, sondern ließ mich einfach in das einmalige, geile Gefühl fallen. Ich konnte nicht mehr sagen, ob er seit Sekunden lutschte oder schon seit ein paar Minuten. Ich wollte überhaupt nicht mehr denken.

Seine Hand fuhr über meinen Rücken, meinen Nacken, blieb dort liegen, während die andere noch an den Brustwarzen spielte, sich an meinem Becken festhielt, zwischen meine Pobacken fuhr, alles gleichzeitig ...

Moment! Vier Hände?

Ich hatte nicht bemerkt, wie jemand von hinten an mich herangetreten war. Instinktiv wollte ich den Unbekannten wegstoßen, doch genau in diesem Augenblick strich der Kleine mit seiner Zunge über die besonders empfindliche Stelle unter meiner Eichel. Statt den Neuzugang abzuwehren, griff ich nach hinten und zog ihn an mich heran. Ich sah ihn ja nicht – sollte er machen, was er wollte.

Ich spürte, wie sich ein Körper an mich drückte. Der Andere war ein ganzes Stück kleiner als ich, sicher zehn Zentimeter. Sein Schwanz, der halbsteif an meinen Oberschenkel drückte, fühlte sich mehr als vielversprechend an. Der Unbekannte griff nach vorne und fasste entschlossen nach meinen Nippeln. Er drückte ziemlich fest zu. Wohlig legte ich meinen Kopf in den Nacken und packte ihn dabei wieder mit den Händen, um sein Becken fester gegen mich zu drücken.

Wir müssen ein ziemlicher Anblick gewesen sein: der Kleine vor mir, laut schmatzend; ich in der Mitte, wohlig stöhnend; der Unbekannte hinter mir, streichelnd, knetend.

„Los, fickt euch!"

Die Stimme neben uns zerstörte den magischen Moment. Ich sah, dass ein vierter Kerl neben uns aufgetaucht war. Mitte 40, praller, haariger Bauch und stechende Augen. Mit beiden Händen wichste er an seinem Schwanz. Ein Hauch alter Schweiß fuhr mir in die Nase. „Verpiss dich!" blaffte ich ihn an. Der Kleine ließ irritiert meinen Schwanz aus dem Mund gleiten und der Unbekannte hinter mir hörte auf, an mir zu spielen. „Wird's bald?" setze ich nach. Der Kerl murmelte etwas und verschwand. Die geile Situation hatte sich allerdings auch verflüchtigt: Der Kleine schien unschlüssig zu sein, wie es weitergehen sollte, und hinter mir räusperte sich der Unbekannte: „Sorry, aber … das war jetzt echt 'n Abturner." Er machte Anstalten zu gehen.

Ohne nachzudenken, griff ich nach hinten. Ich bekam gerade noch den Schwanz zu packen, der hart in meiner Hand lag. „Nein!" sagte ich über die Schulter. Schnell trat ich zur Seite. Halb zog ich den Unbekannten nach vorne, halb schob ich ihn in Richtung des Kleinen. „Sag Hallo zu deinem neuen Freund", sagte ich nach unten. Und tatsächlich: Statt aufzustehen und das Weite zu suchen, sah der Kleine kurz nach oben, um den Neuzugang zu mustern, grinste und zog ihn dann an sich. Mit einem nassen Schlürfen saugte er den Schwanz in seinen Mund.

Ich trat hinter den Unbekannten. Er war wirklich ein Stück kleiner als ich, aber hatte breite Schultern und einen V-förmigen Oberkörper über einem kleinen, festen Po. Ich nahm seine Backen in beide Hände. Ein bisschen härter, als ich mochte – aber nicht schlecht. Ich begann, seinen Körper zu erkunden, die Haare auf seiner trainierten Brust und seinem Bauch zu streicheln, und hörte dabei, wie er und der Kleine immer schwerer atmeten.

Schließlich trat ich einen Schritt zurück. Der Anblick des nackten Unbekannten, wie er sein Becken rhythmisch nach vorne stieß, und des Körpers des Kleinen, den ich zwischen seinen Beinen sehen konnte, war unglaublich. Der Unbekannte drehte sich um und grinste mich an. „Der Kleine macht seine Sache gut", sagte er. „Aber wenn wir drei ernsthaft zur Sachen wollen, sollten wir runtergehen. Da gibt's Kabinen, in denen man etwas ungestörter ist."

So lernte ich Uwe kennen. Den Namen des Kleinen habe ich längst vergessen.

Obwohl Uwe und ich uns sofort sympathisch waren und uns, wie wir uns später mal im angetrunkenen Zustand gestanden, ziemlich scharf fanden, fummelten wir nur ein bisschen aneinander herum. Stattdessen fickten wir den Kleinen auf jede erdenkliche Art. Ich ließ mir von ihm den Arsch lecken, während Uwe ihn vögelte; Uwe spritzte ihm seine Ladung ins Gesicht, während ich den haarlosen Körper auf mir reiten ließ; später molk ich den letzten Tropfen aus ihm heraus, während sein Stöhnen und Keuchen zwischen Uwes Schenkeln erstickt wurde.

„Ich würde euch Hengste gerne wiedersehen!" sagte der Kleine später in der Umkleidekabine.

„Die Hengste sagen Danke. Aber nein, danke", antwortete Uwe und zog mich aus der Sauna. „Los, wir gehen noch einen trinken." Das taten wir. Und seitdem ist kaum ein Tag vergangen, an dem wir nicht wenigstens telefoniert haben. Fünf Jahre ist das nun schon her.

„Na, ist's interessant?" Berts amüsierte Stimme reißt mich aus meinen Gedanken.

„Wie?"

„Na, du stierst den Film da an, als hättest du's verdammt nötig", lacht er. Ich merke, dass ich scheinbar die ganze Zeit den kleinen Fernseher hinter der Bar angestarrt haben muss. Dort läuft der gleiche Film wie auf der großen Leinwand. Gerade lässt ein debil aussehender Italiener mit aufgepumptem Körper es sich von einem monströsen Afroamerikaner besorgen. Der schwarze Schwanz, bei dessen Anblick ich sofort Phantomschmerzen bekomme, stößt wie von einem Presslufthammer angetrieben in helles Fleisch. Der Gummi scheint rot zu sein, was den Schwanz merkwürdig verfärbt und dem Anblick etwas von einer seltsamen Nationalflagge gibt: weiß, rot, schwarz.

„Wollen wir?" fragt Uwe und nickt, ohne auf unsere Antwort zu warten, dem Barmann zu. Der kassiert, nimmt unser Trinkgeld desinteressiert zur Kenntnis und wünscht uns huldvoll noch einen schönen Abend. „Kommt bald wieder, Jungs!"

„Immer gerne", ruft ihm Bert im Gehen zu. „Sobald du dafür gesorgt hast, dass der Kindergarten hier nicht Wurzeln schlägt!" Die Tür fällt hinter uns ins Schloss. „Hat der mir gerade ‚Alte Ziege' hinterhergerufen?"

„Glaube ich nicht", beruhigt ihn Uwe. „Wo doch jeder weiß, dass Ziege gar nicht zu dir passt, du alter Bock!"

„Du bist so charmant!"

„Das habe ich gar nicht nötig, Schnucki. Wir sind schließlich Freunde!"

Wir lachen und setzen uns ins Bewegung.

„Ins *Café Hoffnungslos?*", fragt Bert stirnrunzelnd, als wir am *Sub*, dem schwulen Kommunikationszentrum, vorbeigehen.

„Nee, die machen jeden Moment zu", sagt Uwe und schlägt dann vor: „Wie wär's mit dem *Bau?*" Er deutet auf den Eingang der Lederkneipe, die ein paar Häuser weiter ist.

„Bloß nicht!" Bert zieht uns eilig weiter. „Da habe ich letzte Woche so 'nem alten Lederkerl einen runtergeholt. Und als ich gestern kurz auf ein Bier da war, ist er mir wie ein aufgeregtes Hündchen hinterhergelaufen. Den muss ich nicht unbedingt wiedersehen."

Ich runzle die Stirn. „Seit wann treibst du es denn im *Bau?*"

„Ich habe es dort nicht *getrieben* – ich habe einem alten Lederkerl einen *geschleudert*. Dazwischen besteht ja wohl noch ein Unterschied. Nun seht mich nicht so entsetzt an. Der stand neben mir am Pissoir und spielte an seinem Stummel rum. Als ich 'ne gute Stunde noch mal pinkeln bin, war er immer noch da. Junge, sah der verheerend aus! Aber dann, als ich fertig bin und mein Ding wieder wegpacke, sieht er mich an und sagt ganz traurig, dass er auch mal jung war und sich nicht vorstellen konnte, keinen abzukriegen."

„Und dann hast du ihm einen runtergeholt?" Uwe zieht eine Augenbraue in die Höhe.

„Ja, aber es ging zum Glück ganz schnell."

„Und hat er dich auch angefasst?" will ich wissen.

Bert zuckt mit den Schultern. „Na, ich habe ihn eben ein bisschen an meinem Arsch rumfummeln lassen. Es war echt keine große Angelegenheit – zehn-, zwölfmal hin und her, und schon hat er geschnauft wie eine Dampflok und gegen die Keramik gespritzt."

„Ja, und dann?" will ich wissen.

„Dann hat er sich ganz offensichtlich gefreut."

„Du bist die Mutter Teresa der Schwulen", grinst Uwe. „So was von selbstlos."

„Man hilft, wo man kann", zickt Bert zurück. „Und jetzt los. Lass uns sehen, ob wir bei den Stoffnattern noch einen Platz bekommen.

Stoffnattern nennt Bert jeden Schwulen, der etwas anderes trägt als Jeans, Turnschuhe und ein T-Shirt – oder Leder oder Gummi oder Uniformen. Der den Unterschied zwischen *Gucci* und *H&M* erkennt, gelegentlich zu Hemden von *Paul Smith* greift und sich darüber aufregt, dass *Jil Sander* nur für schmalbrüstige Hänflinge schneidert. (Streng genommen zählen wir also auch zu den Stoffnattern – aber so eng sieht Bert das nicht.) Und davon wimmelt es nur so im *Morizz*, einer schicken Bar, die ein paar Straßen weiter liegt. Eine Zeit lang waren wir drei jeden zweiten Abend dort, lümmelten uns in den bequemen roten Ledersesseln und Sofas, genossen die hippe Musik, die leckeren Cocktails und den eiskalten Charme eines ganz bestimmten Barmanns. Das Publikum im *Morizz* ist schön, die Preise saftig, das Lebensgefühl da, wo es sein soll: auf hohem, aber nicht unerreichbarem Niveau.

Bert ist mit 34 der Älteste von uns. So wie Uwe im Herzen ein kleiner Junge geblieben ist, so sehr ist Bert eine Giftspritze aus Überzeugung. Sophia von den *Golden Girls* in jung und ohne Handtasche, dafür mit Schwanz. Bert zickt, lästert, klatscht und tratscht – und hat jede Menge Spaß dabei. Manchmal ist seine Boshaftigkeit hart an der Schmerzgrenze, aber wenn es Uwe und mir zuviel wird, macht er immer irgendetwas, das uns warm ums Herz werden lässt. Denn unter seiner *Clinique*-gepflegten Schale hat Bert einen mehr als weichen Kerl – ganz egal, ob er der alleinerziehenden Mutter, die über ihm wohnt, den Kinderwagen durchs Treppenhaus trägt oder einem alten Sack einen runterholt, damit der nicht traurig wird.

Wenn Bert nachdenklich ist, wirkt sein Gesicht manchmal regelrecht brutal. Er hat einen kantigen Kopf und das, was er selbst gerne als „slawische Züge" bezeichnet. Im Gegensatz zu Uwe war ich in Bert nie verliebt. Nicht, dass ich ihn nicht mögen würde. Es hat einfach nicht gefunkt. Vielleicht, weil er mir zu behaart ist – auf der Brust, dem Bauch, den Armen, sogar auf dem Rücken, wenn er sich nicht regelmäßig mit Kaltwachsstreifen malträtieren lässt. Und er ist mir zu sehr hin- und hergerissen zwischen seinen divenhaften Momenten und der großen Verletzlichkeit, die er mit dem exaltierten

Gehabe überspielen will. Beides passt, rein optisch, überhaupt nicht zu ihm. Als wir uns kennen lernten, ahnte ich davon nichts. Denn da haben wir gefickt wie die Bergesel.

Es war einer dieser herrlichen Sommertage, an die man sich noch Jahre später mit einem wunderbar wohligen, fast wehmütigen Gefühl erinnert. Uwe und ich hatten den ganzen Tag an der Isar gelegen, gelesen, geschlafen und über Uwes Ausflüge in die nahegelegenen Büsche gelacht, in denen er endlich an den Schwanz des Kellners rangekommen war, dem er den ganzen Winter über während der sonntäglichen Teadances im *Iwans* nachgehechelt hatte. Als wir gegen Abend auf unsere Fahrräder stiegen, machte Uwe einen gequälten Gesichtsausdruck. Ich musste lachen.

„Na, tut's weh?"

„Frag nicht."

„‚Frag nicht' kann nur eins heißen: Der Kellner ist 'ne Sau im Bett."

„Um genau zu sein", stellte Uwe klar, „ist er eine Sau im Unterholz."

„Du hast dich da drin knallen lassen? Dein Grundniveau senkt sich bedrohlich."

„Wenn's das wenigstens wäre!" lachte der. „Nee, von wegen. Aber der Kerl bläst, als hinge sein Leben davon ab. Hat mich einfach umgehauen. Also, so wirklich. Und da muss irgendeine verdammte Brennnessel gewesen sein."

„Autsch!"

„Worauf du wetten kannst. Ich habe gequiekt wie ein gottverdammtes Ferkel. Und danach beim besten Willen keinen mehr hochbekommen."

„Soviel zum Traum deiner schlaflosen Nächte. Das *Iwans* ist also vorerst gestrichen?"

„Mit Sicherheit. Aber heute geht's noch – der Typ hat sicher frei."

Wir fuhren in die Stadt und fanden tatsächlich noch zwei Plätze im *Iwans* – dort, wo wir im Winter jeden Sonntag Abend tanzten. Im Sommer stehen Tische im Innenhof, und jeder, der in der Münchener Szene Rang und Namen hatte, tauchte irgendwann am Abend kurz auf, um etwas zu trinken oder zumindest Präsenz zu beweisen. Wir hatten Glück, fanden einen Tisch ziemlich in der

Mitte des Hofs, nahe dem großen Brunnen, und mit unserem Lieblingskellner Hans konnte der Abend nur angenehm werden.

Immer wieder kamen Männer am Tisch vorbei, die wir kannten, und setzten sich auf einen schnellen Schwatz zu uns. Irgendwann kam Hans und bat uns zu zahlen, weil seine Schicht zu Ende ging.

„Kann ich trotzdem noch ein Radler bekommen?" fragte ich.

„Na, mal sehen!" flötete Hans mit kokettem Augenaufschlag, lächelte und versprach, er würde es seinem Kollegen ausrichten, der jeden Moment kommen müsste. Dann schlängelte er sich durch die pulsierende Masse davon.

Es war inzwischen brechend voll. Auf den Tischen brannten Windlichter. Musik brandete aus dem Inneren der Bar zu uns herüber. Die Luft roch nach asiatischem Essen, teurem Parfüm und einer Vorahnung von Spaß und Abenteuer.

Abende wie diese, zwischen lauter schönen, ausgelassenen Männern, die lachen, flirten, zicken, sich ausleben und präsentieren, erschienen mir immer schon etwas irreal. Mehr als einmal habe ich mich schon gefragt, ob es sich dabei um einen Jahrmarkt der Eitelkeiten handelt – oder schon um das Fegefeuer. Ich fragte Uwe, für was er es halten würde.

„Wenn ich mir die so ansehe", fing er an und nickte zu einem Tisch hinüber, an dem einige muskelbepackte Männer in kurzen Hosen und Feinrippunterhemden saßen, deren aufgepumpte Bizeps im krassen Gegensatz zu ihren blasierten, wie gepudert wirkenden Gesichtern standen, „sind wir eindeutig auf dem Jahrmarkt. Die haben was von Wurfbuden – man möchte sie mit Bällen wegdonnern." Er sah sich weiter um. „Dahinten dann die Abteilung: Ich-und-meine-beste-Freundin-am-Autoscooter." Er deutete unauffällig zu drei Jungen, keiner älter als 18, die schrille Klamotten trugen, sich exaltiert benahmen und zwei übergewichtige, bieder wirkende Frauen mit wilden Geschichten aus ihrem Leben beglückten. „Dann haben wir die Losbuden mit dem Hauptgewinn, den man niemals bekommt." Ich folgte seinem Blick zu einem Tisch, an dem ein einzelner Gast saß. Er kam mir bekannt vor – richtig, das war dieser Tänzer, der mal als optisches Schmankerl in einer Transenshow im *Vollmerhaus* aufgetreten war. Der perfekte Mann. „Und schließlich", schloss Uwe, „gibt es da noch die Typen, die so normal sind, dass es schon fast unheimlich ist, und die nur über den Jahrmarkt gehen, um möglichst viel zu sehen zu bekommen."

Ich entdeckte einen Tisch, an dem einige sehr normal aussehende Typen mit ausgeleierten T-Shirts und ausgefransten Jeanshosen saßen. „Meinst du die da?"

„Nein. Ich dachte eher an die gutgekleideten Gaffer." Er grinste. „An dich und mich, um genau zu sein, und ... Oh ... ich nehme alles zurück. Streiche Jahrmarkt. Wir sind doch mitten im Fegefeuer!"

Bevor ich fragen konnte, wie er das meinte, bemerkte ich auch schon den Grund: Der neue Kellner war zu uns an den Tisch gekommen und stellte ein Glas vor mir ab. „Das Radler war für dich, nehme ich an. Kann ich euch sonst noch einen Wunsch erfüllen?" Es war der Kellner, mit dem Uwe vor einigen Stunden im Gebüsch rumgemacht hatte.

Uwe wurde kurz rot. „'ne Weißweinschorle wäre okay."

„Kommt sofort", versprach er. Bevor er ging, grinste er Uwe breit an. „Und die wird dich hoffentlich nicht direkt wieder von den Füßen hauen."

Wir mussten lachen. Dann lehnten Uwe und ich uns entspannt zurück und genossen den Abend, die laue Luft, die Männer. „Das Schicksal", zitierte Uwe einen Spruch, den er einige Tage zuvor auf einer Postkarte gelesen hatte, „weiß Bescheid. Und es ist gnädig."

Ein paar Stunden und diverse Radler später merkte ich, wie ich langsam unruhig wurde. Eine Mischung aus Ungeduld, Neugier, Erwartung und den berüchtigten Hummeln im Hintern. Also verabschiedete ich mich. „Mir reicht's. Bleibst du noch?"

„Aber sicher." Uwe grinste. „Als du gerade auf dem Klo warst, hat mich unser Kellner gefragt, ob ich später noch mit ins *New York* zum Tanzen will."

„Okay ... steck 'nen schönen Gruß mit rein. Kommst du morgen trotzdem zum Frühstück?"

„Klar. So um zwölf?"

„Wunderbar." Ich schwang mich auf mein Fahrrad und fuhr los. Die Luft war immer noch warm. Es ging mir gut. *Sehr* gut sogar. *Bierselig* nennt man diesen Zustand wohl. Und eins war klar: Auch wenn die Uhr bereits kurz nach zwölf zeigte, war es definitiv zu früh, um nach Hause zu fahren.

Ich bog am Stachus rechts ab und fuhr durch die Fußgängerzone. Vereinzelte Nachtschwärmer standen vor den Schaufenstern, ansonsten war die Straße still und verlassen. Ich liebe diese magischen Momente, wenn die Stadt mir allein zu gehören scheint. Ich überquerte den Marienplatz, trat kräftig in die Pedale und schoss am Nationaltheater vorbei. Kurz bevor links neben mir die Theatinerkirche auftauchte, spürte ich das altvertraute Ziehen im Magen. Auf manche Situationen reagiere ich wie der Pawlowsche Hund: die Fahrt durch die Innenstadt; der nächtliche Hofgarten; die Staatskanzlei; von dort der gepflasterte Weg, der sich zu einer Straßenunterführung hinunterschlängelt; das helle Licht, in dem sich Mücken tummeln; dahinter der Englische Garten mit seinen Straßenlaternen, den leeren Wiesen – und den dunklen Gestalten, die zwischen den Bäumen stehen, lautlos über Wege huschen und im Schein eines Feuerzeugs kurz sichtbar werden, bevor die Dunkelheit sie wieder umfängt und der Fantasie freien Lauf lässt.

Ich schloss mein Fahrrad an das Geländer der Brücke, die über den Eisbach führt. Schweigende Männer standen, aufgereiht wie die Orgelpfeifen, neben mir. Ich sah ihnen direkt ins Gesicht. Einige schauten genau so offen zurück; die meisten drehten sich schnell weg.

Langsam ging ich in die Cruising Area. Früher hatte es hier viele Bäume gegeben und keine Straßenlaternen, doch das hatte sich in den letzten Jahren geändert. Trotzdem gab es noch genug Männer, die nachts im Englischen Garten auf die Jagd gingen. So wie der Schatten, der auf mich zukam. Breite Schultern, kurzrasierte Haare. Er starrte mir direkt ins Gesicht. Dunkle Augenbrauen, ein kräftiges Kinn. Hossa! Reflexartig fragte ich: „Hast du 'ne Zigarette für mich?"

„Rauch' nicht." Die Stimme klang dunkel, ausländisch. Befehlsgewohnt. Männlich. Mein Schwanz begann sich zu regen. Statt weiterzugehen, blieb ich stehen. Meine Augen hatten sich inzwischen an die Dunkelheit gewöhnt. Der Kerl war kaum kleiner als ich. Dreitagebart, ein einfaches T-Shirt, in dessen V-Ausschnitt ich krause, dunkle Haare erkennen konnte. Der Akzent? Wahrscheinlich türkisch. Ein Bauarbeiter, wie er im Buche stand. Ralf König hätte ihn nicht kerniger zeichnen können. Kein Mann, den ich meiner Mutter vorstellen möchte, aber einer, bei dem Uwe sagen würde: *Hinterher wirst du dich schämen!* Richtig. Aber auch wirklich erst hinterher.

Er musterte mich genau so eingehend wie ich ihn. Dann griff er nach vorne, langte mir prüfend an die Brust, den Bauch. Er grunzte zustimmend, und mein Schwanz drückte quälend gegen den Bund meiner Unterhose. Das Tier kam noch näher an mich heran. Ich roch ein herbes Aftershave, das mich förmlich anbrüllte: *Keine Tucke! Echter Kerl!*

Er griff mir an den Arsch. „Gut", brummte er mir ins Ohr, als wäre ich ein Stück Schlachtvieh. „Kommste?"

Und wie ich mitkam. Schämen konnte ich mich später immer noch ...

Mein Bauarbeiter führte mich hinter ein paar Bäume. Bevor ich etwas machen konnte, drehte er mich um und stieß mich ziemlich heftig gegen einen Stamm, umschlang mich von hinten und packte mir mit beiden Händen zwischen die Beine. Ich musste mich gegen die alte Eiche stemmen, sonst wäre ich unter seinem Gewicht zusammengebrochen. Unter meinen Fingern spürte ich die trockene Borke.

Das Tier hantierte ungeschickt an meinem Gürtel herum, bekam ihn endlich auf und riss ungestüm an den Knöpfen meiner 501. Statt erst einmal hineinzugreifen, zog er sie mir sofort bis zu den Knien hinunter und streifte mein T-Shirt nach oben, schob es so über meinen Kopf, dass es nur noch quer über meine Brust gespannt war. Ich spürte die Luft wie eine sanfte Berührung auf meinem nackten Körper und bekam eine Gänsehaut. Mein Ständer schnalzte gegen meinen Bauch und wurde sofort von einer groben Pranke umschlossen, die mich hart zu wichsen begann. Seine andere wanderte zwischen meine Backen. Ich spürte, wie ein großer Finger forsch gegen den Muskelkranz drückte.

Hallo, wollte ich sagen, *vielleicht mal ein bisschen vorsichtiger?* Aber ich blieb still. Meine innere Stimme sagte nicht viel, sondern murmelte leicht angetrunken vor sich hin. Was ich verstehen konnte, war soviel wie: *Geschieht dir Recht. Und nun mach das Beste draus!*

„Ich hab'n Gummi", brummte es hinter mir. Ich hörte das Klirren einer Gürtelschnalle, das Schnarren eines Reißverschlusses, das leise Geräusch, mit dem er die Plastikverpackung aufriss.

Wieso hatte ich so viel getrunken? Ich hatte diesen Menschen noch nicht mal richtig gesehen. Der konnte sonst wer sein! Und trotzdem: Mein Schwanz fühlte sich an, als würde er jeden Moment explodieren. Ich musste verrückt sein! Es war besser, ich bereitete diesem Treiben ein Ende. Wie lang hatte ich nicht mehr ... *Schluss!* Und zwar jetzt und sofort.

Eine Hand klatschte auf meinen nackten Arsch. „Das magste, oder?" Es war wie ein Dolchstoß. Ein elektrischer Schlag, der durch mich hindurchging und alles in Flammen zu setzen schien.

„Ja." Schämen konnte ich mich später immer noch. Ich stellte die Beine soweit auseinander, wie es mit der Hose in den Kniekehlen ging, stützte mich am Baum ab und streckte ihm meine Backen entgegen. „Los", flüsterte ich heiser in die Dunkelheit. Er grunzte zufrieden. Kaltes Gel brachte mich zum Schaudern. Ein Finger verschwand in mir, langsam, prüfend. Ich hielt den Atem an. Hoffentlich ließ er sich wenigstens ein bisschen Ze… Nein. Der zweite Finger stieß in mich. Ich biss die Zähne zusammen.

Vor, zurück, vor. Ich drückte dagegen, so gut es ging. Das musste er als Einladung verstanden haben. Die Finger wurden herausgezogen. Einen Moment lang wartete ich atemlos. Dann spürte ich, wie sich etwas wesentlich Dickeres als ein Finger gegen mich drückte. *Langsam, bitte, langsam!* Sein Schwanz ruckte nach vorne. Ich merkte, wie ich mich um ihn dehnte. Er wartete tatsächlich einen Moment.

„Okay?"

Ich atmete tief durch. „Ja."

Mit einem einzigen, festen, langen Stoß öffnete er mich, glitt in mich hinein, und ich spürte, wie er mich ganz und gar ausfüllte. Dann zog er sein Ding sofort wieder heraus, packte mich am Becken – und rammte so heftig nach vorne, dass meine Arme nachgaben und ich fest gegen den Stamm gedrückt wurde. *O Gott!* Es tat weh, verdammt weh. Und ich wollte trotzdem mehr davon.

Ich halte nicht viel von Laienpsychologie, die erklärt, warum Menschen sich manchmal gerne unterwerfen. Ich will weder wissen, ob das mit meiner Vater-Sohn-Beziehung zusammenhängt oder damit, dass ich Kontrolle abgeben muss, um den Druck meines Alltags abzubauen. Scheißegal. Ich mache mir weder Gedanken darüber, noch solche Aktionen zur Gewohnheit. Aber in dieser Nacht, in diesem Park, von diesem dunklen, massigen, bedrohlichen Kerl wollte ich einfach nur gefickt werden.

Langsame, tiefe Stöße, wieder und wieder. Dabei versuchte er, meinen Schwanz zu packen, aber irgendwie schien der Winkel unserer ineinander knallenden Körper nicht zu stimmen.

„Anders!" befahl er und zog seinen Schwanz aus mir. „Runter, auf den Boden." Er drückte mich nach unten. An meinen Knien spürte ich kühle Erde. Das ging nun wirklich zu weit! Ich wollte protestieren, aber da hatte er mich auch schon der Länge nach zwischen frisches Gras und alte Blätter gedrückt und zog mir die Hose von einem Bein.

Ich rollte mich auf den Rücken. „He!" wollte ich zu protestieren beginnen, doch er kniete sich hin, zog mich zu sich heran und legte meine Beine über seine Schulter. Einen Moment lang kam ich mir erschreckend hilflos und unsäglich peinlich vor, wie ich hier halbnackt mitten in der Nacht im Park lag und den Mond über meinen Füßen sehen konnte. Dann spürte ich seinen Schwanz.

„Weiter?" fragte er.

„Ja!"

Meine Schultern und ein Teil meines Rückens lagen auf dem Boden. Hinter seinem Kopf wippten meine Füße. Der Kerl fickte mich, wie ich es nicht für möglich gehalten hätte, und bearbeitete dabei auch noch mit einer Hand meinen Schwanz.

Die Stöße wurden immer härter. Längst hatte ich aufgehört, darüber nachzudenken, ob irgendwer uns hören konnte. Ich keuchte, stöhnte, bei besonders heftigen Attacken schrie ich sogar auf. Es war, als würde ich nur noch aus diesem ziehenden, brennenden, geilen Schmerz zwischen meinen Backen und meinem immer heißer werdenden Schwanz bestehen. Alles Blut wich aus meinem Kopf, aus meinen Armen, dem Bauch, nur noch mein Ständer schien zu leben, zu pulsieren. Es war, als würden Hunderte, Tausende Ameisen gleichzeitig über mich rasen und zu meiner Schwanzspitze stürmen.

„Ich … ich …" Dann konnte ich es nicht zurückhalten. Ich brüllte los, wie ich lange nicht gebrüllt hatte, ein langer, geiler, lauter, hilfloser, glücklicher, unglaublicher Schrei. Wie ein Stromstoß raste mein Sperma durch meinen Schwanz und spritzte in ein, zwei, vier, fünf fetten Ladungen auf meine Brust, traf mein Gesicht, lief über meine Stirn. Ich bäumte mich auf, presste mein Becken so heftig es ging auf den festen Schwanz, der tief in mir steckte.

„Psst! Bist du wahnsinnig?" Die Stimme klang plötzlich anders.

Dann ging alles sehr schnell. Mit einem Mal wurde es taghell. Der Mann über mir warf sich nach vorne, drückte mich flach zu Boden und presste mir die Luft aus der Lunge. Ich riss erschrocken die Augen auf und schnappte geblendet nach Luft.

„Jetzt sei, verdammt noch mal, still!" herrschte mich eine Stimme direkt neben meinem Ohr in perfektem Hochdeutsch an. „Wenn die uns sehen!"

Ich hörte einen Automotor. Das Licht musste von Scheinwerfern kommen. Wer? Die Polizei? Verdammte Scheiße!

Es dauerte eine kleine Ewigkeit, dann wurde es wieder dunkel und ich hörte, wie der Wagen davonfuhr. Der Mann über mir rappelte sich auf. Ich atmete tief durch. „O Gott!"

„Einmal in meinem Leben gehe ich in den Park, und wen bekomme ich? Eine gottverdammte Schrei-Else!" schimpfte er. Dann streckte er die Hand aus und half mir, aufzustehen. „Okay, nichts passiert. Ist mit dir alles klar?"

Ich starrte ihn verduzt an. Wo gerade noch die ultimative Fickfantasie gewesen war, stand nun ein gutgebauter, aber eher besorgt wirkender Mann. „Äh … ich glaube schon."

„Warte, ich habe ein Taschentuch für dich", sagte er, kramte in seiner Hosentasche und holte ein Päckchen Tempos heraus. Eins reichte er mir, mit einem anderen begann er, mir vorsichtig die Brust abzuwischen. Ich hatte in meinem Leben schon einiges im Park erlebt – so etwas aber definitiv noch nicht.

Schweigend zogen wir uns an. Ich war vollkommen verwirrt. Und als er mich plötzlich an sich zog und mir einen flüchtigen Kuss auf die Lippen gab, wusste ich endgültig nicht mehr, wie mir geschah.

„Das war gut", sagte er.

„Ich dachte, du wärst …"

„Danke. Mein Erkan-und-Stefan-Programm. Funktioniert allerdings besser, wenn keine Polizei kommt."

Wir standen engumschlungen da. Ich war müde, aufgeregt, entspannt. Und neugierig. „Äh … also … nicht, dass du mich jetzt für irgendeinen Gestörten hältst, der die Spielregeln hier nicht kennt, aber …"

„Klar. Du darfst mich gerne noch auf einen Kaffee einladen."

Ich musste lachen und machte mich von ihm los. „So meinte ich das eigentlich nicht."

„Ich aber." Er zog mich hinter sich her unter die nächste Straßenlaterne. Wir mussten beide im hellen Licht blinzeln und musterten uns dann neugierig. Er sah gut aus. Nicht mein Typ, aber nett.

„Pass auf: Mit den schicken Spermaresten in deinen Haaren kannst du sowieso nirgendwo mehr hingehen. Und außerdem schuldest du mir noch was."

„Und das wäre?"

„Einen Orgasmus. Ich war fast so weit, aber als du plötzlich losgebrüllt hast. Na ja. Außerdem stehe ich sowieso nicht so sehr auf Ficken im Park."

Das hatte sich gerade etwas anders angefühlt. „Pass auf, du bist sicher ein klasse Typ, aber ich kenne dich nicht, und …"

„Vor ein paar Minuten kanntest du mich immerhin gut genug, um mir deinen Arsch entgegenzustrecken. Komm, zick nicht rum, wir gehen zu dir."

„Du bist wohl verrückt!"

„Nein, ich bin Bert. Und du?"

Einen Moment lang sahen wir uns schweigend an. Seine Hand schwebte auf halbem Weg zwischen uns in der Luft. Das war alles vollkommen verrückt!

„Ich … ich heiße Kai. Hallo. Wie bist du hier?"

„Mit 'nem Taxi. Nehmen wir eins?"

„Ich bin mit dem Fahrrad da."

Er überlegte kurz. „Mountainbike?"

„Hollandrad."

„Mit Gepäckträger also? Okay. Das habe ich nicht mehr gemacht, seit ich zwölf war."

Und so fuhren wir zu mir. Bert hielt sich an mir fest, ich trat in die Pedale. Wir tranken keinen Kaffee mehr. Stattdessen beglich ich meine Schuld und sorgte dafür, dass er kam. Wofür er sich revanchieren musste. Was zu einer längeren Dusche führte, in deren Verlauf mein Duschvorhang von der Decke und noch einige weitere Kondome aus der Hülle gerissen wurden.

Stunden später wurde ich unsanft vom schrillen Klingeln meiner Türglocke geweckt. Das Bett neben mir war leer. Hätten mein Schwanz und andere Körperstellen sich nicht eindeutig wund angefühlt, ich hätte die letzte Nacht für einen Traum gehalten. Mühsam kämpfte ich mich aus dem zerwühlten Bett und öffnete die Tür.

„Guten Morgen!" strahlte Uwe mich an und hielt mir eine Tüte duftende Semmeln entgegen.

„Guten Morgen!" sagte Bert, der gerade aus dem Badezimmer kam.

Ein guter Morgen? fragte ich mich und stellte die Beiden vor.

„Lass mich raten – du bist … sein bester Freund?" fragte Bert.

„Lass mich auch raten – du bist … sein letzter Fick?" konterte Uwe.

„Ich mache dann mal Kaffee", schlug ich vor.

Wenig später saßen wir zusammen an meinem Küchentisch und frühstückten. Peggy Lee sang im Hintergrund, dass sie *Fever* habe, und mir wurde auch ein bisschen heiß, als Uwe unverblümt fragte: „Und? Werdet ihr Schnuckel jetzt ein Paar?"

Bert sah mich prüfend an. „Wir werden sehen."

„Und wie stehen die Chancen?" hakte Uwe nach.

„Wer weiß? Er ist süß, das steht mal fest, und er ist gut im Bett, hat einen netten Schwanz – wir werden entweder eine heiße Affäre haben oder uns anfreunden und auch noch in Jahren gemeinsam um die Häuser ziehen", antwortete Bert.

„Noch Kaffee?" fragte ich.

Vier Jahre später stelle ich meinen beiden besten Freunden im *Morizz* die Frage: „Trinken wir jetzt noch einen Absacker?"

„Da sag ich nicht nein!" Bert steuert direkt auf einen Tisch zu, der gerade frei wird. Bevor der Kellner etwas sagen kann, lässt er sich in den roten Ledersessel fallen und kräht: „Komm mir nicht mit ‚Der ist reserviert' – es ist kurz nach zwölf. Hier ist ganz sicher für mich reserviert!" Uwe und ich folgen ihm lachend.

„Bringst du uns drei Wodka Lemon, Schatzi?" flötet Bert dem Kellner hinterher. Dann wirft er einen kritischen Blick um sich. „Na ja, das Angebot geht so. Gerade so! Der da hinten ist nicht übel. Ein bisschen alt, aber, na ja, das sind wir auch. Ich glaube, den winken wir mal rüber. Huch, jetzt küsst er dieses Kind! Ist das ein Chinese? Das darf doch nicht wahr sein!" Er sah uns an. „Wisst ihr, manchmal mache ich mir wirklich Sorgen. Wo, um Himmels Willen, lernt man heute noch echte Kerle kennen?"

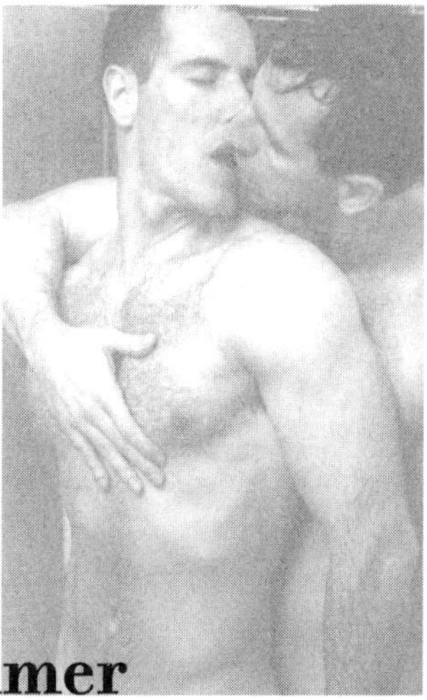

Tilman Janus

In die innere Kammer

Der nackte Broterwerb ist wirklich grauenvoll! dachte Robert, während er die Tür zu seinem Dienstzimmer nach drei Wochen Urlaub zum ersten Mal wieder öffnete. *Warum habe ich keinen reichen Lover, warum muss ich mich selbst mühsam ernähren – und warum zum Henker muss ich mit Quengler in einem Zimmer sitzen?* Quengler hieß in Wahrheit Herr Quenz, aber das hatte Robert schon lange verdrängt.

„Da sind Sie ja endlich, Herr Nolde", rief Quengler, kaum, dass Robert in den beengten Raum eingetreten war. „Wie immer drei Minuten zu spät. Na, wie war der Urlaub?"

„Schön natürlich", sagte Robert höflich. „Herrliches Wetter, gutes Essen, lange Spaziergänge am Meer." Von dem netten, weißblonden Nordfriesen, der ihm die Ferien so angenehm mit sahnigem Dessert versüßt hatte, sagte er nichts. Quengler hatte selbstverständlich nichts gegen Friesen, er hatte offiziell auch nichts gegen Schwule, sonst hätte er mit Robert das Zimmer nicht geteilt, aber er hielt bestimmt nicht viel von Spermaversüßung. Herr Quenz war verheiratet, so sehr verheiratet, dass es ihm offensichtlich schon wehtat.

„An der Nordsee herrliches Wetter?" erkundigte sich Quengler ungläubig.

„Ja – ab und zu ein kleiner Schauer, aber sonst ..." Robert verschwieg auch, dass die kleinen Schauer warm und goldgelb gewesen und nur an ganz auserwählten Strandabschnitten niedergegangen waren. Er seufzte tief.

„Es ist allerhand Arbeit für Sie aufgelaufen", beendete Quengler abrupt das Privatgespräch. „Ich habe Ihnen mehrere Suchanfragen auf den Tisch gelegt, das Eiligste zuoberst. Alles möglichst bis gestern erledigen! Und heute um zehn ist Dienstbesprechung, seien Sie bitte rechtzeitig im Sitzungszimmer, der neue Direktor soll außerordentlich pünktlich und korrekt sein."

„Das heißt also", meinte Robert etwas zu salopp, „er ist pingelig und kleinkariert."

Quengler sah ihn über seinen dicken Brillenrand missbilligend an. Immerhin war er Roberts Vorgesetzter, sozusagen Mittler zwischen den niederen Archivaren und der akademischen Leitung des Historischen Instituts, und saß nur wegen chronischen Raummangels nicht in einem Einzelzimmer. Jetzt wandte er sich kommentarlos wieder seinen Aktenordnern zu und begann demonstrativ zu arbeiten, sodass Robert nichts anderes übrig blieb, als ebenfalls nach dem obersten Hefter seines bedrohlich schwankenden Aktenturms zu greifen. Der Verdacht beschlich ihn, dass Quengler gerade ihn deshalb zu sich ins Zimmer gesetzt hatte, damit Roberts Arbeitsausstoß größer werden würde. Ach ja, der Ausstoß ...

Anfrage zum Deutsch-Französischen Krieg 1870/71, las Robert, *genaue Anzahl der Soldaten in den drei deutschen Armeen unter Kronprinz Friedrich, Prinz Friedrich Karl und K. F. von Steinmetz.* Im zweiten Auftrag stand: *Kaiserin Elisabeth von Österreich, genannt Sissi, exakte Länge ihrer Haare zum Tag ihrer Eheschließung am 24.4.1854.* Robert stöhnte. Die prinzlichen Soldaten würden ihn alleine schon den halben Vormittag kosten! Kein normaler Mensch im Internet-Zeitalter konnte sich vorstellen, was er hier unter dem Staub der Jahrhunderte leisten musste.

„Ich geh mal ins Archiv, neunzehntes Jahrhundert", brummte er schlecht gelaunt, nahm die obersten Akten, einen Stift und den Schlüssel und verließ das Büro.

Gerade, als Robert die schwere, eiserne Feuerschutztür zum Archiv aufschloss, kam ein Mann den Gang entlang.

„Gut, dass ich jemanden hier treffe", sagte er mit einer sanften Stimme. „Ich benötige ganz eilig ein paar Bilder aus der Etruskerzeit. Vielleicht können Sie mir helfen?"

Robert sah ihn entgeistert an. „Eigentlich müssen die Anfragen schriftlich in Auftrag gegeben werden", erklärte Robert. „Wenn jeder hier so hereinschneien würde, kämen wir zu gar nichts mehr. Und dann ist auch eine Gebühr zu bezahlen."

„Ganz richtig. Aber Sie können gewiss eine Ausnahme machen. Heute Abend muss ich einen Vortrag halten und brauche unbedingt noch einige Farbabbildungen."

„Also gut, kommen Sie mit." Robert war es im Grunde recht, wenn er sich nicht mit dem Deutsch-Französischen Krieg beschäftigen musste.

Während sie mit dem Lift in das allerunterste Geschoss – den „Antikenkeller", wie er von den Mitarbeitern abschätzig genannt wurde – hinabfuhren, betrachtete Robert den Etruskerforscher beiläufig. Er schien nicht viel älter zu sein als Robert selbst, also etwas über vierzig, dafür aber wesentlich schmächtiger. Die Zeit, die Robert mit seinen Hanteln und an der Rudermaschine verbrachte, um die schlaffen Büromuskeln auf Vordermann zu bringen, vertrödelte der andere vermutlich über etruskischen Tonscherbenpuzzles. Vielleicht aufgrund dieser geistigen Anstrengung war sein blassblondes Haar stark ausgedünnt, deutlich schimmerte darunter die rötliche Kopfhaut im matten Schein der Fahrstuhlbeleuchtung. Sein glatt rasiertes Gesicht sah ebenfalls rötlich aus, ziemlich mager, nichtssagend, wurde allerdings von heiter und freundlich blickenden, dunkelblauen Augen optisch aufgewertet. Ein sehr gut geschnittener, anthrazitfarbener Anzug wies ihn als Empfänger eines gehobenen Einkommens aus.

Der Aufzug stoppte. Robert nickte dem Fremden zu und ging voran durch die engen Korridore zum Bereich „Altes Italien", vorbei an unzähligen, deckenhohen Regalen, die vollgestopft waren mit staubigen Dokumentenordnern und Schubern voller Kopien und Bilder. Bewegungsmelder schalteten die Lampen in den Gängen ein und ließen sie kurze Zeit später wieder erlöschen.

„Was wollen Sie wissen?" fragte Robert. „Hier ist die Abteilung Etrurien."

„Ich suche Abbildungen einer bestimmten Grabmalerei. Ich konnte sie in meinen eigenen Unterlagen einfach nicht mehr finden." Er lachte leicht. „Leider geht es bei mir zu Hause manchmal ein bisschen chaotisch zu."

„Räumt niemand bei Ihnen auf?" erwiderte Robert zerstreut, indem er die Beschriftungen der Regalbretter nach der Bezeichnung „Etrusker / Gräber" durchging, doch während er es sagte, war ihm die gedankenlose Erkundigung schon peinlich.

„Nein, das muss ich selbst tun", sagte der andere.

Robert hatte den Eindruck, dass eine gewisse Wehmut in diesen Worten mitschwang. „Ich muss auch zu Hause alles alleine machen", erklärte er wie zum Trost. Der Satz war heraus, die dümmliche Zweideutigkeit zu spät bemerkt.

„Waren Sie jemals in einem etruskischen Grab?" fragte der Schmächtige unvermittelt.

„Nein", gab Robert zurück. „Warum sollte ich?"

„Es ist unvergleichlich! Stellen Sie sich einen Quadratkilometer Land vor, heiß, trocken, rotbraune Erde. Mittelitalien im Sommer, mittags. Die Sonne glüht vom Himmel." Er lehnte sich an eines der Regale, sah Robert an und sah doch durch ihn hindurch. „Akanthus blüht auf dem rissigen Boden, in den dürren Pinien schreien Zikaden. Kein Mensch außer Ihnen geht in der Mittagshitze durch die Nekropole, Sie sind allein dort, vollkommen allein. Und auf dem gesamten Areal erheben sich die halbrunden Tumuli, die Grabkuppeln, eine an der anderen, schon vor mehr als zweitausend Jahren perfekt zusammengefügt aus Tuffsteinblöcken. Es gibt kleine, unscheinbare Zugänge. Innen laufen die schmalen Korridore wie in einem Labyrinth, manchmal führen sie in die Irre, manchmal in die innere Kammer." Er hielt inne und wiederholte andächtig den Halbsatz: „... in die innere Kammer."

Robert schwieg. Was hätte er auch dazu sagen sollen? Mit archäologischem Kram kannte er sich nicht aus.

„Sie steigen hinab, und in diesen Kammern ist es dämmrig und erfrischend, ein unfassbarer Gegensatz. Sie können hinaus- und hineingehen, immer wieder, und diesen Gegensatz genießen." Der Etruskerbegeisterte lächelte plötzlich und schien Robert wieder wahrzunehmen. „Häufig ist es ja so, dass man den Dingen äußerlich nicht ansieht, wie schön sie im Inneren sind."

„Ja, ja", gab Robert ihm etwas ungeduldig Recht, doch bevor er nun nach den genauen Auskunftswünschen fragen konnte, redete der andere schon wieder weiter.

„Die Etrusker, müssen Sie wissen, waren ein weltzugewandtes, außerordentlich freundliches Volk. Die Gesichter fast aller ihrer Statuen sind lächelnd dargestellt. Es waren Menschen, die Musik und Festlichkeiten schätzten. Ihre Häuser sind zerstört, aber aus ihren Gräbern kennen wir Bilder dieser Feste. Ja, suchen Sie mir doch bitte einmal die Abbildungen von Tarquinia heraus, dann zeige ich Ihnen, was ich meine."

Etwas irritiert suchte Robert nach „T" – ein Crashkursus in etruskischer Kultur hatte ihm heute früh eigentlich nicht vorgeschwebt.

Der Fremde nahm ihm den Stehsammler aus der Hand und sah rasch die Bilder durch. „Hier!" Er hielt die Reproduktion einer farbigen Wandmalerei hoch. Sie zeigte einen zwischen Ölbäumen und Vögeln sich ergehenden, athletischen jungen Mann, der ein Saiteninstrument spielte. Sein überaus durchsichtiges Gewand ließ jede Rundung erkennen, und diese Rundungen waren mehr als appetitlich: ein vorchristlicher Waschbrettbauch, ein kräftiger, halbkugeliger Hintern, schön geschwungene Oberschenkel, feste, pralle Hoden und ein zwar kleines, aber hübsch nach vorn abstehendes Schwänzchen.

„Ganz nett", meinte Robert nur mäßig interessiert. *Der spacke Gräberforscher macht mich hier im Archiv an! Dabei hat er nun wirklich keinen kräftigen, halbkugeligen Hintern mehr – und wahrscheinlich nie gehabt!*

„Sehen Sie, so lebten die Etrusker, zwischen Festmahl, Flötenmusik und Genuss. Geben Sie mir den zweiten Ordner von Tarquinia!" befahl der Rosagesichtige unbeirrt.

Robert verdrehte die Augen zur Kellerdecke, reichte ihm aber den neuen Ordner.

„Ja!" Der andere nickte. „Ja, *Tomba dei Tori*, genau das suche ich!" Er hielt Robert eine weitere Fresko-Abbildung unter die Nase: Von links stürmte ein heller, am Hals mit blauen und roten Streifen geschmückter und unter dem Bauch ziemlich erigierter Stier auf eine Gruppe von zwei Nackten zu. Der dunkelhäutigere dieser beiden Menschen durchdrang den anderen mit seinem gewaltigen Phallus von hinten.

„Donnerwetter!" entfuhr es Robert nun doch. „Und das in einem Grab?"

Der Etruskerfachmann nickte eifrig. „Manche Kollegen behaupten, die hellhäutige Person sei eine Frau, aber das stimmt nicht. Ich habe das genau erforscht, es handelt sich mit Sicherheit um einen jungen Mann. Die Ansatzstelle für die Penetration ist auch eindeutig der Anus und nicht ..."

„Schon gut!"

Der Fremde sah Robert erstaunt an. „Die Etrusker hatten ein ganz natürliches Verhältnis zu ihrem Körper", sagte er mit leisem Tadel in der sanften Stimme. „Nichts war ihnen peinlich. Ach, übrigens ...", er fasste sich überraschend in den Schritt, „gibt es hier eigentlich eine Toilette?"

„Nein. Sie müssen wieder ganz nach oben in den Publikumsbereich hinauffahren."

„Oh, ich glaube, das schaffe ich nicht mehr." Der Blassblonde lächelte unerwartet charmant. „Wissen Sie vielleicht eine andere Möglichkeit?"

„Wie ... wie meinen Sie das?" versetzte Robert verblüfft.

„Nun, möglicherweise ein Gefäß ..." Der Mann blieb trotz seines heiklen und anscheinend sehr dringenden Anliegens vollkommen gefasst.

Robert sah sich um. Neben einem der allgegenwärtigen Feuerlöscher hing eine mit Plastikriemen zusammengerollte Löschdecke. „Wollen Sie die Decke nehmen?" fragte er unsicher.

„Wenn Sie nichts Besseres haben." Der Schmächtige zog den Reißverschluss seiner anthrazitfarbenen Anzughose rasch nach unten. Merkwürdigerweise schien er die Hose ganz ausziehen zu wollen, denn er schnallte den Ledergürtel auf und öffnete Haken und Knöpfe. Die Hose rutschte mit einem leisen Rascheln zu Boden.

Robert starrte den Etruskerfreund an. Das Absurde an der Situation stand ihm plötzlich glasklar vor Augen: Ein wildfremder Wissenschaftler im fortgeschrittenen Alter, gebildet, freundlich und distinguiert, entkleidete sich hier neben ihm im untersten Geschoss des Archivs, im trüben Licht der kargen Lampen, zwischen den verstaubten, schweigenden Zeugen einer mehrtausendjährigen Vergangenheit – um in eine Löschdecke zu urinieren! Ungläubig schloss Robert kurz die Lider, aber das Bild änderte sich nicht. Er sah den mageren Körper, oben korrekt mit Jackett, Hemd und Krawatte bekleidet, unten fast nackt, sah die blütenweiße Markenunterhose – und vorne einen großen, frischen, gelben Fleck! Und da spürte er, wie sein bis zu diesem Zeitpunkt sorglos dahindösender Schwanz ruckartig aufzuckte. *Akademiker, feiner Pinkel! Zu faul, rechtzeitig zum Klo zu gehen! Pisst sich im Historischen Institut in die teure Hose!*

„Wenn Sie jetzt so freundlich wären, bitte!" sagte der nahezu entblößte Forscher und fuhr langsam über sein leicht angeschwollenes Glied, das sich unter dem dünnen, feuchten Jersey-Slip deutlich abzeichnete.

Mechanisch legte Robert die Akten beiseite, ohne die Augen von diesem hochinteressanten Schauspiel zu wenden, nahm die Löschdecke von der Wand ab, hielt sie im Arm, stumm, und spürte, wie seine Hose enger und enger wurde, wie sich eine völlig undienstliche Lust in ihm stark machte, die eher an einen einsamen Nordseestrand oder wenigstens in eine Badewanne gehörte als hierher ins Archiv. Er ließ sich vor dem Fremden auf die Knie fallen, die Decke noch unter den Arm geklemmt, und strich mit der freien Hand über die warme, nasse Stelle der Unterhose. Er fühlte, wie die etruskische Eichel unter dem Stoff lockend um Befreiung bat.

Robert schob den weißgelben Slip nach unten.

Mit einem erleichterten Hüpfer federte ihm ein leuchtend rosafarbener, kurzer, dicker, halb steifer Schwanz entgegen, dessen Vorhaut schon hinter den Eichelkranz zurückgezogen war. An der schmalen Harnröhrenöffnung glänzte es nassgelb.

„Jetzt wird es wohl wirklich Zeit!" bemerkte der Rosagesichtige in mildem Ton.

Da hatte Robert Mitleid, gieriges, trunksüchtiges Mitleid. Er ließ die Decke fallen, fasste mit der Rechten zu, öffnete seinen Mund, stopfte sich das zappelnde, salzig-scharf schmeckende Ding zwischen Zunge und Gaumen, schloss den Muskelring seiner Lippen und spürte voller köstlicher Erregung, wie sich die Schwellkörpermuskulatur in diesem drallen Schwanz entkrampfte, das ganze Organ vibrierte, wie ein warmer Strahl mit ungeheurer hydraulischer Kraft in seine Kehle schoss.

Enthusiastisch begann Robert zu schlucken, musste leider nebenbei auch atmen. Bei aller Leidenschaft wurde ihm plötzlich klar, dass dies der absolute Ernstfall war, dass es hier weder Wanne noch Nordsee gab, dass ihm nun nichts anderes mehr übrig blieb, als weiter und immer weiter zu trinken, akribisch jeden Tropfen aufzunehmen, wenn er Quengler nicht in einem Zustand und Duft entgegentreten wollte, als hätte er sich im Pissoir gewälzt! Maßlos faszinierend strömte die salzige Flut in seine Mundhöhle, und doch stieg panische Angst in ihm auf. *Ich bin wahnsinnig! Wie konnte ich das machen? Vielleicht wird mir gleich speiübel! Vielleicht hat der Kerl eine Elefantenblase! Vielleicht ist er ein fieser Sadotyp und will mich zwischen den Dokumentenregalen von oben bis unten nasspissen und dann meinem Schicksal überlassen! Pisse, überall Pisse, auf dem Gesicht, dem Hemd, der Hose, auf den Akten – bitte nicht, bitte, bitte nicht!*

Da versiegte der Goldstrom überraschend.

„Sie haben Mut!" flüsterte der Schmächtige entzückt. „Sie hätten es noch viel länger ausgehalten, nicht wahr? Wie ein etruskischer Held! Aber auch Helden soll man nicht überstrapazieren."

Verblüfft schmeckte Robert die letzten, schwachen Spritzer auf der Zunge. *Kein Ernstfall – ein Spiel! Der frische Pissfleck in der Unterhose, der Satz „Jetzt wird es wohl wirklich Zeit", alles nur Spiel! Reiner Genuss, kalkuliert, kultiviert, wie ein Glas Wein auf einer Schlossterrasse!*

Der Schlossherr fasste Roberts Hinterkopf sacht und drückte Roberts Gesicht fest in seinen Schoß. Robert spürte im Mund das Anschwellen des kleinen, dicken Schwanzes, fühlte diesen glitschigen, salzigen Goldfisch fröhlich hin- und herflutschen. „Es ist Ihnen doch recht, wenn ich das mache?" hörte Robert wieder die weiche Stimme.

Robert konnte nicht antworten. Hart und steif rutschte der Etruskerphallus in seiner Mundhöhle vor und zurück. Lang war er wirklich nicht, auch jetzt nicht, aber reizvoll knubbelig und wirbelig, passte bequem hinein, tanzte und sprang zwischen Lippen, Zähnen, Gaumen und Zunge wie ein Gummiball. *Gummiball ...* Robert tastete nach den straff hochgezogenen Hoden, die regelmäßig gegen sein Kinn wippten – auch sie waren wie zwei kleine, feste Gummibälle, verpackt in weiche, haarlose Gummihaut. *Gummischwanz, Gummieier! Der ganze Schlossbesitzer ist aus rosa Gummi! Und total rasiert ist er sogar!* Robert drückte stärker zu.

„Vorsicht", mahnte die sanfte Stimme, „nicht zu grob! Meine Hoden sind ein wenig überempfindlich. Aber sonst machen Sie das gut, tatsächlich, ja, das ist herrlich ... ein bisschen langsamer ... ja, so ..."

Er siezt mich immer noch! Der Mann ist wirklich verrückt! dachte Robert und wirbelte und zwirbelte dabei die griffigen Gummigenitalien zwischen Fingern und Mund etwas schonender. Zart versuchte er, mit der Zungenspitze in den kleinen Schlitz der Eichel einzudringen, aus dem es inzwischen – zur Abwechslung – honigsüß tröpfelte. Er beknabberte die pralle Eichelwulst, den kurzen, stämmigen Schaft, drückte sich das nasse, feste Prachtteil an die Wange, während er leicht mit der Zunge über den glattrasierten Hodensack fuhr, saugte sich gierig fest wie eine Napfschnecke. Sein eigener Schwanz rebellierte wütend unter den Jeans. *Wenn jemand hier vorbeikommt! Wenn Quengler mich so sieht! Ich werde entlassen! Sei's drum! Dann muss mich der Etruskerhäuptling in Zukunft eben ernähren!*

Robert knöpfte mit der Linken ungeschickt seinen Hosenschlitz auf, holte den Wütenden endlich heraus, der ihm schon den Slip klebrig durchfeuchtet hatte, schälte auch seine Hoden aus den Textilien, verschlang dabei aufs Neue den dicken, rosa Burschen, der noch härter zu werden schien. Im gleichen Rhythmus arbeitete er mit beiden Händen: Rechts ließ er den pummeligen Etrusker in seinem Mund Ballett tanzen, links tröstete er seinen eifersüchtigen Lebensgefährten. Linkshändig war Robert beim Onanieren ziemlich unbeholfen, dennoch spürte er eine so heiße, unerträgliche Erregung von der Spitze über den Schaft und die Hoden bis hin zum Lustloch, dass er fürchten musste, völlig unkontrolliert zu ejakulieren. Er ächzte; Speichel lief ihm aus den Mundwinkeln über das Kinn.

„Heben Sie es sich auf!" wisperte der Etruskerliebhaber. „Ihr Phallus ist wundervoll! Wie aus Tarquinia! Aaaahhr!" schrie er plötzlich halb erstickt auf, stieß Robert sein Kurzschwert noch zweimal heftig in den Rachen und wollte es ruckartig herausreißen. Robert packte ihn blitzschnell um die Hüfte, hielt ihn fest, unvernünftig, süchtig. Der andere schaffte es dennoch, seinen kompakten Schwanz herauszuziehen. Robert nahm die himmlischen Kontraktionen, das unaufhaltsame Herausschleudern an seiner Wange wahr, fühlte den warmen Samen ins Ohr spritzen, am Hals hinunterlaufen, tauchte seine Finger ein, verrieb das rutschige, angebetete Zeug auf seiner Haut und masturbierte dabei, dass er vergaß, wo er eigentlich war.

„Sie haben nicht nur Mut", hauchte die Stimme mit wohligem Stöhnen über ihm, „Sie sind tollkühn, todesmutig!"

Robert hörte kaum hin. Er beachtete das erschlaffende Gummispielzeug nicht mehr. Sperma tropfte von seinen Haaren. Er richtete sich auf. „Ich will dich ficken", keuchte er heiser, „ich will dich jetzt ficken!"

„Ja, das sollen Sie doch auch! Aber nicht dieses hässliche Wort! Denken Sie an das Bild aus Tarquinia! Erschließen Sie mich! Durchdringen Sie mich wie ein wilder Stier! Bringen Sie mich zum Aufblühen! Meine Tumuli, meine Rosenknospe, meine innere Kammer erwarten Sie wie ein etruskisches Mysterium!"

Robert wurde etwas nervös. *Wenn jemand wartet, dann Quengler! Und ich stehe hier, in der Dienstzeit, zwischen den verdammten Archivregalen, im Magen Pisse, am Kragen Sperma, mein Schwanz steht auch, wie Eisen, lässt Vorsaft auf das gebohnerte Linoleum ab, und dieser verrückte Schloss-Etrusker hält mir Vorträge über Sexpoesie!* „Ich hab keinen Gummi dabei", brachte Robert schließlich gequält heraus.

„Das sollten Sie aber immer!" belehrte ihn der Wissenschaftler freundlich, fasste in seine Jacketttasche und holte ein goldfarben verpacktes Luxuskondom und eine winzige Tube Gleitgel heraus.

Mit offenem Mund starrte Robert ihn an. „Donnerwetter!" stotterte er.

„Haben Sie mir das nicht zugetraut?" fragte der andere milde. „Nun ziehen Sie es schon über! Die innere Kammer lechzt ungeduldig nach Ihrer Wunderwaffe!" Er fasste nach Roberts steif aufwärts zeigendem, respektablem Gemächt (das Robert in seiner Verblüffung losgelassen hatte), strich sanft über die zarte Haut der Eichel, verrieb den Honigsaft, ließ die ausgeprägt üppige Vorhaut darüber gleiten. „Sehr schön, wirklich, sehr, sehr schön!" flüsterte er.

„Wichs mir den Schwanz!" ächzte Robert. Er lehnte sich an das Regal, beinahe zu schwach zum Stehen, glaubte, den Orgasmus kaum noch aufhalten zu können.

„Sch, sch, sch!" beschwichtigte ihn der Rosafarbene. „Nicht solch ruppigen Ton! Dieses herrliche Prachtstück, dieses Etruskerschwert, diese heiße, harte Lanze wird umfangen, gestreichelt, liebkost, verwöhnt, ans Herz gedrückt, angebetet!" Er schob sacht, sehr sacht Roberts Vorhaut wieder zurück. „Diese Eichel ist die köstlichste Frucht der Erde! Beißt man hinein, spritzt einem körperwarme Milch in den Mund wie in Arkadien!"

„Hör auf, hör auf!" wimmerte Robert reumütig. „Ich will noch nicht kommen! Ich will dich fi..."

„Ja, ja! Nehmen Sie das Kondom!"

Mit bebenden Fingern griff Robert nach dem Präservativ, das der andere schon aus der Verpackung genommen hatte, setzte es auf die immer weiter Lustsaft vertröpfelnde Spitze und rollte es ungeschickt über Eichel und Schaft. Der Arkadienliebhaber hatte sich inzwischen umgedreht, stützte sich mit einer Hand am Regal ab, hielt mit der anderen die Schöße seines Jacketts hoch und bot willig sein Hinterteil dar. Robert zitterte. *Der hat gar keinen mageren, faltigen, knochigen Arsch! Der hat einen richtig kleinen, geilen, griffigen Hintern!* Heiß legte er seine Hände auf diese adretten, einladenden Backen, zog sie auseinander, und da sah er in der sauber ausrasierten Spalte eine zarte, feine, frischrosa Blume, voller Erregung prall erblüht, hingestreckt für ihn! *Ein Spiel, ein anderes Spiel! Das Etruskerspiel! „Es gibt kleine, unscheinbare Zugänge."* Fahrig drückte Robert den Inhalt der winzigen Tube aus, verkleckerte die Hälfte auf den Boden, verteilte den Rest auf dem wie Goldlamé glänzenden Prunkkondom, versuchte mit dem gleitmittelbenetzten Finger gierig in den strammen, hitzigen Zugang hineinzufahren.

Der Poet zuckte zusammen. „Vorsicht, langsamer!" bat er. „Ihr Fingernagel!"

„Ich bin so geil!" stöhnte Robert.

„Sie sind voller süßer Lust!" korrigierte ihn der Etruskerspielleiter. „Sie sind erregt, heiß, Ihre Lenden wollen die kostbare Samenmilch verschenken, Sie ..."

„Ja doch!" zischte Robert. Er presste plötzlich seine dick geschwollene Eichel auf dieses erblühte Loch, hatte keinen Sinn mehr für lyrisches Tändeln, riss die Spielleitung an sich, wollte hinein, hinein, wollte rasen und wüten. Mit einem kleinen Ruck nur, ganz leicht rutschte sein Ständer durch den mustergültig entspannten, hingabebereiten Schließmuskel. Robert glitt, stürzte, fiel in einen etruskischen Lustkanal, eng, weich, fest, glühend. Er jammerte laut auf, stand still, konnte sich nicht rühren, sonst wäre der Samen aus ihm herausgeschossen wie bei einem Tier, das keine Zeit hat zum Genuss, das sich entladen muss, bevor der Rivale angreift. Einige Sekunden verharrte Robert so. Der Überrumpelte wartete unbeweglich, wissend, verzeihend.

Langsam begann Robert sich zu bewegen, setzte das Spiel fort. *„Innen laufen die schmalen Korridore wie in einem Labyrinth ... in die innere Kammer."* Der warme, fleischige Geheimgang, das rosa

Gummilabyrinth umfing seinen eisenharten Schwanz, als sollte er abgesaugt, abgeschraubt, für immer vereinnahmt werden. *„Es ist unvergleichlich!"* Sanft ließ Robert jetzt seinen steifen Kameraden hin- und hergleiten. Eine niemals empfundene Verzückung brandete in immer stärkeren Wellen durch seinen Unterleib, strahlte aus bis in die Zehen, die Fingerspitzen, bis ins Großhirn, narkotisierte seinen Willen, seine Erinnerung. Er war nirgends, nirgends auf der Welt, nur in einer unglaublich köstlichen Kammer. Robert wurde schneller, schneller, tobte in dieser inneren Kammer wie besessen, und der andere kam ihm entgegen, hielt alles aus, klagte nicht, war ganz und gar aus elastischem, lustvollem Gummi. *„Sie können hinaus- und hineingehen, immer wieder."* Sämtliche Körpersäfte sammelten sich in Roberts Genitalien, ließen Arterien, Venen, Schwellkörper, Harn- und Samenreservoire aufquellen bis fast zum Platzen, drängten ins Freie, wahnsinnig, unerträglich. Tief innen begann das Pumpen, die lawinenhafte Eruption. Unter heiserem Krächzen krümmte sich Robert zusammen, vergrub sich tief, wurde mitgerissen von einer archaischen Orgasmuswucht, gab sich dem Ausfluten hin, dem langsam ersterbenden Zucken, der Stille.

Sie standen beide regungslos, ohne zu sprechen, atmeten nur heftig. Das Licht schaltete sich aus.

„Bewegen Sie sich nicht!" sagte der Etruskerfürst leise. „Es ist gut, jetzt so im Dunkeln zu sein."

Robert war wie betäubt. Erst nach Minuten spürte er, dass sein Glied zu erschlaffen begann. Vorsichtig griff er zwischen die beiden verschwitzten Körper, von denen einer wohl ihm selbst gehörte, hielt den Kondomrand fest und zog den müden Gefährten unter dessen zufriedenem Schmatzen heraus. Sofort sprang das Licht wieder an.

Vor Robert stand ein erhitzt wirkender Fremder, der sich mit einigen Einweg-Hygienetüchlein den Darmausgang reinigte, dann seine angetrocknete, gelbfleckige Unterhose und die Anzughose überzog, mit den Händen durch sein schütteres Haar strich, die Krawatte zurechtrückte und sein Jackett leicht abklopfte.

„Ich hoffe, ich sehe Sie bald wieder", sagte er mit sanfter Stimme und lächelte. „Diese Abbildungen nehme ich zum Kopieren kurz mit." Er griff nach den Tarquinia-Bildern, nickte Robert freundlich zu und verschwand durch die labyrinthartigen Gänge. Hinter ihm schalteten die Bewegungsmelder die Lichter aus.

„Halt!" rief Robert nach einigen Reaktionssekunden hilflos. Er stand noch mit weit offener Hose da. „Sie dürfen die Bilder nicht einfach mitnehmen! Und Sie kommen allein gar nicht aus dem Archiv raus!" *Ach, zum Henker, jetzt sieze ich den Kerl auch schon! Soll er verhungern, wenn er sich verläuft! Na ja, irgendjemand wird ihm vielleicht aufschließen.*

Robert versuchte, die ungewöhnliche Benommenheit abzuschütteln. Langsam zog er das goldfarbene, gleitgel- und spermaschlüpfrige Kondom ab, wickelte es in ein Papiertaschentuch und steckte es in die Hosentasche. Er ließ sich beim Herrichten seiner Kleidung Zeit. Bevor er Quengler unter die Augen treten könnte, müsste er sich ohnehin noch erheblich abkühlen! Mechanisch stellte er die Ordner an ihre Stelle, legte einen Vertreter aus Pappe für die fehlenden Tarquinia-Fotos ein, wischte mit einem weiteren Papiertuch die verschiedenen Kleckerspuren vom Boden und hängte die Löschdecke wieder auf – obwohl er sie inzwischen selbst dringend hätte brauchen können, aber bis zum offiziellen Urinal würde er es wohl gerade schaffen. Er sah auf die Uhr: kurz vor zehn. Er nahm die unerledigten Akten an sich. Immer noch etwas unsicher tappte er durch die Gänge zum Fahrstuhl.

Alle Mitarbeiter des Instituts – die Historikerinnen und die Historiker, die Archivarinnen und Archivare, die Schreibdamen und die Auskunftsherren – saßen im Sitzungszimmer bereits artig auf ihren Stühlen. Verlegen schob sich Robert durch die Reihen.

„Wie immer drei Minuten zu spät, Herr Nolde!" zischelte Quengler ihn giftig an, als Robert sich erschöpft auf den freigehaltenen Platz zwischen seinem Vorgesetzten und einer Kollegin fallen ließ. „Ich habe Sie im neunzehnten Jahrhundert dringend wegen eines Anrufes gesucht, Sie waren nirgends zu finden!"

„Ich war erst noch in der Antike", murmelte Robert. „Aber der neue Direktor scheint auch zu spät zu kommen. Ich denke, er ist so pünktlich und korrekt?"

Ehe Quengler antworten konnte, wurde die Tür geöffnet. Doktor Mastig, der scheidende Direktor, ein strenger, gewichtiger Hüne mit speckigem Doppelkinn und eisgrauem Schnauzbart, schob sich herein. Hinter ihm betrat ein zweiter Mann das Sitzungszimmer. Er wirkte neben Doktor Mastig ausgesprochen schmächtig; sein blassblondes Haar war stark ausgedünnt, das glatt rasierte, magere, rötliche Gesicht sah nichtssagend aus und wurde nur von heiter und freundlich blickenden, dunkelblauen Augen etwas aufgebessert. Er trug einen tadellos geschnittenen, anthrazitfarbenen Anzug.

Robert spürte, wie sich sein Leib innerlich zusammenkrampfte. Seine Kehle – obwohl vor kurzem noch reichlich befeuchtet – wurde trocken und rau, sein Denkvermögen versagte jeden Dienst. Von sehr, sehr weit her drang schließlich Mastigs Stimme an sein Ohr: „... möchte ich Ihnen meinen Nachfolger, Herrn Doktor Raffael Weinfinder, vorstellen. Er hat sich besonders auf dem Gebiet der altitalienischen Geschichte einen hervorragenden Namen erworben, obgleich ihm, wie er mir versichert hat, auch die Moderne sehr am Herzen liegt, und deshalb ..."

Robert konnte nicht mehr aufblicken. Er starrte auf seine Schuhspitzen. Vor seinem geistigen Auge sah er seine Entlassungspapiere mit den Kündigungsgründen: Verbotenes Öffnen des Archivs für einen Fremden, obszöner Sprachgebrauch gegenüber einem renommierten Wissenschaftler, Duzen sowie ungehorsame, zu rasche, unlyrische Vergewaltigung des Direktors und vor allem: hochgradige Indiskretionsgefahr! Just in diesem Augenblick fühlte er das abgekühlte Sperma aus dem provisorisch eingewickelten Kondom durch die Hosentasche auf seinen Oberschenkel durchsickern. Roberts Schwanz schien verschwunden zu sein, hatte sich jedenfalls – winzig zusammengeschrumpft – unter sämtlichen Textilien versteckt, wollte es nicht gewesen sein.

„... freue mich wirklich sehr, dass ich in Zukunft dieses renommierte Institut führen darf", vernahm Robert jetzt eine äußerst sanfte Stimme. „Es gibt keinen Abschnitt in der Geschichte der Menschheit, der mich nicht interessiert, aber – Sie haben es schon gehört – meine ganz besondere Liebe gilt der italischen, der etruskischen Kultur. Die Etrusker, müssen Sie wissen, waren ein weltzugewandtes, außerordentlich freundliches Volk. Die Gesichter fast aller ihrer Statuen sind lächelnd dargestellt, und das soll mein, soll unser Leitsatz für die kommenden Jahre werden: Freundlichkeit und perfekter Service für jeden einzelnen Kunden!" Er machte eine kleine Pause. „Auch ich selbst schätze guten Kundendienst ungemein. Gerade vor kurzem befand ich mich zufällig in der Situation, auf erstklassigen, schnellen Service angewiesen zu sein, und war begeistert von den hervorragenden Dienstleistungen, die mir vollkommen unbürokratisch angeboten wurden."

Scheu hob Robert den Kopf, blinzelte zu den beiden Direktoren hin. Doktor Weinfinder lächelte gerade. Natürlich war er viel zu perfekt und erstklassig, um Robert auch nur eine Sekunde lang indiskret anzusehen.

„Es versteht sich von selbst", fuhr Weinfinder fort und wippte dabei dynamisch auf den Fußspitzen, „dass vorbildliche Arbeit entsprechend honoriert wird – nicht bloß mit Gehaltserhöhungen, sondern auch mit Vergünstigungen und Zuwendungen anderer Art."

Die Belegschaft klatschte erfreut Beifall.

Roberts genitaler Begleiter erwachte hoffnungsfroh aus seiner totalen Minimierung, und Robert atmete einen langen, lautlosen Seufzer aus. *Ach, der nackte Broterwerb ist manchmal wirklich wundervoll!*

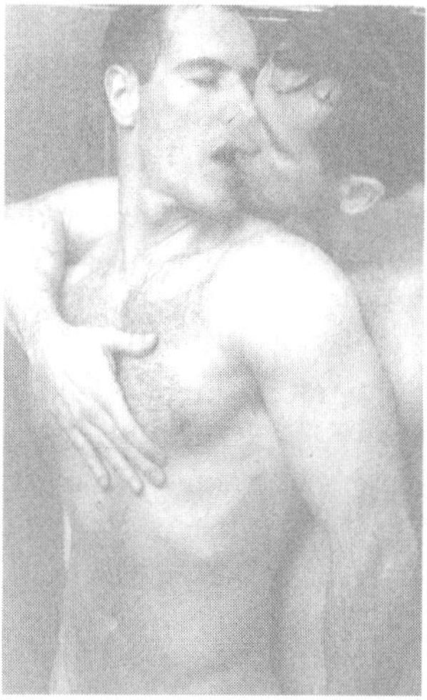

Jörg Feiertag

Am Baggersee

Es ist die erste laue Nacht in diesem kalten, verregneten Sommer, und ich stelle den Motor des Wagens ab und steige aus. Es ist kurz nach Mitternacht, und bis auf den Lärm von der nahen Autobahn ist alles still. Ich hänge mir den Rucksack über die rechte Schulter, klettere über den Zaun, wobei ich das gelbe Schild mit den Worten „Betreten des Betriebsgeländes verboten!" ignoriere, und gehe die staubige Schotterstraße hinunter. Meine Haut glüht – ich war heute Nachmittag schon mal hier und habe dabei wohl zuviel Sonne abbekommen. Und dann sind da noch die beiden *Bacardi Cola*, die ich im *XS* getrunken habe.

Das *XS* ist der einzige schwule Club in der Stadt, und weil heute Freitag ist, war natürlich nichts los. Eine leere Tanzfläche, ein paar gelangweilte Typen drum herum, die an *Red Bull* mit oder ohne Wodka nippten, ansonsten die übliche einschläfernde Stimmung. Klar, ich hätte es besser wissen müssen, aber ich war geil und auf der Suche nach einem Typen, mit dem ich etwas Spaß haben konnte.

Nach einer Stunde hatte ich jedenfalls genug vom angeblich angesagten Seventies-Revival und den blasiert herumstehenden Tunten, deren steife Arroganz selbst durch den härtesten Techno nicht zu erschüttern gewesen wäre. In meiner Verzweiflung erwog ich sogar, in den Darkroom zu gehen, ließ den Gedanken aber nach einem kurzen Blick in die Runde schnell wieder fallen.

Und dann fiel mir der Baggersee ein. Alles, was ich brauchte, war ein Handtuch, und das lag im Kofferraum gleich neben der Flasche Chianti, die ich für Notfälle wie diesen bereithalte. Fünf Minuten später saß ich im Auto, hatte *Massive Attack* in voller Lautstärke aufgedreht und fuhr stadtauswärts. Die vierspurige Ausfallstraße war so gut wie leer, alle Ampeln blinkten gelb, und ich gab Gas und brauste mit achtzig Sachen nach Süden. Zwanzig Minuten später bog ich von der Straße ab und parkte meinen Wagen neben der Betriebsausfahrt des Schotterwerks.

Mein Schatten begleitet mich, als ich zum See hinuntergehe. Der Mond ist rund und voll, er steht fast im Zenit und sieht aus wie ein überreifer Kürbis, und wie immer bei Vollmond sind meine Eier randvoll mit Saft. Nur ein toter, mit Kratern übersäter Himmelskörper, denke ich, und doch macht er mich geil, wenn er so wie heute das Licht der Sonne reflektiert. Als ich das Ufer erreicht habe, lasse ich den Rucksack zu Boden gleiten und sehe mich um. Der See liegt so glatt wie ein Spiegel vor mir, die ihn umgebenden Schotterhalden sind in bleiches Licht getaucht, und ein riesiger Bagger ragt in den Himmel – ein monströses, prähistorisches Insekt aus kühlem, glänzendem Metall, rostigen Seilen und blankgeschürften Ketten.

Ich ziehe mein T-Shirt aus, öffne den Gürtel meiner Hose und streife sie ab. Kühler Wind streicht um meinen nackten Körper, weht kühl und angenehm über meine heiße Haut. Ich öffne den Wein, nehme einen großen Schluck aus der Flasche und zünde mir eine Zigarette an, die erste in dieser Nacht. Der Rauch breitet sich mit betäubender Intensität in meinem Körper aus, fährt direkt in meinen Unterleib und erinnert mich daran, weswegen ich eigentlich hergekommen bin. Ich breite die mitgebrachte Decke aus, denn ich habe vor, erst ein wenig zu schwimmen und mir dann in aller Ruhe einen runterzuholen. Während ich daran denke, wird mein Schwanz vor lauter Vorfreude steif, und meine Eier ziehen sich lustvoll zusammen. Ich streichle sie ein bisschen, und während meine

Hände über meinen Bauch und meine Schenkel gleiten, bekomme ich überall Gänsehaut.

Dann schließt sich das Wasser kalt um meine Beine, meine Hüften und meine Brust und sendet wohlige Schauer bis in meinen Nacken. Ich stoße mich ab und schwimme hinaus in die milchige Dunkelheit, und von meinem Körper breiten sich ringförmig die Wellen aus und verlieren sich in der weiten, glänzenden Fläche des Sees. Ich schließe die Augen, tauche unter und schwimme ein paar Züge in völliger Dunkelheit, ehe nach langen Sekunden mein Kopf die Oberfläche durchstößt und ich tief Luft hole. Das ist wirklich cool, denke ich, so ganz allein in der Mitte des Sees auf dem Rücken zu liegen und in den Himmel zu starren, von dem der Mond wie ein riesiges, weit aufgerissenes Auge zurückstarrt. Als ich das Ufer erreiche und das Gewicht meines Körpers in einer schnellen, fließenden Bewegung aus dem Wasser ziehe, fühlt sich die Luft kalt auf meiner Haut an, und ich fröstle ein wenig.

Nachdem ich mich abgetrocknet habe, lege ich mich rücklings auf die Decke und zünde mir die zweite Zigarette an. Der Rauch dringt tief in meine Lungen, und nach einem großen Schluck Wein breitet sich in meinem Bauch ein angenehmes Gefühl von Wärme aus. Mein Schwanz richtet sich unwillkürlich auf und reckt sich heftig zuckend nach oben. Ich bin so verdammt geil, wie man es nur in lauen Sommernächten ist, wenn der Körper von der Hitze des Tages aufgeladen ist und vor Lust förmlich vibriert.

Plötzlich höre ich das Geräusch von Schritten, harte Sohlen auf knirschendem Kies, und sie kommen ständig näher. Dass ich sie nicht schon früher wahrgenommen habe, liegt wohl daran, dass, obwohl schon nach Mitternacht, noch eine Menge Verkehr auf der nahen Autobahn ist. Ich richte mich auf und erkenne eine dunkle Gestalt, die sich kaum von den grauen Schotterhalden abhebt. Der Typ steuert direkt auf den Bagger zu und entdeckt mich erst, als er schon fast bei mir ist. Verblüfft bleibt er stehen.

„He, Mann, du hast mich aber erschreckt!"

„Sorry."

Er sieht mir erst ins Gesicht und dann auf den Steifen zwischen meinen Beinen.

„Was machst du hier?"

„Das siehst du doch", sage ich und grinse, „oder?"

Er grinst zurück. „Ja, das sehe ich. Lass dich nicht stören, ich geh schwimmen."

Während er sich auszieht, sehe ich mir den Typen genauer an. Sein Kopf ist fast kahlgeschoren, er trägt ein schwarzes T-Shirt mit einem bunten Motiv im Ethno-Stil, und seine Jeans sind natürlich XL. Er ist noch verdammt jung, achtzehn vielleicht, höchstens zwanzig, und er hat süße, leicht abstehende Ohren. Ein Techno-Kid, denke ich, als er dann nackt bis auf seine Boxershorts vor mir steht. Er hat einen gut proportionierten Körper – schlank und sehnig, kräftige Arme und Beine, weiche Haut über harten Muskeln. Vom Tanzen, vermute ich, wahrscheinlich ist er jede Nacht im *Bronx* und tritt dabei völlig weg.

Er springt ins Wasser, seine Schultern und Arme glänzen, und ich sehe ihm nach, wie er in der Dunkelheit verschwindet. Cool, denke ich, da sitze ich am Ufer dieses Sees, und plötzlich kommt dieser Typ vorbei. Vielleicht ist er auch geil, vielleicht hat er so wie ich Lust auf ein bisschen Action. Und plötzlich bin ich fest entschlossen, das herauszufinden, wenn ich auch noch nicht weiß, wie. Irgend etwas wird mir schon einfallen. Als er nach fünf Minuten aus dem Wasser steigt, ist mein Schwanz immer noch halbsteif, und ich merke, wie er ihn mit einem flüchtigen Blick streift.

„Ein Schluck Wein?" Ich halte ihm die Flasche hin, sie ist noch fast voll.

„Cool, Mann, da sag ich nicht Nein."

Er kniet sich in seinen nassen Shorts neben mich, und während er einen großen Schluck nimmt, perlen silbrige Wassertropfen über die helle, glatte Haut seiner Brust und rinnen langsam nach unten. Ich starre auf seinen flachen Bauch und seine behaarten Schenkel, und meine Geilheit nimmt zu. Mein Blick entgeht ihm nicht.

„Was ist los, Mann?"

Er schaut mich aus seinen dunklen Augen an, die Flasche in der Hand.

„Ist dir nicht kalt in der nassen Hose?"

Seine leicht geöffneten Lippen glänzen, und ich spüre, wie mein Puls vor Aufregung schneller wird.

„Zieh sie ruhig aus", fordere ich ihn auf, „das stört mich nicht."

Er zögert ein paar Sekunden. „Okay", sagt er dann einfach, setzt sich mir gegenüber auf die Decke und zieht sich die Shorts über die Beine.

Wow, denke ich, nicht nur seine Jeans sind XL, denn für eine Sekunde sind die Konturen seines schlaffen Schwanzes zu erkennen, ehe er gleich darauf im Schatten seines Körpers verschwindet. Meine Erregung wächst, und ich zünde mir noch eine Zigarette an.

„Wo kommst du her?"

„War mit Freunden auf einem Rave. Zwei Typen aus meiner Clique."

„Und wo?"

Er macht eine vage Bewegung Richtung Osten. „Drüben in der Halle."

„Die geschlossene Kettenfabrik?"

Er nickt. „Ist ganz schön was los dort. Echt coole Musik, die neuesten Sachen aus London, hauptsächlich Trance."

Also wie ich mir gedacht habe.

„Aber das geht doch jetzt erst so richtig los."

„Ja, und ich will auch wieder hin. Aber mir war so heiß vom Tanzen, und ich hatte Lust auf ein bisschen Abkühlung. Gibst du mir noch mal den Wein?"

Als ich mich zu ihm hinüberbeuge und ihm die Flasche reiche, blitzt etwas in der Höhe seines Bauches auf, und als ich genauer hinsehe, erkenne ich, was es ist. Die drei oder vier Ringe in seinem linken Ohr habe ich schon bemerkt, aber erst jetzt sehe ich, dass er auch am Nabel gepierct ist. Ein silberner Stecker mit zwei kleinen Kugeln an beiden Enden. Fasziniert starre ich ihn an.

„Was ist los, Mann?" sagt er wieder.

„Das Piercing an deinem Nabel. Sieht cool aus."

„Und?"

Irgendwie klingt das nach einer Aufforderung. Ich zögere, dann setze ich alles auf eine Karte. Viel habe ich schließlich nicht zu verlieren.

„Ich würd gern wissen", sage ich langsam, „wie sich das anfühlt."

Eine Sekunde verstreicht.

„Darf ich?"

Noch eine. Seine dunklen Augen leuchten.

„Mach mal."

Vorsichtig berühre ich das längliche Stück Metall mit den Fingern und bewege es langsam hin und her. Während ich etwas näher an ihn heranrücke, fällt mein Blick zwischen seine Beine und streift einen Moment lang seine großen Eier und den langen, schlaffen Schwanz.

„Fühlt sich gut an", höre ich mich sagen, und meine Stimme ist rau vor Erregung.

Sein Atem ist kaum merklich schneller geworden, und als ich ihn ansehe, weicht er meinem Blick nicht aus. Ohne zu zögern lege ich meine Hand auf den nassen, kühlen Bauch des Jungen, und als sich sein Schwanz langsam aufrichtet, weiß ich, dass ich gewonnen habe.

„Wie heißt du?"

Meine Hand gleitet tiefer.

„Heiko", sagt er. „Und du?"

Ich nenne ihm meinen Namen und lege gleichzeitig die Hand um seinen Schwanz. Sein Riemen fühlt sich verdammt gut an, ich beginne ihn vorsichtig zu streicheln, und er wird unter meinen Berührungen immer praller.

„Hast du es schon mal mit einem Typen gemacht?"

„Nein", sagt er.

„Und hast du Lust?"

Er grinst mich an. „Das siehst du doch."

Richtig, vor allem aber spüre ich es, denn der Typ hat inzwischen einen gewaltigen Ständer, der vor seinem Bauch nach oben ragt und heftig zuckt. Gleich darauf greift mir auch Heiko zwischen die Beine, und wir reiben eine Zeit lang gegenseitig unsere steifen Schwänze. Er stellt sich dabei gar nicht so ungeschickt an, und schon nach knapp einer Minute bin ich nahe dran abzuspritzen.

„Hör auf", keuche ich.

„Wieso?"

„Weil es mir sonst gleich kommt. Steh auf."

Er schaut mich fragend an.

„Steh einfach auf."

Er steht auf, und sein langer, dicker Schwanz zeigt steil nach oben.

„Und was jetzt?"

„Ich blas dir einen."

„Cool", meint er nur und macht einen halben Schritt auf mich zu.

Ich werfe die Zigarette weg, lege beide Hände auf seinen kräftigen Arsch und ziehe ihn an mich. Offenbar hat er sich erst vor kurzem die Schamhaare rasiert. Seine angeschwollene Eichel, die jetzt meinen Mund berührt, ist bereits ganz nass und glitschig und benetzt meine

Lippen mit süßem, klebrigem Saft. Die Haut über dem prallen Schaft ist weich und geschmeidig und schmeckt auf angenehme Weise nach dem Wasser des Baggersees, in dem er gerade noch geschwommen ist. Ich lecke ein paarmal mit der Zunge an ihm rauf und runter und nehme schließlich sein Rohr in den Mund. Er stöhnt auf, als ich es bis zum Ansatz in mich hineinsauge, und legt seine linke Hand auf meinen Nacken. Während ich langsam, aber gleichmäßig an Heikos Schwanz lutsche, läuft in meinem Kopf andauernd diese Nummer von *Massive Attack* ab, und im selben Rhythmus gleitet sein heißes Gerät in mich hinein und presst sich meine Stirn auf seinen Bauch.

Es ist schon ein verdammt geiles Gefühl, diesem Typen hier draußen einen zu blasen, mitten in der Nacht am Ufer des Sees. Andererseits aber habe ich ein bisschen Angst davor, dass es ihm einfach so kommt und er in meinem Mund abspritzt. Also lasse ich seinen Schwanz erst mal in Ruhe und sauge stattdessen seine Eier in den Mund, eines nach dem anderen, und massiere sie sanft mit Lippen und Zunge. Heiko stöhnt wieder, es scheint ihm also zu gefallen.

Nach einer Weile stehe ich auf, lege die Arme um seine Hüften und drücke ihn an mich. Unsere Lippen berühren sich, und er schiebt mir seine Zunge fast so tief in den Mund wie eben noch seinen Schwanz. Der Typ macht mich wirklich heiß. Obwohl er nicht gerade leidenschaftlich ist, scheint er überhaupt keine Hemmungen zu haben, all das auszuprobieren, was ihm möglicherweise Spaß machen könnte. Ich spüre seine Hände auf meinem Bauch, auf meinem Arsch und zwischen meinen Schenkeln, seine Lippen gleiten über meinen Hals, und als er seine nasse Zunge in mein Ohr schiebt, stöhne ich auf. Etwas später küsst er mich wieder auf den Mund, und ich streichle über die kurzgeschorenen, stachligen Haare auf seinem Kopf.

„Du sagst, es ist das erste Mal?" frage ich ihn, schwer atmend.

„Ja, warum?"

„Weil sich alles genau richtig anfühlt, was du machst. Es ist einfach total geil mit dir."

Er grinst und steckt mir als Antwort wieder seine nasse Zunge rein. Während er mich umarmt und küsst, zieht er mich langsam zu Boden und legt sich auf mich. Meine Hände pressen sich auf seinen kleinen, behaarten Arsch, und sein Schwanz reibt sich hart an meinem Bauch. Nach ein paar Minuten richtet er sich ein wenig auf, streichelt mein Gesicht mit beiden Händen und sieht mich an. Seine Augen sind sehr dunkel, fast schwarz, ein schwindelerregender Abgrund voller Sterne, und dahinter die Unendlichkeit. Weite Räume, Universen, in die ich mich fallen lasse wie in einen tiefen See. Als nächstes spüre ich, wie seine nasse Zunge wieder über meinen Hals gleitet und er gleich darauf an meinen Brustwarzen knabbert. Sein Kopf wandert tiefer, erreicht meinen Bauch, seine Zunge bohrt sich in meinen Nabel, und plötzlich schließen sich seine Lippen heiß und fest um meine zuckende Eichel.

Ich stöhne auf, als er meinen Schwanz in sich hineinsaugt, und werfe den Kopf in den Nacken. Anfangs hat er noch Schwierigkeiten und würgt an meinem Rohr, aber schon nach kurzer Zeit gelingt es ihm tatsächlich, es bis zum Ansatz in sich aufzunehmen. Und dann beginnt er mir gleichmäßig und geradezu methodisch einen zu blasen. Ich lege meine Hände auf seinen Kopf, der sich auf meinem Schwanz rauf und runter bewegt, und gebe mich ganz dem irren Gefühl hin, das mir der warme Mund des Jungen verschafft. Er macht es so gut, dass ich vor Lust laut zu stöhnen anfange, aber als es gerade am schönsten ist, hört er plötzlich auf.

Ich richte mich etwas auf. „Bist du okay?"

Er lacht. „Ja, alles bestens. Mir tun nur die Kiefer weh." Zähflüssiger Speichel tropft von seinen Lippen, und er wischt ihn mit dem Handrücken ab.

„Und wie findest du es sonst?"

„Cool, Mann, total cool", sagt er und greift nach der Flasche.

Er kniet neben mir auf der Decke, und während er einen Schluck Wein nimmt, lange ich ihm zwischen die gespreizten Beine und streichle seinen harten Schwanz.

„Ja, das sehe ich."

Ich drücke seine Eier, und als ich sie nach unten ziehe, schiebt sich die Vorhaut zurück und gibt seine dicke, pralle Eichel frei. Mann, denke ich, du hast wirklich einen total geilen Schwanz. Haben eigentlich alle in deiner Clique so lange und dicke Schwänze? Er sieht mich überrascht an, und da merke ich erst, dass ich laut gedacht habe. Shit, ich muss wirklich schon ziemlich blau sein, aber zum Glück nimmt er mir die blöde Frage nicht übel.

„Ich weiß nicht genau, aber ich glaube, meiner ist der Längste. Wieso, stehst du da drauf?"

„Ja, du nicht?"

„Keine Ahnung, ich hab noch nie was mit einem Typen gehabt. Aber mit dir ist es okay, und dein Schwanz ist ungefähr so groß wie meiner."

Ich grinse ihn an. „Willst du eine Zigarette?"

„Nein. Aber rauch nur, wenn du magst."

Das Feuerzeug flammt auf und erhellt für einen Augenblick das Gesicht des Jungen. Obwohl ich nach wie vor einen Steifen habe, bin ich mittlerweile völlig entspannt und rauche in aller Ruhe meine *Chesterfield*, während Heiko meine Schenkel und Hüften streichelt. Es ist schön mit ihm, und gerade weil ich seine Nähe so genieße, ist mir jetzt nach einer kleinen Pause zumute. Schweigend schaue ich auf den See, die hellen Schotterhalden und die dunkleren Maisfelder hinter ihnen, und dann fällt mein Blick wieder auf den Jungen, der nackt und mit hartem Schwanz neben mir hockt. Ich sehe ihn an, das silbrige Licht des Mondes fällt seitlich auf seinen Körper und hebt die Konturen seiner Arme und Schultern hervor, und obwohl ich seine Augen nicht erkennen kann, weiß ich, dass er meinen Blick erwidert.

Der Wein geht zwischen uns hin und her wie ein Joint, und als ich die Zigarette zu Ende geraucht habe, ist auch die Flasche fast leer. Plötzlich nimmt er sie ohne ein Wort aus meiner Hand und gießt mir den letzten Schluck Wein auf den Bauch und zwischen die Beine. Dann beugt er sich vor, schlürft ihn von meiner Haut und leckt ihn mir mit der Zunge von Schwanz und Eiern. Ich spreize die Beine, seine Zunge gleitet über die Innenseiten meiner Schenkel, und schließlich wendet er sich wieder meinem Schwanz zu. Er richtet ihn mit der Hand auf, wichst ihn ein paarmal und beginnt an ihm zu saugen.

„Sag's mir, bevor du abspritzt", meint er nach einer Weile.

Seine Lippen schließen sich fest um meine Eichel, und das Gefühl dabei ist so intensiv, dass ich beinah wegtrete vor Lust. Während er mir auf diese Weise einen bläst, streichelt er mit der anderen Hand meinen Bauch und meine Hüften, und nach kaum einer Minute hat er mich so geil gemacht, dass sich meine Eier eng zusammenziehen und darauf vorbereiten, ihre Ladung abzufeuern.

„Ich bin gleich soweit", keuche ich.

Mein Schwanz gleitet aus seinem Mund, und er beginnt wieder an ihm zu reiben. Ich spüre, wie die Lust in mir hochsteigt und er in seiner Hand noch ein wenig härter wird, und da bäume ich mich auf und spritze ab. Es kommt mir lange und reichlich, und Heiko bearbeitet mein Rohr so lange, bis er allen Saft aus ihm herausgequetscht hat. Nach einigen Sekunden öffne ich die Augen und sehe, dass sein Gesicht über und über mit meinem Sperma bedeckt ist. Die weißen Tropfen und Spritzer kleben an seinen Schläfen und rinnen an seinen Wangen herab, und das sieht so geil aus, dass ich es kaum erwarten kann, ihn ebenfalls abspritzen zu sehen. Ich wische ihm den klebrigen Saft mit der Hand vom Gesicht, verteile ihn auf seinem Rohr und ziehe den Jungen hoch.

„Geh zum Bagger rüber!"

Sein Schwanz glänzt, als er sich mit gespreizten Beinen gegen das kühle Metall lehnt, und nachdem ich mich vor ihm niedergelassen habe, lecke ich genüsslich mein Sperma von ihm ab. Er stöhnt, während meine Zunge über seinen Schaft gleitet, und dann fängt er an mich in den Mund zu ficken, genauso langsam und methodisch, wie er mir zuvor einen geblasen hat.

Obwohl sein Schwanz unglaublich hart und prall ist, dauert es überraschend lange, bis er den Höhepunkt erreicht. Wieder und wieder dringt der lange Schaft in mich ein, und ich lutsche so kräftig an seinem harten Fleisch, wie ich nur kann. Ich beginne vor Anstrengung zu schwitzen, und meine Kiefer schmerzen bereits, aber ich finde es total geil, dass es bei ihm so lange dauert und er nicht sofort abspritzt. Ich lege eine Hand auf seinen Hintern und schließe die andere um seine Eier, und während sein Rohr unaufhörlich in meinen Mund gleitet, bearbeite ich seine Eichel immer wieder mit Lippen und Zunge.

Nach vielleicht fünf Minuten beginnt er plötzlich lauter zu atmen, und ich spüre, wie sein Schwanz in mir noch härter wird. Ich nehme die rechte Hand von seinem Hintern und schließe sie fest um seinen heißen Riemen, während meine Linke immer noch auf seinen Eiern liegt und sie leicht massiert. Langsam und mit gleichmäßigen Bewegungen gleitet meine Faust über seinen Schwanz, er atmet keuchend und stoßweise, und als ich den Druck auf seinem Rohr noch etwas verstärke, stemmt er sein Becken nach vorn und spritzt ab. Strahl um Strahl klatscht sein heißes Sperma auf meine Brust und meinen Hals, und als er seine Ladung abgefeuert hat, bin ich komplett nass von seinem klebrigen Saft.

Ein Zucken geht durch seinen Unterleib, er stöhnt vor Erleichterung, dann beruhigt er sich langsam wieder. Er hat die Augen geschlossen, aber sein Mund ist halb geöffnet, und die Lippen glänzen feucht. Als ich das sehe, kommt mir eine Idee.

„Leck ihn auf!"

Er öffnet die Augen, und zwei oder drei Sekunden lang geht sein Blick an mir vorbei ins Leere. Weite Räume, Universen, in die ich mich fallen lasse wie in einen tiefen See.

„Was?" Er ist von seiner Reise noch nicht ganz zurück, ist immer noch irgendwo da oben und tanzt mit den Sternen.

„Dein Samen – leck ihn auf und schluck ihn runter."

Erst sieht er mich nur verblüfft an, und als er endlich versteht, grinst er verlegen. „Also wirklich, ich weiß nicht ..."

„Mach schon, Mann, koste ihn wenigstens. Na los, versuch es."

Mit tropfendem Schwanz geht er vor mir auf die Knie, beugt sich vor, und nach kurzem Zögern leckt er einen dicken, weißen Spritzer von meiner rechten Brustwarze. Als er den Geschmack seines Samens wahrnimmt, verzieht er sein Gesicht, und ich muss unwillkürlich grinsen.

„Und?"

„Ich weiß nicht, ich hab das noch nie gemacht. Schmeckt ziemlich strange."

Mein Grinsen wird breiter. Ich habe den Jungen dazu gebracht, heute zum ersten Mal sein eigenes Sperma zu kosten, und das gibt mir ein eigenartig erregendes Gefühl der Überlegenheit. Einen Augenblick lang fühle ich mich wie sein älterer Bruder, der den noch unerfahrenen Teenager in die sexuellen Geheimnisse seines Körpers einführt. Davon abgesehen finde ich es einfach geil, dass er seine ganze Ladung auf mich draufgespritzt hat, und ich verreibe sie mit beiden Händen auf meiner Haut, bis sein Samen eine cremige Konsistenz annimmt und meine Brust und mein Bauch völlig damit bedeckt sind.

„Strange", sagt er wieder und schüttelt den Kopf.

„Was?"

„Na, was du gerade mit meinem Sperma gemacht hast."

Seine Hand legt sich auf meinen Oberkörper.

„Also mir gefällt's. Ich mag, wie es sich auf meiner Haut anfühlt."

„Find ich cool", sagt er und massiert meine glitschigen Brustwarzen, die unter seinen Berührungen hart und steif werden. Er steht auf. „Jetzt brauch ich wirklich eine Zigarette."

Ich gebe ihm eine und zünde mir auch eine an. Wir haben eine Zeit lang Smalltalk gemacht, und dabei habe ich so einiges über ihn erfahren. Zum Beispiel dass er gerade beim Bundesheer war und es überhaupt nicht cool gefunden hat, weil es dort so viele Arschlöcher gibt. Dass er Raves total geil findet und Tanzen eigentlich viel schöner ist als Sex. Dass er zwar seit einiger Zeit eine Freundin hat, es aber nicht so gut läuft mit ihr und er lieber mit seinen Freunden herumhängt. Und dann sagt er etwas, was mich unwillkürlich lächeln lässt – dass sich nämlich seiner Meinung nach Typen untereinander viel besser verstehen und mehr Spaß miteinander haben können als ein Mann mit einer Frau.

Völlig offen und ungeniert erzählt er mir, wie er es mit seiner Freundin treibt und worauf er im Bett am meisten steht, und als er mich danach fragt, sage ich ihm, was mich so an einem Typen anmacht und was ich im Verlauf dieses Sommers schon erlebt habe. Anscheinend macht es ihn geil, über Sex zu reden, denn noch ehe er die Zigarette zu Ende geraucht hat, richtet sich sein Schwanz vor meinen Augen wieder auf. Schau mal an, denke ich, der Junge hat also Lust auf eine zweite Runde.

Als ich meine Hand um seinen Riemen schließe, spüre ich, wie er sich mit Blut füllt und steinhart wird. Er sieht mich an, und die pralle Eichel zuckt in meiner Hand.

„Ich würd gern noch was anderes ausprobieren", sagt er.

„Und was?"

Seine Antwort überrascht mich.

„Ficken", sagt er. „Hast du Lust?"

Als ich das höre, durchflutet eine Woge der Geilheit meinen Körper, und mein Schwanz macht einen Ruck nach oben. Die Vorstellung, seinen dicken Riemen in meinem Arsch zu spüren, turnt mich total an.

„Lust schon, aber ich hab keinen Gummi dabei."

„Aber ich."

Er langt in die Tasche seiner Jeans und zieht ein silbrig glänzendes Päckchen hervor. Als ich genauer hinsehe und die Marke erkenne, bin ich verblüfft.

„Das sind *Hot Rubbers*! Wo hast du die her?"

„Na, hör mal, Kondome gibt's doch überall zu kaufen."

„Kondome ja, *Hot Rubbers* nein. Die gibt's nur in der Schwulenszene."

Er grinst verlegen.

„Okay, schon möglich. Bernie hat sie mir gegeben, ein Freund aus meiner Clique."

„Und?"

Wieder ein Grinsen.

„Er hat schon mal was mit einem Typen gehabt. Hat ihn in irgendeinem Club kennengelernt und mit zu sich genommen."

„Wahrscheinlich im *XS*."

„Genau."

„Und dann haben sie es miteinander getrieben."

„Hat er mir jedenfalls erzählt."

Er hält mir das Kondom vors Gesicht. „Was ist jetzt – willst du oder nicht?"

„Klar will ich. Mach schon, hol es raus!"

Als er vorsichtig die Verpackung aufreißt, steigt mir sofort der typische, unverwechselbare Geruch in die Nase. Er kniet sich vor mich hin, und ich will mich gerade auf den Bauch drehen, als ich plötzlich seine Hände zwischen meinen Schenkeln spüre. Er presst das feuchte Kondom mit zwei Fingern auf meine Eichel und rollt es langsam über meinen Schwanz.

„Aber …"

„Was?"

Verblüfft schaue ich ihn an, und erst in diesem Moment kapiere ich, dass ich ihn ficken soll und nicht umgekehrt, und dabei hab ich gedacht, dass er selbst scharf drauf ist. Aber nein – er treibt es heute zum ersten Mal mit einem Mann, und schon will er einen Schwanz im Arsch spüren. Der Junge verliert wirklich keine Zeit.

Und ich auch nicht. Als ich die Überraschung erst einmal verdaut habe, stehe ich auf und dränge ihn sanft, aber bestimmt zum Bagger hinüber. Er dreht sich um, beugt sich nach vorn und stützt sich mit den Armen auf den blanken Gliedern der Kette ab. Er spreizt die Beine, und der Anblick seiner kräftigen, leicht behaarten Backen überzeugt mich endgültig. Plötzlich bin ich echt scharf drauf, ihn zu ficken, und mein Schwanz wird in der dünnen, engen Gummihaut noch härter. Ich greife zwischen Heikos Beine und streichle eine Zeit lang seine Eier und seinen harten Riemen, bevor ich mich seinem Arsch zuwende.

„Sei vorsichtig, wenn du ihn reinsteckst", sagt er. „Ich hab gehört, dass es am Anfang ziemlich weh tut."

„Keine Angst, Mann, ich tu dir nicht weh. Ich hab mich selber schon ein paarmal ficken lassen, ich weiß, wie das ist."

Und da fällt mir etwas ein. Wahrscheinlich wird er auch das strange finden, aber es wird ihm helfen, sich zu entspannen. Ich hocke mich hinter ihn und ziehe mit beiden Händen seine Backen auseinander.

„Was hast du vor?"

„Bleib ganz cool. Entspann dich einfach und genieß es."

Meine Zunge gleitet in seine Spalte, und ich drücke sie mit kreisenden Bewegungen gegen sein Loch. Während ich ihm so den Arsch lecke, wichse ich ihm immer wieder ein bisschen den Schwanz, und nach ein paar Minuten höre ich ihn leise stöhnen. Als ich spüre, wie sich sein Loch zu weiten beginnt, schiebe ich ihm langsam einen Finger rein. Ich bewege ihn erst vorsichtig und dann immer schneller hin und her, wobei ich den Druck auf seine Prostata ständig erhöhe.

„Wie fühlt sich das an?"

„Es fühlt sich geil an, Mann. Verdammt geil."

Eine weitere Minute vergeht, und schließlich ist er soweit.

„Scheiße", stöhnt er, „das ist wirklich gut. Ich glaub du kannst jetzt deinen Schwanz nehmen. Mach schon, steck ihn mir rein!"

Genau das war es, was ich hören wollte. Grinsend verteile ich etwas Spucke zwischen seinen Backen und drücke meinen Steifen gegen sein Loch.

„Okay?"

„Okay. Fang an."

Als meine Eichel in ihn eindringt, zuckt er zusammen und stöhnt auf. Ich bewege sie langsam hin und her, damit er sich an das Gefühl gewöhnen kann, erhöhe langsam den Druck meiner Hüften und schiebe ihm die ersten paar Zentimeter meines Riemens in den Arsch. Wieder stöhnt er auf, etwas in ihm gibt nach und mein Schwanz dringt tief in ihn ein. Aber gerade als er ihn fast bis zum Ansatz drinnen hat und sich meine Hüften auf seinen Hintern pressen, höre ich plötzlich Stimmen.

„Scheiße, das sind Mike und Bernie!"

Hastig richtet er sich auf, und mein Schwanz gleitet aus seinem Arsch.

„Ich hab ihnen gesagt, dass ich hier bin. Sie wollten nachkommen."

Die Stimmen sind lauter geworden, und jetzt hört man auch Schritte, die sich langsam nähern. Na fein, denke ich und ziehe den Gummi von meinem Steifen, sie kommen wirklich genau im richtigen Moment. Heiko zieht die Shorts über sein pralles Rohr und setzt sich auf die Decke, und ich lege das Handtuch um meine Hüften. Als die beiden hinter dem Bagger auftauchen, ist sein Schwanz immer noch steif.

„Da bist du ja, Mann."

Heiko steht auf, und die Ausbuchtung in seinen Shorts ist nicht zu übersehen.

„Hi, Bernie. Hi, Mike."

Er stellt mich ihnen nicht vor, und ich grinse die beiden nur an. Bernie grinst kurz zurück, dann spricht er Heiko an.

„Wie ist das Wasser?"

„Cool, Mann, du musst es ausprobieren."

„Bin gleich drinnen."

Bernie wirft mir einen kurzen Blick zu und beginnt sich auszuziehen. Er lässt sich ungewöhnlich viel Zeit dabei, und mir kommt der Verdacht, dass er genau weiß, dass ich ihn beobachte. Er ist schlanker als Heiko, hat sehnige Arme und Beine und ein umwerfend hübsches Gesicht. Sein Haar ist blond und, wie mir scheint, absichtlich wirr und zerzaust. Als er fertig ist, streicht er sich eine Strähne aus der Stirn und grinst mich wieder an. Mir wird heiß. Wenn mich im *XS* jemand so ansehen würde wie er jetzt, dann wüsste ich, dass ich mit diesem Typen alles machen könnte, was ich nur will. Sein breites Grinsen signalisiert Bereitschaft und völlige Offenheit.

Mike hingegen wirkt verschlossener, gefällt mir aber vom Aussehen her besser. Er hat ein breites, kräftiges Gesicht, muskulöse Arme und einen stämmigen Körper. Als er alles bis auf die obligaten Shorts ausgezogen hat, mustere ich ihn neugierig. Obwohl kaum älter als Heiko, ist er stark behaart, vor allem am Bauch und an den Beinen, und macht überhaupt einen sehr südländischen Eindruck. Am Oberarm hat er ein Tattoo, das ich nicht genau erkennen kann, und sein Kopf ist bis auf einen Kamm schwarzer Haare am Scheitel kahlgeschoren.

Zugleich mit Bernie springt er kopfüber ins Wasser, und Heiko folgt den beiden wenig später. Ich höre die drei lachen und leise miteinander reden, während sie gemeinsam hinausschwimmen. Das war's wohl, denke ich, der Spaß ist vorbei. Ich wische mir mit dem nassen Handtuch Heikos eingetrocknetes Sperma von der Brust und zünde mir noch eine Zigarette an. Als ich sie nach einigen Minuten gerade ausdämpfe, höre ich, wie sich einer der Jungs dem Ufer nähert.

Es ist Bernie. Er steigt aus dem Wasser und kommt, noch heftig atmend, auf mich zu. Zwei Schritte vor mir bleibt er stehen und sieht mich wieder mit diesem unverschämten Grinsen an.

„Heiko sagt, du stehst auf Typen."

Cool und selbstbewusst steht er da und mustert mich von oben bis unten.

„Kann schon sein, aber wieso interessiert dich das?"

„Weil ich geil bin, Mann. Ich hab auf dem Rave zwei Ecstasy eingeworfen, das wirkt bei mir immer so."

Als ich nichts darauf antworte, zieht er plötzlich mit einem Ruck seine Shorts herunter und steht völlig nackt vor mir. Mein Blick fällt auf seinen Schwanz und sein Grinsen wird breiter.

„Warte."

Völlig ungeniert packt er seinen Schwanz und wichst ihn sich ein paarmal, dann nimmt er seine Hand weg und sieht zu, wie er sich langsam aufrichtet. Keine zehn Sekunden später ist Bernies Schwanz zu seiner vollen Größe angeschwollen und steht im rechten Winkel von seinen Hüften ab. Er ist leicht nach unten gekrümmt und nicht ganz so lang und dick wie der von Heiko, wirkt aber größer im Verhältnis zu seinem schlanken, sehnigen Körper. Während ich ihn anstarre, fällt mir auf, dass die Schamhaare des Jungen schwarz und die Haare auf seinem Kopf also gefärbt sind. Er lässt seinen Schwanz ein paarmal zucken, und als er einen Schritt auf mich zukommt, habe ich ihn direkt vor meinem Gesicht.

„Heiko sagt, du hast ihm einen geblasen, und er meint, du kannst das wirklich gut. Das hat mich neugierig gemacht, also zeig, was du kannst, und blas mir einen."

Noch ein Schritt, und die pralle Eichel berührt meine Wange.

„Na los, Mann, mach schon. Lutsch ihn mir, dann mach ich's bei dir genauso."

Ich öffne meinen Mund, und er schiebt mir sofort seinen Riemen zwischen die Lippen. In diesem Augenblick schießt mir wie ein Blitz die Lust ins Hirn. Plötzlich bin ich wahnsinnig geil drauf, mich um das heiße Gerät des Typen vor mir zu kümmern, und mein Schwanz wird innerhalb von wenigen Sekunden steif. Grinsend sieht mich

Bernie von oben her an, als ich an seinem Rohr zu saugen beginne und es gierig bis zum Ansatz schlucke.

„He, Mann, das ist wirklich geil! Wie machst du das nur, dass du ihn so weit reinkriegst?"

Ich lutsche an seiner prallen Eichel, und er stöhnt vor Vergnügen.

„Mach weiter, du machst mich total heiß."

Mit diesen Worten packt er mich am Kopf und fängt an mich in den Mund zu ficken. Sein hartes Fleisch gleitet rhythmisch in mir ein und aus, und ich würge, als er es mir ein paarmal zu tief in den Rachen stößt. Als nach einer Weile zunehmend süßer Saft aus seiner Eichel quillt, leuchtet in meinem Hirn ein Warnschild auf, und ich ziehe mich von ihm zurück. Aber anscheinend hat er meine Gedanken erraten.

„Keine Angst", sagt er, „ich spritz noch nicht ab!" Er schiebt mir wieder sein Rohr ins Maul und presst meinen Kopf fest auf seinen Bauch.

Als die beiden anderen Jungs ein paar Minuten später aus dem Wasser steigen, zieht er sich aus mir zurück, stemmt seine Hüften nach vorn und stellt völlig ungeniert seinen prallen Schwanz zur Schau, der vor seinem Bauch auf und ab wippt.

„Schaut mal, was der Typ mit mir gemacht hat."

Heiko wirkt ganz cool, aber Mike bleibt vor Überraschung der Mund offenstehen, als er uns sieht.

„Er hat echt was drauf. Er hat mir gerade den Schwanz gelutscht, und das war so geil, dass ich sicher schon abgespritzt hätte, wenn ihr nicht gekommen wärt."

Mike sieht Heiko an und schüttelt den Kopf. „Du denkst wohl immer nur an Sex", sagt er.

„Na und? Du doch auch, oder? Aber es muss ja unbedingt diese kleine Rothaarige sein. Er steht nämlich schon seit Wochen auf sie, aber sie lässt ihn nicht ran", sagt er zu mir, dann schaut er wieder Mike an. „Komm her und lass dir einen blasen, Mann, das bringt dich auf andere Gedanken!"

„Ich bin nicht schwul, Mann."

„Ist doch egal, was du bist, Hauptsache, du hast Spaß daran. Ich hab jedenfalls Spaß", sagt er und grinst, „das siehst du ja."

Mike antwortet nicht, und auch Heiko, der neben ihm steht, wirkt jetzt verlegen. Die Situation scheint ihm unangenehm zu sein, aber es ist nicht zu übersehen, dass er in seinen nassen Shorts inzwischen wieder einen stehen hat. Es ist schließlich Mike selbst, der das kurze Schweigen mit einer Frage beendet.

„Will jemand was trinken?"

„Was hast du denn?" fragt ihn Bernie.

„Bacardi Cola."

„Cool, Mann, das ist genau das richtige. Und bring dem Typen hier auch eins mit. Wie heißt du eigentlich?"

Er schaut mich an, und ich nenne ihm meinen Namen.

„Nice to meet you", sagt er und grinst. „Ich bin Bernie."

Mike greift in seinen Rucksack und gibt jedem von uns eine Dose. Man hört das typische Geräusch, als die Verschlüsse geöffnet werden, dann rinnt die etwas zu warme Flüssigkeit durch meine Kehle. Bernie steckt sich eine Zigarette zwischen die Lippen, bläst den Rauch aus und schaut mich an. Er hat sich gegen den Bagger gelehnt, die halbvolle Dose neben sich.

„Lutsch ihn mir wieder", sagt er, „es war gerade so geil."

Ich zögere ein paar Sekunden, vor allem wegen Heiko, aber nach einem kurzen Blick auf Bernies Gesicht und sein unverschämt offenes Grinsen knie ich mich vor ihn hin. Sein Schwanz ist auf Halbmast, wird aber in meinem Mund schnell wieder steif. Ich lege eine Hand auf seinen Arsch und drücke, wie schon zuvor bei Heiko, mit der anderen seine Eier. Während ich ihm einen blase, höre ich, wie sich Mike und Heiko über das Rave unterhalten. Aber Mike scheint nicht ganz bei der Sache zu sein. Ein kurzer Blick zur Seite verrät mir, dass er zu uns herüberschaut und mit einem eigenartigen Gesichtsausdruck auf Bernie starrt, der mir seinen Riemen ins Maul stößt. Und als auch Bernie das merkt, gibt er ihm ein Zeichen.

„Na los, Mann." Seine Stimme klingt heiser vor Erregung. „Mach schon, zieh deine Hose runter und komm her!"

Ich lasse Bernies Schwanz aus meinem Mund gleiten und beobachte Mike, der uns nach wie vor anstarrt. Auf seinem Gesicht spielt sich ein lautloser Kampf ab, und ich bin verdammt neugierig, wie er ausgeht.

„Wenn du willst, blas ich dir einen", ermuntere ich ihn und grinse ihn an. „Du brauchst nur herzukommen."

Er schaut mich kurz an und starrt dann wieder auf Bernies zuckenden Schwanz.

„He, der Typ hier hat dir gerade ein Angebot gemacht, also was ist?"

Mike ist sichtlich nervös, lässt uns aber keine Sekunde aus den Augen. Gleich ist er soweit, denke ich mit wachsender Erregung, das sieht man ihm an.

„Komm schon", rufe ich ihm zu. „Wenn du es nicht ausprobierst, wirst du nie wissen, wie es ist."

„Ja genau", sagt Bernie, „was hast du schon zu verlieren? Im schlimmsten Fall kriegst du keinen hoch, und wenn doch, um so besser."

Mike zögert noch ein paar Sekunden, gibt sich schließlich einen Ruck und kommt langsam auf uns zu. Na also, denke ich, die Geilheit hat gesiegt. Aber Vorsicht, an den musst du ganz behutsam rangehen, sonst ist er gleich wieder weg.

Etwas linkisch, aber offensichtlich erregt steht er vor mir, und ich streichle seine kräftigen, behaarten Schenkel. Der Typ fühlt sich total gut an, er hat wirklich einen verdammt geilen Körper, und dass er trotz seiner offensichtlichen Erregung so reserviert ist, turnt mich aus irgendeinem Grund noch mehr an. Als ich meine Hand langsam von unten in seine Shorts schiebe, zuckt er zusammen. Sein faltiger Sack fühlt sich kühl an, und seine Eier ziehen sich noch fester zusammen, als ich sie mit den Fingerspitzen berühre. Sein Atem wird heftiger, aber als ich mich gerade weiter vorwagen will, weicht er einen Schritt zurück.

„Verdammt, Mann", höre ich Bernies ungeduldige Stimme, „wieso steigst du nicht endlich aus deinen blöden Hosen? Du bist doch genauso geil wie ich."

„Ich weiß nicht, Mann", sagt Mike mit heiserer Stimme, aber Bernie lässt ihn nicht ausreden. Er beugt sich zu ihm hinüber, und bevor sich Mike dagegen wehren kann, zieht er ihm mit einem Ruck die Shorts auf die Knie, und schon springt Mikes Schwanz nach oben. Heiko hatte unrecht, als er meinte, er habe wahrscheinlich den Längsten seiner Clique, denn der Schwanz dieses Typen ist mit Sicherheit länger und dicker als seiner, und dabei ist er noch nicht mal völlig steif. Aber er ist bereits nass, seine pralle Eichel glänzt von seinem Saft, und während sein Riemen zusehends anschwillt, löst sich ein weiterer klebriger Tropfen aus ihr.

Ohne mich vorerst um sein Rohr zu kümmern, lasse ich meine Hände langsam über die Innenseiten seiner Schenkel gleiten und drücke ein paarmal seine großen Eier. Er beginnt leise zu stöhnen, sein Schwanz richtet sich vor meinen Augen zu seiner vollen Größe auf und ragt hart und steif aus seinem dichten, schwarzen Schamhaar. Er ist riesig, ein saftiges Stück Fleisch, lang und dick und vollkommen gerade geformt. Ich ziehe mit den Fingern seine Konturen nach, und Mike beginnt vor Erregung noch lauter zu stöhnen. Bernie sieht uns eine Weile dabei zu, aber schließlich verliert er die Geduld.

„Okay, das reicht jetzt", sagt er, langt zwischen Mikes Beine und hält mir sein tropfendes Rohr vors Maul. „Lutsch ihm den Schwanz, na los, worauf wartest du noch!"

Ich lecke erst mit der Zunge den Saft von seiner Eichel und nehme sie dann in den Mund. Als ich sie ein wenig mit den Lippen zusammenpresse, stöhnt Mike auf, und es quillt noch mehr von seinem süßen, klebrigen Saft in meinen Mund. Und da drückt Bernie meinen Kopf gegen den Bauch seines Freundes, und sein Rohr dringt tief in mich ein.

„Na also, Mann, ist doch besser, als dir selbst einen runterzuholen, oder?"

Mike sagt nichts und sieht mich nur mit offenem Mund an, und ich lege beide Hände auf seinen Arsch und bearbeite gleichzeitig seinen Schwanz nach allen Regeln der Kunst. Während ich ihm einen blase, reibt Bernie immer wieder seinen eigenen Riemen an meiner Wange und hinterlässt dabei klebrig-nasse Spuren auf meiner Haut, und das macht mich so geil, dass ich mich ihm nach einer Weile wieder zuwende. Mikes Rohr gleitet aus meinem Mund und federt nach oben, und Bernie schiebt mir jetzt seinen Schwanz zwischen die Lippen. Mike ist anscheinend vollends überzeugt, denn er zieht sich mit entschlossenen Bewegungen die Hose runter und stellt sich wieder neben Bernie.

Ich kümmere mich eine Zeit lang abwechselnd um die beiden, und während ich am Riemen des einen sauge, bearbeite ich den des anderen mit der Hand. Bernies Eier sind schon ganz hart, und das sagt mir, dass er es nicht mehr weit hat. Und wirklich zieht er kurz darauf seinen Schwanz aus meinem Mund.

„Shit", stöhnt er, „du machst mich vielleicht heiß! Aber es ist zu geil, ich will jetzt noch nicht abspritzen."

Er beugt sich nach unten und legt seine Hand auf meinen Ständer.

„Okay, Mann, jetzt bist du dran. Steh auf, ich blas dir einen!"

Er geht vor mir auf die Knie, ich nehme seinen Platz ein, und er presst seinen Kopf zwischen meine Beine. Ich spüre seine Zunge auf meinen Eiern, und als er sie in den Mund saugt, stöhne ich auf. Er leckt an meinem Schaft rauf und runter, leckt mir ausgiebig den Sack, dann wieder den Schwanz, und schließlich gleiten seine heißen Lippen über die empfindliche Unterseite meiner Eichel.

„Du rinnst ja richtig aus, Mann", sagt er und leckt genüsslich den Saft auf, der aus meiner Eichel tropft.

Schließlich saugt er meinen Riemen in sich hinein und fängt an mir einen zu blasen. Ich merke sofort, dass er nicht zum ersten Mal einen Schwanz im Mund hat. Geschickt setzt er Lippen, Zunge und Zähne ein, um mich auf Touren zu bringen, und geht alles in allem mit einer solchen Raffinesse ans Werk, dass er ohne Zweifel verdammt viel Erfahrung darin haben muss. Er lutscht nicht einfach mechanisch drauflos, sondern macht es mir ganz langsam und genüsslich, und ich schließe vor Vergnügen die Augen. Als ich sie wieder öffne, fällt mein Blick auf Heiko, der auf meiner Decke sitzt, *Bacardi Cola* trinkt und uns zusieht.

„He, alles in Ordnung?" rufe ich ihm zu.

Er hat einen stehen, fasst aber seinen prallen Riemen nicht an.

„Ja, Mann, alles cool."

Er greift nach meinen *Chesterfields* und zündet sich eine an.

„Willst du nicht mitmachen?"

Er bläst den Rauch aus und schüttelt den Kopf.

„Ich schau euch erst mal eine Weile zu."

Auf seinem Gesicht erscheint ein Grinsen.

„Was ihr da macht, ist so strange, Mann. Wie ein völlig abgefahrenes Video, fehlt nur noch der Sound dazu."

Er murmelt noch so etwas wie Trance Dance und Slow Motion, aber ich bin zu sehr mit dem beschäftigt, was sich gerade zwischen meinen Beinen abspielt, um darüber nachzudenken, was er meint. Vielleicht hat er ja auch vorhin auf dem Rave eine Ecstasy eingeworfen und ist noch high davon.

Mike steht immer noch neben uns, reibt beiläufig an seinem steifen Schwanz und starrt auf mein Rohr, das immer wieder in Bernies Mund verschwindet. Ich streichle ihm über die Brust und den behaarten Bauch, und er sieht mich erregt an. Seine Augen sind unglaublich hypnotisch, und um mich nicht völlig in ihnen zu verlieren, lenke ich meinen Blick auf sein breites, südländisches Gesicht, auf seinen stämmigen Hals und seine kräftigen Schultern. Jetzt, wo er mir so nah ist, erkenne ich auch das Tattoo auf seinem Arm. Es ist eine Schlange mit aufgerichtetem Kopf und weit geöffnetem Maul.

Als ich merke, dass Mike mich immer noch anstarrt, kann ich nicht anders, als ihm neuerlich in die Augen zu sehen. Keine Universen wie bei Heiko, aber tiefe, dunkle Seen der Lust und der Begierde. Der Typ verbirgt ungeheure Kraft und Geilheit unter seiner äußerlichen Trägheit und Reserviertheit, denke ich, und wenn er die erst einmal herauslässt, bleibt allen die Spucke weg, sogar Bernie. Der hat inzwischen aufgehört mir einen zu blasen, beobachtet uns lauernd und versucht sich klar darüber zu werden, was zwischen uns vorgeht. Schließlich schaut er Mike an und greift nach seinem prallen Riemen.

„Es macht dich an, wenn du uns dabei zusiehst, hab ich recht?"

Mike beginnt unwillkürlich schneller zu atmen, und Bernie grinst, als er das merkt.

„Du stehst auf Typen, genau wie ich, und du hast Lust auf einen harten Schwanz in deinem Mund."

Er steht auf, und mein Blick fällt auf sein glänzend nasses Rohr.

„Schau her, Mann", sagt er, und sein Schwanz zuckt. „Ich hab einen stehen, und der Typ hier hat auch einen stehen. Also such's dir aus, du hast die Wahl!"

Er lehnt sich rechts von mir gegen den Bagger, schaut Mike mit breitem Grinsen an und reibt aufreizend langsam an seinem Schwanz. Klebriger Saft tropft aus seiner angeschwollenen Eichel und rinnt ihm am Schaft entlang auf die Finger.

Mike starrt uns an, zögert einen Augenblick und geht schließlich vor uns auf die Knie. Der kurze Moment, als er mich mit offenem Mund ansieht und nichts als nackte Lust in seinen Augen glänzt, gehört zu den erregendsten meines Lebens, und ich werde ihn nie vergessen. Dann beugt er sich vor, nimmt meinen Schwanz in den Mund und saugt ihn so tief in sich hinein, als wollte er ihn schlucken. Als sich seine Nase gegen meinen Bauch presst, vergeht mir vor Lust Hören und Sehen, und er lutscht mit einer solchen Gier an meinem harten Fleisch, dass ich mich sehr beherrschen muss, um nicht sofort abzuspritzen.

„Langsam", keuche ich und drücke ihn ein wenig von mir weg.

Erregt starrt er auf mein Rohr, das wenige Zentimeter vor seinem Gesicht pulsiert, und von seinen geöffneten Lippen tropft zähflüssiger Speichel. Bernie nützt die Gelegenheit, packt den knienden Jungen mit der rechten Hand am Schopf und schiebt ihm mit der linken sein Rohr ins Maul. Er hält ihn mit beiden Händen an Kopf und Schläfen fest und beginnt ihn schnell und heftig in den Mund zu ficken.

„Ah, ist das geil. Seit Wochen schon hab ich Lust, es mit dir zu treiben, weißt du das? Jetzt kannst du dich dafür revanchieren, dass ich dir damals im Auto einen runtergeholt habe. Mach schon, Mann, lutsch ihn mir!"

Mike würgt zuerst, als ihm Bernie seinen langen Riemen in den Rachen jagt, umklammert dann aber seine Hüften und saugt bald mit derselben Gier an seinem Schwanz wie zuvor an meinem. Stöhnend lehnt sich Bernie zurück, und ich höre ihn neben mir keuchen.

„Da hast du ihn, Mann, schluck ihn runter!"

Und Mike schluckt, schluckt das harte Fleisch mehrmals mühelos bis zur Wurzel, presst den Unterkörper des erregten Jungen mit einer Hand an sich und massiert mit der anderen seine Eier, während sich Bernie vor Lust neben mir windet. Bis auf sein leises Stöhnen und die schmatzenden Geräusche zwischen seinen Beinen ist es völlig still. Der Verkehr auf der Autobahn hat inzwischen nachgelassen, und als sich plötzlich ein paar Kiesel aus der Böschung lösen, ist deutlich zu hören, wie sie den Hang entlangrollen und ins Wasser fallen.

Vor uns sitzt Heiko immer noch auf der Decke und raucht. Ich sehe das glimmende Ende der Zigarette in seiner Hand und wünsche mir, er würde herkommen. Ich denke an seinen geilen Hintern, den er mir vorhin so bereitwillig entgegengestreckt hat, und wie ich ihm ganz langsam meinen Schwanz ins Loch gebohrt habe, und dabei bekomme ich Lust, es so richtig mit ihm zu treiben. Aber er sitzt nur da und raucht, obwohl sein Schwanz nach wie vor steif ist und steil vor seinem Bauch nach oben ragt.

Genauso steif wie Bernies Schwanz, an dessen Schaft Mike gerade leckt, als ich wieder nach unten sehe. Er massiert ihn mit den Lippen, dann gleitet seine Zunge tiefer, leckt an seinen Eiern und saugt sie beide zugleich in den Mund. Bernie hat die Augen geschlossen, den Oberkörper durchgestreckt und die Beine weit gespreizt. Er zuckt zusammen, als sich Mikes Lippen erneut um seine Eichel schließen, und aus seinem offenen Mund dringt ein heiseres Stöhnen. Ich schaue in sein vor Lust verzerrtes Gesicht, lasse meine Augen der Reihe nach über die steifen Schwänze der drei Jungs wandern, und dann geht mein Blick wieder hinaus auf den silbergrauen See, der im bleichen Licht des Mondes völlig ruhig vor mir liegt. Ich bin geil und zugleich völlig entspannt, und obwohl ein leises Frösteln über meinen Rücken rinnt, glüht mein Körper vor Hitze.

Auf einmal spüre ich etwas zwischen meinen Beinen, das sich warm und nass auf mein Rohr presst und es tief in sich hineinsaugt, und stöhne auf. Es ist Mike. Mein Schwanz verschwindet in der engen, weichen Höhle seines Mundes, taucht kurz darauf wieder zur Hälfte auf und verschwindet abermals. Minutenlang saugt der Junge an meinem Riemen, und die Muskeln an seinem Nacken spannen sich unter meinen Händen rhythmisch an. Ich sehe ihn an und spüre nichts als Lust, die durch meinen Schwanz in meinen ganzen Körper strömt und sich überall in mir ausbreitet. Eine Welle der Hitze steigt in mir auf, und ich beginne stark zu schwitzen. Die Zeit scheint stillzustehen, während er mir einen bläst, und mit geschlossenen Augen gebe ich mich ganz dem Vergnügen hin, das er mir mit seinem Mund verschafft.

Plötzlich ertönt Bernies heisere Stimme.

„Du machst mich zu geil, Mann."

Er umfasst mit einer Hand Mikes Nacken und bearbeitet mit der anderen sein Rohr, das inzwischen noch stärker angeschwollen ist.

„Lutsch ihm den Schwanz, na los, schluck ihn runter!"

Er presst Mikes Kopf mit festem Druck auf meinen Steifen und reibt währenddessen stark erregt an seinem eigenen Schwanz. Er nähert sich dabei immer mehr dem Gesicht des vor ihm knienden Jungen, der mein Rohr jetzt bis zum Ansatz im Maul hat und heftig an ihm würgt, und gleich darauf schreit Bernie auf und spritzt ab. Der Samen schießt aus seiner prallen Eichel und klatscht in langen, weißen Strähnen auf Mikes Kopf, spritzt in sein Haar und auf die glattrasierten Schläfen.

„Da", schreit er, während es ihm kommt, „da hast du meine Ladung! Ich spritz dir deine geile Fresse voll, wie gefällt dir das? Sag schon, wie gefällt dir das?"

Es kommt ihm lange und ausgiebig, und als er den letzten Schuss abgefeuert hat, reibt er seinen nassen Riemen an Mikes Wange. Er atmet schwer.

„Schade, dass du dein Gesicht nicht sehen kannst, Mann, es sieht so verdammt scharf aus. Spürst du, wie mein Saft an dir herunterrinnt? Riechst du ihn?"

Er schlägt ihm mit seinem Schwanz auf die Wange, und Mike zuckt zusammen.

„Ja, Mann, genauso wollte ich dich schon immer sehen, vollgespritzt von oben bis unten."

Bernie beugt sich über ihn und leckt mit der Zunge einen dicken, weißen Spritzer aus seinem Ohr. Mike hat aufgehört mir einen zu blasen, aber mein Schwanz steckt immer noch tief in seinem Mund. Bernie über ihm abspritzen zu sehen hat mich total angeturnt. Er hat recht, der Junge sieht wirklich unglaublich geil aus mit all dem Sperma, das jetzt langsam an ihm herabrinnt. Sein Anblick macht mich so scharf, dass ich meinen eigenen Saft so schnell wie möglich loswerden möchte. Als ich meinen Steifen aus seinem Mund ziehe und an ihm zu reiben beginne, feuert mich Bernie an.

„Mach schon, Mann, spritz ab, spritz ihm deine Ladung ins Gesicht!"

Mike hat die Augen geschlossen und stöhnt leise. Mit gesenktem Kopf kniet er vor mir und wartet auf meinen Orgasmus, der unmittelbar bevorsteht und sich bereits mit immer stärkeren Wellen der Lust ankündigt. Hitze durchflutet meinen Unterleib, meine Eier ziehen sich eng zusammen, ich schiebe mein Becken nach vorn, und plötzlich spritzt das Sperma aus meiner Eichel mitten in sein Gesicht, klatscht auf seine Stirn, auf seine Nase, auf seine Wangen. Im Gegensatz zu ihm sind meine Augen weit aufgerissen, und mit einer mir bis dahin unbekannten Befriedigung sehe ich zu, wie sich meine Ladung Schuss für Schuss über ihn ergießt.

Noch während es mir kommt, verteilt Bernie meinen Samen überall auf seinem Kopf, verschmiert ihn auf seiner Stirn, seinen Schläfen, auf Hals und Nacken, und als sich meine Eier entleert haben, ist der ganze Kopf des Jungen mit einer glänzenden, milchigweißen Schicht aus Sperma überzogen.

„Er hat dich ganz vollgespritzt, Mann", sagt Bernie und lacht. „Der Saft war gerade noch in unseren Eiern, und jetzt tropft er an dir runter. Fühlt sich das nicht geil an, so viel warmer, klebriger Saft auf deinem Gesicht? Darauf stehst du doch, oder, das turnt dich doch an, hab ich recht?"

Mike sagt nichts, er hat die Augen geschlossen und kniet immer noch vor uns, aber als ihm Bernie nochmals seinen halbsteifen Schwanz auf die Wange schlägt, stöhnt er plötzlich auf und lässt sich nach hinten fallen. Er stemmt sein Becken nach oben, mein Blick fällt auf sein pralles Rohr, das zwischen seinen gespreizten Schenkeln zuckt, und ohne dass ihn einer von uns angefasst hat, kommt es ihm. Der erste Schuss klatscht ihm bis auf die rechte Schulter, und dann spritzt er sich, unter anhaltendem Stöhnen und Keuchen, nach und nach Brust und Bauch voll.

Fasziniert starre ich auf seinen großen, zuckenden Schwanz, der unglaubliche Mengen klebrigen Safts herausschleudert, während es ihn am ganzen Körper schüttelt. Es dauert gut zehn Sekunden, bis er seine Ladung abgefeuert hat, und als seine Eier endlich leer sind, liegt er schwer atmend und mit offenem Mund vor uns am Boden. Ist ja irre, denke ich, der reinste Porno, in dem ich da gelandet bin. Der Typ hat soviel Sperma auf seinem Bauch, als ob er gerade dreimal hintereinander abgespritzt hätte.

Bernie grinst zufrieden. Er taucht seine Finger in den schlierigweißen See, der sich über Mikes Nabel gebildet hat, greift sich soviel davon, wie er kann, und verschmiert den zähflüssigen Saft auf den Lippen des Jungen.

„Schluck ihn, Mann. Na los, schluck deinen Samen!"

Und tatsächlich leckt Mike jetzt den Saft von Bernies Hand und lutscht so lange an seinen Fingern, bis sie sauber sind. Bernie grinst, greift wieder nach unten und steckt ihm seine tropfenden Finger ein weiteres Mal in den Mund. Das macht er so lange, bis der Junge seine ganze Ladung geschluckt hat, und während ich ihm dabei zusehe, bekomme ich neuerlich einen Steifen. Als Mike langsam von seinem Trip zurückkommt und wieder halbwegs klar denken kann, steht er auf und sieht an sich herunter.

„Shit", sagt er und wischt sich über den nassen Bauch. „Was für eine Scheiße, Mann, ich glaub's einfach nicht!"

Bernie grinst. „Bleib cool, Mann, ist ja nur Sperma. Ich wette, du hast schon lange nicht mehr so geil abgespritzt. Ist doch besser, als es dir selber zu machen, oder?"

„Shit", sagt Mike noch einmal und schüttelt den Kopf. Er geht die paar Schritte zum Ufer hinüber und springt mit dem Kopf voran ins Wasser. Ich sehe ihm nach, und als das Geräusch seines Körpers, der den See mit gleichmäßigen Zügen durchquert, langsam schwächer wird, gibt mir Bernie einen Stoß in die Seite. „Komm, gehen wir auch rein."

Etwas später liegen wir alle halb neben- und halb aufeinander auf meiner Decke und rauchen. Sogar Mike hat eine Zigarette in der Hand, und jedesmal, wenn er sie zum Mund führt und einen tiefen Zug nimmt, richtet sich die tätowierte Schlange an seinem Arm zuckend auf. Sein Gesicht wirkt wie zu Anfang reserviert und verschlossen. Die Geilheit, die gerade noch mit aller Kraft aus ihm herausgebrochen ist, hat sich nun wieder ins Innere seines Körpers zurückgezogen und schlummert unter seiner sonnengebräunten Haut, unter seiner scheinbaren Ruhe und der Trägheit seiner Bewegungen. Während ich ihn ansehe, nimmt Bernie den letzten Schluck aus der *Bacardi Cola*-Dose, drückt sie zusammen und wirft sie gegen den Rumpf des Baggers.

„Gibt's noch was zu trinken?"

„Nein, Mann, alles leer."

„Okay, lasst uns noch eine Runde schwimmen, und dann ab aufs Rave."

Wir schwimmen ein letztes Mal hinaus, Heiko dicht neben mir, und während seine Arme mit weiten und gleichmäßigen Bewegungen ausholen, werfe ich ab und zu einen Blick auf seinen kräftigen Körper, der im hellen Licht des Mondes glänzt. Als wir eine Viertelstunde später aus dem Wasser steigen, sind seine Eier ganz klein vor Kälte, und die Tropfen perlen von seiner Haut. Ich trockne ihm Schultern und Rücken ab, sein Hintern reibt sich an meinem Bauch, und als ich damit fertig bin, ist mein Schwanz wieder halbsteif. Er grinst, als er es bemerkt, sagt aber nichts.

Während er seine Shorts, die Jeans und das schwarze T-Shirt anzieht, verschwindet sein nackter Körper nach und nach unter den weit geschnittenen Kleidern. Auch die beiden anderen Jungs haben sich inzwischen angezogen, und ich beeile mich, meine Sachen zusammenzupacken.

In der Fabrikhalle war das Rave immer noch in vollem Gange, und wir haben noch bis in die frühen Morgenstunden getanzt. Als wir die Halle schließlich verließen, ging gerade die Sonne auf, während der blasse Vollmond noch am Himmel stand, eine Handbreit über dem Horizont. Reichlich erschöpft, aber mit einem Lächeln im Gesicht verabschiedete ich mich von den drei Jungs und fuhr durch die noch leeren Straßen nach Hause.

Ich habe Bernie in diesem Sommer noch ein paarmal wiedergesehen, immer im *XS*, und einmal, es war schon Anfang September, sind wir in meinem Auto zum Baggersee gefahren und haben es dort, trotz des eher kühlen Wetters, die halbe Nacht lang miteinander getrieben.

Die beiden anderen Typen aber sind mir seltsamerweise nie wieder begegnet, und das, obwohl ich mich seit unserem Abenteuer am See öfter als zuvor bei diversen Raves habe sehen lassen. Einmal, es war in jener Fabrikhalle, glaubte ich Heiko im grellen Blitzlicht der Stroboskoplampen am anderen Ende der tobenden Menge zu erkennen, aber als ich die Stelle erreichte, war er fort. Ich hätte ihn wirklich gern wiedergesehen, denn aus irgendeinem Grund mochte ich diesen Jungen. Zwar fand ich Mike vom Aussehen her geiler, und Bernie konnte besser mit seinem Mund und seinem Schwanz umgehen, aber ich dachte trotzdem vor allem an Heiko.

Er besaß, neben der rein sinnlichen Anziehungskraft seines Körpers, große Unschuld und Offenheit, die unsere gemeinsame Lust und all das, was wir am Ufer des Sees miteinander getrieben hatten, in etwas Schönes und Leichtes verwandelten, und lebten wir nicht im einundzwanzigsten Jahrhundert, so würde ich sagen, in etwas Romantisches. Die kurze Begegnung mit ihm hat einen bleibenden Eindruck hinterlassen und den seltenen Wunsch in mir geweckt, ihn näher kennenzulernen – mit ihm zu reden, mit ihm zu tanzen, ihn zu berühren – ja, ich ertappte mich sogar bei der Vorstellung, morgens an seiner Seite aufzuwachen. Aber ich habe ihn weder im *XS* noch sonst irgendwo wiedergesehen, und so verschwand er im Lauf der Wochen nach und nach aus meinen Gedanken.

An einem grauen Tag Ende September bin ich noch einmal zum Baggersee hinausgefahren und habe am Ufer eine Zigarette geraucht. Die Anordnung der grauen Halden hatte sich inzwischen verändert, der Mais war längst abgeerntet, aber der Bagger stand noch an genau derselben Stelle wie zuvor. Regenwolken zogen über den Himmel, und als ich die ersten Tropfen in meinem Gesicht spürte, dämpfte ich die Zigarette aus und ging zum Auto zurück.

Während ich in die Stadt fuhr und der Regen aufs Dach trommelte, hatte ich *Massive Attack* in voller Lautstärke aufgedreht und dachte dabei ein letztes Mal an Heiko und seine Freunde. Zwanzig Minuten später bog ich von der Hauptstraße ab, parkte meinen Wagen vor dem Eingang zu meiner Wohnung und stellte den Motor ab.

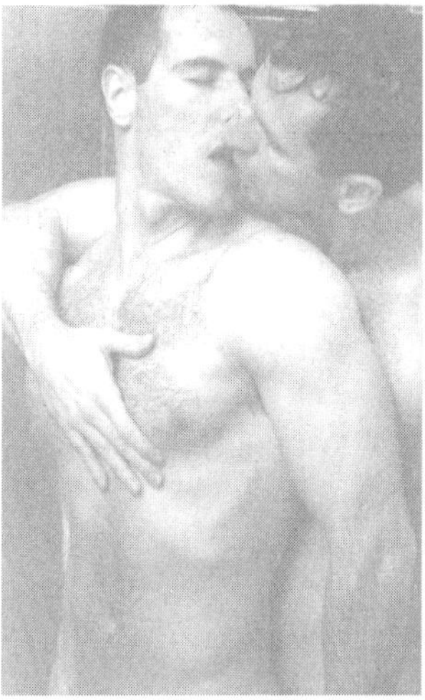

Jan Hiding

Stiefelknecht

Filippo Bruno. Klingt so liebenswert italienisch, und man kann sich gut vorstellen, wie einer aussieht, der so heißt.

Klaus-Dieter und Bärbel Bruno hatten schon vor der Geburt ihres Sohnes überlegt, wie sie ihn wohl nennen sollten. Das pränatale Sonogramm hatte einiges verraten. Auf einem unscharfen, grauweißen Monitorbild war an einem zuckenden embryonalen Etwas das Schwänzchen zu erkennen. Bärbel konnte es zwar nicht entdecken, ließ es sich jedoch nicht anmerken, um nicht ganz dumm auf der Pritsche herumzuliegen. Mit einem dankbaren Kopfnicken hatte sie dem Arzt eine Freude gemacht.

Jetzt war der werdende Papa begeistert und wünschte sich natürlich, dass sein Sohn etwas ganz Besonderes wird, und dazu musste der passende Name gefunden werden. Klaus-Dieter dachte sogar daran, das Kind als Bruno Bruno im Geburtsregister des Standesamtes anzumelden. Es geschah selten, aber hier wurde Bärbel richtig laut.

Klaus-Dieter Bruno arbeitete in einer Druckerei. Irgendwo hatte er einmal gelesen, dass es einen weltberühmten Mann mit dem gleichen Nachnamen gegeben hatte. Daran erinnerte er sich, nachdem es mit dem doppelten Bruno nichts werden durfte. Klaus-Dieter schlug heimlich im Brockhaus nach und überraschte seine Frau mit eilig angelesener Bildung. Und er hatte richtig vermutet, jene Person war Bärbel völlig unbekannt.

„Was du alles weißt!" war die erwartete Anerkennung.

Aber vorgewarnt von der Abfuhr, die er für seinen ersten Vorschlag bekommen hatte, bot Klaus-Dieter diesmal an, das Söhnchen vielleicht doch nicht Giordano zu nennen, sondern etwas unauffälliger Filippo. Mit diesem Vornamen war nämlich der italienische Philosoph auf die Welt gekommen. Klaus-Dieter fand keinen Hinweis, warum sich Filippo später für Giordano entschieden hatte. Bruno, der Philosoph, war jedenfalls ein in Europa ebenso anerkannter wie vom Vatikan gehasster Gelehrter, der lange nach seinem Tod sogar Einfluss auf Herder, Goethe und Leibniz hatte. Eine Berühmtheit eben. Klaus-Dieter verschwieg aber vorsichtshalber, dass der gescheite Italiener im Februar 1600 von satanischen Folterknechten des Vatikans auf einem Holzstoß mitten in Rom verbrannt worden war. Er selbst hielt das zwar nicht für ein gutes Omen, aber der Stolz, einen so schönen Namen für den vorhergesagten Sohn gefunden zu haben, war stärker.

Bärbel und Klaus-Dieter Bruno waren sich also einig geworden und hofften sehr, dass man dem Kleinen den exquisiten Vornamen auch ansehen möge: eine mediterane Vollkommenheit mit großen dunklen Augen und, dem klugen Vorbild ähnlich, ausgeprägt geistigen Talenten. Dass der Junge in der Schule wegen des etwas exotischen Namens gehänselt werden könnte, daran dachten sie nicht, zumal man in Deutschland dem Fremdartigen ohnehin nicht sehr zugetan ist.

Natürlich wurde er von den Klassenkameraden aufgezogen. Auch fehlten ihm die erträumte dunkle Lockenpracht, der Bronzeteint und durchgeistigte Gesichtszüge. Er war vierschrötig und strähnig blond; die graublauen Augen, gesäumt mit Boris-Becker-Wimpern, blickten kalt. Später erlag sich Filippo auf Sonnenbänken zeitraubend ein bißchen synthetische Grillbräune; über das Fitnessstudio siegte seine Bequemlichkeit. Und wegen Faulheit war er auch nicht auf dem Gymnasium. Es reichte allerdings zum Unteroffizier bei der

Bundeswehr. Das einzig Italienische an ihm: Er war ein gnadenloser Macho. Seiner ganzen Erscheinung nach hätte er aber auch gut und gern Hans Albers heißen können.

Die rötlich blonden Schamhaare waren gerade mal auf eine gut erkennbare Länge gewachsen, da begann Filippo auf öffentlichen Herrentoiletten bereits die ersten Bestätigungserfolge zu kassieren. Durch sie wurde sein Paschagehabe frühzeitig geweckt. Und sein erstes, allerdings passives Wichserlebnis hatte er übrigens auch auf einer Klappe. Ein fetter, älterer Kerl stellte sich neben den pinkelnden Filippo, holte sich schnaufend hastig einen runter und stierte wie gebannt auf das tröpfelnde Schwänzchen des Knaben. Der fühlte sich weder von der aufdringlich zur Schau gestellten Masturbation noch durch die penetranten Gerüche belästigt, die die gußeiserne Rotunde füllten. Immerhin war sie grün gestrichen und stand unter Denkmalschutz. Es war schon interessant, wie der Alte plötzlich in den Knien zitterte und grunzend etwas Weißes in die Pissrinne segeln ließ. Eilig wurde das dicke Rohr wieder weggepackt. Nach dem schnell erledigten Abspritzen kam mit Verspätung das armselige Gewissen. Der Päderast zog den Kopf ein und verschwand.

Dieses Ereignis überdauerte in Filippo als angenehme Erinnerung. Sie regte sich nach längerer Zeit verstärkt, als er eines Morgens mit einem nassen Fleck im Nachthemd aufwachte. Und von dem Tag an begann sich Filippo intensiv mit seinem Schwanz zu beschäftigen. Er erinnerte sich dabei an das Klappenerlebnis. Was der Alte mit schnellen Handbewegungen vollendet hatte, das musste es sein. Und das war es dann auch. Ein kleiner Glücksschrei begleitete seine erste handgefertigte Ejakulation. Das verschwenderische Ergebnis wurde eingehend untersucht und sogar der Gaumenprobe unterzogen. Es schmeckte zwar nicht so, wie er es nach der himmlischen Überraschung erwartet hatte, aber eklig war es auch nicht.

Das war nun der Auftakt für atemberaubend temporeiche Soli, bei denen er vor einem Spiegel sein einziger Zuschauer war. Der junge Schausteller konnte sich nicht mit narzisstischem Beifall belohnen, weil er stets nur eine Hand frei hatte, aber sein emporschießender Samen war die beglückende Anerkennung des manuellen Eifers, der keuchend von unartikuliert verbaler Begeisterung unterstützt wurde.

In Klappen und einschlägigen Parks wurde er allmählich der absolute Star: willig, schamlos, ewig geil, Altersgrenzen spielten keine besondere Rolle. Er war jung und sah etwas älter aus, aber noch war das bei seinen Lebensjahren ein Vorteil. Dazu kamen ein kräftiger Körperbau und die blonden Haare. Filippo ließ sich nicht bumsen. Dafür machte er ausdauernd wuchtig allen die Freude, die ihm ein Kondom und den nackten Arsch hinhielten. Weniger beeindruckend waren die Maße seines Schwanzes. Sie wurden jedoch unter den komfortablen Bedingungen der Anonymität und des flotten Lustgewinns anstandslos akzeptiert. Der Beiname, der ihm spitzzüngig von denen verpasst worden war, die sich am Frischfleisch des bereitwilligen Filippo überfressen hatten, klang nicht einmal gefühllos: „Open-Air-Filinchen".

Volljährig geworden, erweiterte er sein sexuelles Know-how, indem er von Klappen, Freiluftbumsereien und Tuntencafés in Kneipen, Saunen und Bars mit Darkroom wechselte. Motorradstiefel, Hundehalsband aus Leder, Sling, Andreaskreuz, Streckbank, Bondage, Uniform, Faustfick, Gitterkäfig, Peitschenspiel, das ganze Repertoire liebte er mit voyeuristischem Interesse, beteiligte sich aber weder aktiv noch passiv. Eine umfangreiche Videosammlung mit S/M-Inhalten genügte ihm vorerst, um beim Betrachten des außergewöhnlichen Zeitvertreibs sich selbst zu befriedigen. Ihm fehlte einfach der Schneid, als Quäler aufzutreten; demütige Fügsamkeit unterdrückte er mit Männlichkeitsprotz. Aber Machtausübung und freiwillige, bewusste Hingabe lagen bei ihm im Widerstreit. Dumpf spürte er, zwei Seelen wohnten, ach, nicht in seiner Brust, sondern in der Tiefe der Beckengegend. Als Götzen dienten ihm Stiefel und schwere Schuhe mit dem angemessenen Odeur: Fußschweiß und Schuhcreme, Sperma, Bierpisse, Leder. Die anfängliche Begeisterung auch für Gasmasken verlor Filippo beim Übungsdrill der Bundeswehr. Unter dem luftdichten Mummenschanz wurde er gewöhnlich von Erstickungsanfällen terrorisiert.

In Darkrooms knallte er alles durch, was mit seiner mäßigen Schwanzgröße einverstanden war. Ging es bloß ums Wichsen und Blasen, tastete er gierig und ausschließlich nach den größten Exemplaren. Was für ein Kerl an so einem Superriemen hing, ließ ihn völlig kalt. Wie blind durch düstere, muffige Räume tappend, zeigte Filippo regelrechtes Suchtverhalten, aber auch Konsequenz. Konnte er kein Prachtexemplar entdecken, zog er unverrichteter Dinge wieder ab und holte sich zu Hause einen runter. Er wichste dann in stinkende Socken, die er vorsätzlich mehrere Tage lang getragen hatte. Sie wurden durch getrocknete Ejakulate immer härter.

Der eitle Blonde mit dem übersteigerten Selbstbewusstsein packte recht und schlecht seinen Hauptschulabschluss, jobbte hier und dort, bis er zur Bundeswehr einberufen wurde. Er ließ sich die Haare noch kürzer schneiden, einen Schnauzer wachsen und zur Unteroffizierslaufbahn überreden. Sein Traum war es, dem Look der US-Army-Schwuchteln, die er in seinen Videos bewunderte, möglichst nahe zu kommen.

Filippo hatte gar nicht mal unwillig alles auf sich genommen, was eisenharte Ausbilder von ihm auf der Sturmbahn, im Gelände und an Disziplin abverlangten. Bis auf die Gasmaske. Jetzt, nach dem strengen Schliff, genoss er die Macht, die ihm der neue Dienstgrad „Unteroffizier" verlieh. Er war wieder Jemand. Auf jeden Fall mehr als die Rekruten. Dafür hatten sich die Quälereien doch gelohnt! Nun konnte er wie eine Domina sein und bestimmen, wo's lang ging. Die jungen Burschen aber, die sich, aus welchen Gründen auch immer, nicht für den Zivildienst hatten entscheiden können, empfanden das keineswegs als Lustgewinn. Bis auf einen, dessen Befriedigung vorerst intellektuell motiviert war: Sascha Krieger.

Krieger, das war ein Name, der nun überhaupt nicht zu ihm paßte. Er sah eigentlich so aus wie der Sohn, den sich Klaus-Dieter und Bärbel Bruno sehnlichst gewünscht hatten, wie ein kleiner Italiener. Dunkles, etwas gelocktes Haar, wunderschöne, von langen Wimpern gerahmte Kirschenaugen, über denen sich dichte Brauen wölbten. Die Haut von Natur aus um Nuancen brauner als sonst bei Mitteleuropäern üblich. Der wohlproportionierte Oberkörper ging über in leider nicht sehr schmale Hüften. Dafür war der Arsch richtig knackig. Die Beine hätten länger sein können, etwa einssiebzig war Sascha groß. Mit seinem lieblichen, gewinnenden Lächeln wirkte er etwas feminin. Dass er einen sehr wachen Verstand hatte, bemerkte man, wenn überhaupt, keinesfalls sofort, weil Sascha meistens schwieg. Er hatte ein ausgeglichenes, liebenswürdiges Wesen, zeigte aber selten Gefühle. Das empfand niemand als Defizit, denn man hatte immer den dankbaren Eindruck, sein wichtigstes Lebensbedürfnis sei es, freundlich zu sein. Eine Kostbarkeit in Deutschland, Suche beim Militär zwecklos.

Sascha ließ es sich nicht anmerken, dass er sehr schnell durchschaut hatte, was Filippo hinter dem gockelhaften Gehabe verbarg.

Er lächelte seinen Unteroffizier anmutig an, keinesfalls belustigt oder herausfordernd, auch nicht unterwürfig. Einfach nett eben. Anfangs verdrängte Filippo die Wahrnehmung, dass Saschas wache Blicke ihn verfolgten, wenn er über den Kasernenhof oder durch die Flure der Kompanie stolzierte. Missmutig spürte Filippo, wie er doch allmählich unsicher wurde, hielt dagegen und schnauzte den kleinen Beau bei jeder Gelegenheit an. Der ließ es sich gefallen und erfüllte widerstandslos alle Befehle, waren sie auch noch so boshaft. Filippo irritierte, dass seinem Zwang kein Gegendruck folgte, den er hätte brechen müssen, um als der Überlegene posieren zu können.

Hochmütig trug Filippo eine peinlich saubere und stets korrekt sitzende Uniform. Die Stiefel strahlten anspruchsvoll im Spiegelglanz. Ehrgeizig hielt er alle Vorschriften ein, denn sonst hätte er weniger Chancen nutzen können, Untergebene zu maßregeln. Bevor er schlafen ging, genoß er den Geruch der Schuhcreme wie die Leimschnüffler das Lösungsmittel, spuckte auf das Leder und polierte mit einem weichen Lappen nochmals kräftig nach. Am liebsten hätte er in den Falten geleckt. Am Tage dann wischte er mehrmals über das schimmernde Leder. Sascha entging nicht, dass darauf nur ganz selten graue Stäubchen hafteten.

Eines Nachmittags überwachte Filippo die Soldaten beim Putzen ihrer Stiefel und Ausgangsschuhe und hatte wieder viel an den lässigen Rekruten herumzumäkeln. Als er sich vor Sascha aufbaute, nahm dieser eine Bürste mit Schuhcreme, tupfte sie auf Filippos glänzende Stiefelspitze und sagte: „Sie haben immer so blanke Stiefel, Herr Unteroffizier. Darf ich sie auch mal wichsen?"

Nur Filippo konnte es hören. Er hatte überraschend den Doppelsinn begriffen: „... sie auch mal wichsen." Sie als Anrede etwa, oder waren die Stiefel gemeint? Sascha sah zufrieden, wie es dem Lackaffen die Sprache verschlug, und zeigte abwartend einen Lappen. Filippo konnte dem entwaffnenden Lächeln und der unterwürfig anmutenden Geste nichts erwidern, nur noch sich abwenden.

Tage später, Sascha kam vom Ausgang zurück. Er war in Zivil, trug Lederjacke und Lederhose. Das hatte, von ihm erkannt, Spuren der Begierde in Filippos Gesicht und Hose hinterlassen, der ihn wohl sehr gern umgehend gefickt hätte.

Dieser Wunsch bekam wenig später nach einer anstrengenden Übung besonders reiche Nahrung. Filippo führte die durchgeschwitzte Kompanie zum Duschraum, der sich im Kellergeschoss des Nachbargebäudes befand. Weil Soldaten grundsätzlich nicht in der Lage sind, selbst einen so kurzen Weg allein zu finden, müssen sie von einem Vorgesetzten kommandiert werden.

„Dalli, dalli! Zehn Minuten!" krakeelte Filippo, der Feierabend machen wollte. Murrend wurden Uniformen und Unterwäsche ausgezogen. Mitten im hastigen Gewühl Sascha. Der Unteroffizier sah ihn aus dem Umkleideraum verschwinden und betrachtete verstohlen, aber beifällig den hübschen Knackarsch.

Filippo hatte es ernst gemeint mit der strengen Zeitvorgabe. Nach zehn Minuten griff er zur Trillerpfeife und brüllte: „Duschen beenden!"

Sascha kam als einer der Letzten, langte nach seinem Handtuch, hielt es absichtlich lässig in Brusthöhe und stellte sich unschuldig lächelnd so, dass Filippo ihn von vorn sehen konnte. Dem stockte der Atem. Sein entgeistertes Gesicht und der ganze Körper verharrten für Augenblicke in einer sprachlosen, unkontrollierten Starre.

O mein Gott, das ist ja ein Baseballschläger, schoss es Filippo durch den Kopf.

Um das Prachtstück besser begaffen zu können, drängelte er sich nervös zwischen den nackten Soldaten hindurch, die sich entspannt abtrockneten und frische Unterwäsche anzogen. Er baute sich vor Sascha auf, wusste kaum wohin mit den Händen, konnte den Blick nicht von dem himmlischen Schwanz wenden und knurrte: „Etwas mehr Beeilung, wenn ich bitten darf!"

„Ich werde immer schnell fertig, Herr Unteroffizier."

Filippo konnte in seiner verwirrten Erregung nicht deuten, ob es unterwürfig oder ironisch klang oder gar eine versteckte Anzüglichkeit war.

Es mochten nur wenige Tage vergangen sein, da sah er, wie Sascha nach Dienstschluss lässig mit einem Handtuch unter dem Arm über den Kasernenhof zu jenem Gebäude schlenderte, in dem sich die Dusche befand. Filippo musste, wenn auch schlecht gelaunt, seinen militärisch exakten Gruß erwidern und war sich abermals nicht sicher, ob Saschas Lächeln mehr war als nur nett. Es war schon ungewöhnlich, dass ein Soldat auch mal allein zum Duschen ging. Ratlos, ob er das nicht verbieten müsste, verharrte Filippo eine Weile.

Er konnte durch die beschlagenen Fenster des Souterrains nicht erkennen, ob noch andere Soldaten unter den Brausen standen. Erwartungsvoll stieg er die Treppe hinab. Nackte Körper wollte er sehen. Im Umkleideraum lagen aber nur Saschas Kleidungsstücke. Filippo hörte das Wasser rauschen. Er fühlte sich unbeobachtet und schnüffelte verstohlen an Saschas Unterhose. Dann zog er die Socken aus den Stiefeln, presste sie mit beiden Händen ins Gesicht und schloss tief atmend die Augen. Plötzlich stand der entblößte Sascha im Raum. Mit Unschuldsmiene bedauerte er: „Ich habe nur die Seife vergessen", griff sein Duschgel und verschwand.

Filippo wusste nicht, wie er sich verhalten sollte. Betreten hielt er die fremden Socken in der Hand. Es durchlief ihn siedend heiß. Er war ertappt worden. Wieder gehen und so tun, als ob nichts gewesen wäre? Er blieb nicht lange kleinlaut und unschlüssig. Zwanghaft packten ihn die fiebrige Geilheit eines Spanners und sein herrisches Selbstbewusstsein. Er musste unbedingt Sascha beobachten, ihn vor sich stehen sehen, unbekleidet. So war der ihm, der eine korrekte Uniform trug, ungeschützt ausgeliefert. Filippo wollte sich dem Anblick erotischer Männlichkeit und wehrloser Nacktheit hingeben und das Machtgefühl auskosten, Sascha überlegen zu sein.

Er griff sich in den Schritt, rückte seinen steif werdenden Schwanz zurecht und sagte halblaut im Gehen: „Schließlich bin ich Unteroffizier."

Sein Untergebener stand von dampfendem Wasser umhüllt mit dem Gesicht zur weiß gefliesten Wand. Filippo schändete mit Blicken den feuchten, makellos geformten Hintern, der leicht gebräunt seidig schimmerte. Und es war sehr klar auszumachen, dass Sascha das ganze mächtige Ensemble wusch, gründlich und in aller Ruhe. Zwischendurch griff er mit seifiger Hand zwischen die Arschbacken.

So wie der Angler vor dem hungrigen Fischmaul den fetten Wurm sich winden lässt, lud Sascha Filippo ein, sich aufzugeilen. Er wusste genau, dass sein Vorgesetzter hinter ihm stand, und ließ ihn zappeln.

Endlich drehte er sich langsam um. Mit nahezu exhibitionistischem Stolz auf den massiven Superlativ, der zwischen seinen Beinen baumelte, drückte er herausfordernd das Becken nach vorn und stellte sich so, dass das Wasser vorerst auf seine Brust strahlte. Sturzbäche rannen über den flachen Bauch und spülten helle Seifenreste aus den schwarzen Schamhaaren über die etwas zu kurzen Beine und die unbeschnittene Schwanzspitze, aus der halb entblößt die Eichel lugte. Es sah aus, als ob er pinkeln würde.

Sascha drehte das Wasser ab. Gelassen trocknete er sich kindlich unbefangen mit gekrümmten Zeigefingern die großen, dunklen Augen, schüttelte Wassertropfen von seinen Händen, hob etwas die Brauen und fragte mit gespieltem Erstaunen: „Hab ich etwas falsch gemacht?"

„Sie gehen da einfach so alleine duschen. Hat Ihnen jemand die Erlaubnis gegeben?"

„Sie wollen mir doch sicher noch mehr sagen."

Sascha machte einen halben Schritt auf Filippo zu, der sich nicht mehr beherrschen konnte. Er musste Sascha berühren. Es fiel ihm aber nichts Besseres ein, als mit dem Rücken seiner rechten Hand leicht an Saschas Schwanz zu tippen. Der zuckte und erhob sich empfindsam gereizt, nun waagerecht auf Filippos Unterleib gerichtet. Fast wäre er an die aufgebeulte Uniformhose gestoßen. Filippo wich zurück, begann etwas flacher zu atmen, und als er aufschaute, sah er wieder das undurchsichtige Lächeln.

„Nachher bei mir melden!" Mit diesem herrischen Befehl machte Filippo eine Kehrtwendung wie aus dem Handbuch des preußischen Exerzierreglements. Er verkrampfte sich ein bisschen, weil seine gummibesohlten Stiefel auf den gerauten Fliesen leider nicht martialisch knallten, wo es doch im Duschraum so günstig hallte. Sascha grüßte grinsend hinterher, die rechte Hand an die triefenden, schwarzglänzenden Schläfenhaare gehoben.

Wenig später klopfte er an und wartete Filippos „Herein" gar nicht erst ab. Der Unteroffizier stand breitbeinig mit verschränkten Armen und starrte auf das Fenster. Im Grunde wusste er nicht, was er hier mit seinem Soldaten, den er inzwischen sexuell so aufregend fand, anstellen wollte. Er drehte sich ruckartig um, als Sascha die Tür abschloss. Und er war um so mehr verwirrt, weil Sascha nicht mehr lächelte. Zum ersten Mal zeigte der ein gefühllos entschlossenes Gesicht. Langsam ging Sascha auf den entgeisterten Filippo zu, packte mit der rechten Hand die Knopfleiste der Uniformjacke. Hart umschloss er mit der linken das Genick und beugte Filippos Kopf auf seine Höhe. Die großen Kirschenaugen verengten sich.

„Und jetzt putzt du mir die Stiefel, Unteroffizier!" raunte Sascha drohend.

Er konnte nicht ahnen, wie diese Aktion ausgehen würde, verließ sich nur auf seinen Instinkt. Andererseits, was sollte schon schief gehen? Ein Hintertürchen stand ihm ja offen, denn er hatte erfahren, dass er demnächst in ein anderes Regiment versetzt werden sollte. Filippo würde ihm auf Dauer also nicht viel schaden können.

Der überrumpelte Unteroffizier stierte kuhäugig unter weißblonden Wimpern den unerbittlichen Sascha an, fand dessen verwandeltes Gesicht nun noch viel schöner als sonst. Filippo hätte die Kraft gehabt, sich gegen den Griff durchzusetzen, leistete aber nur geringen Widerstand. Und als er spürte, wie Saschas starker Daumen noch derber zwischen die Halsmuskeln drückte, war es, als ob sich im Inneren etwas von ihm trennte und wie ein hauchdünnes Tuch zerriß. So deutlich, dass er meinte, ein feines Geräusch bemerkt zu haben.

Der Schmerz vermischte sich überraschend mit der gelösten Bereitschaft, Sascha nachzugeben, eine Buße willig anzunehmen und dafür so oder so belohnt zu werden. Filippo konnte nicht anders, gab einfach ohne Gegenwehr den verwirrten Gefühlen nach. Aus der gebeugten Haltung ging er langsam in die Hocke. Sascha ließ ihn los, obwohl er noch mit einer überraschenden Reaktion rechnete. Dann kniete Filippo unsicher vor ihm, stützte sich auf die Unterarme und blickte mit verdrehtem Hals fragend auf.

„Mit den Händen!"

Die Handballen polierten, Fingerspitzen streichelten das Leder, seine Wange schmiegte sich verlangend an Saschas Waden, die noch in der Uniformhose verborgen waren. Langsam senkte er den Kopf und leckte die Stiefelspitzen.

„Aufstehen und ausziehen! Ich will sehen, was du hast!"

Schnell entblößte Filippo seinen breiten, unbehaarten Brustkorb und zog die blanken Stiefel aus. Uniformhose und Boxershorts verhedderten sich in der Aufregung um die Fußgelenke. Dann stand er da. Nackt, demütig, der Schwanz mutlos wegen der Ungewissheit des Kommenden auf die kleinste aller Möglichkeiten geschrumpft.

„Mehr nicht? Und da bist du so eine Großschnauze? Gib mir deine Schnürsenkel."

Sascha knotete sie zusammen und band mit einem Ende Filippos Eier und den Schwanz straff ab, führte die Senkel zwischen Beine und Arschbacken. Filippo reagierte allmählich auf den beginnenden Blutstau und das schneidende Ziehen mit einer, wenn auch schwachen, aber immerhin nicht zu übersehenden Erektion. Als er spürte, wie der Knoten an seinem Loch rieb, ging er in die Kniebeuge. Er hob ein Bein etwas an, kniff die Arschbacken wieder zusammen und verstärkte den verlockenden Reiz mit leichten Kreisbewegungen seines Beckens.

„Bück dich!"

Filippo zog duldsam die drallen Arschbacken auseinander und Sascha betastete das enge Loch, in das noch niemand eingedrungen war. Ohne Vorwarnung rammte er den Mittelfinger durch den unschuldigen Schließmuskel. Filippo bäumte sich auf. Sascha schlug mit der anderen Hand einen harten Befehl auf nacktes Fleisch: „Du hältst still und wirst jetzt lernen, was mir viel Spaß machen wird. Leck mir die Finger."

Sascha steckte nicht nur den bereits aktiven Mittel-, sondern mit ihm auch den Zeigefinger in Filippos Mund, um auf der Kehrseite die Rosette wiederholt anzufeuchten. Als sie schlüpfrig genug war, bohrte er mit einem Ruck beide Finger bis zur Handwurzel hinein und spürte lächelnd das verkrampfte Zucken des braunen Rings. Filippos erster Fick. Aus der gebückten Haltung ließ er sich auf die Knie, reckte den Hintern himmelwärts. Sascha verfeinerte den Stimulus der eintönigen Gleitbewegungen, indem er mit beiden Fingern einen Triller auf Filippos Prostata wirbelte. Der hob schon nach wenigen hörbaren Atemzügen den Kopf ins Genick und gab mit seiner tiefen Stimme einen Ton von sich, der an das Muhen einer kalbenden Kuh erinnerte. Weit spritzte der untertänige Unteroffizier zwischen seinen Armen hindurch auf den bohnerwachsroten Steinfußboden des Dienstzimmers. Sascha erhob sich langsam. Filippo verharrte auf allen Vieren.

„Jetzt darfst du eine Belohnung bekommen."

Der Baseballschläger wurde ausgepackt. Soweit es die knöcheltief gerutschten Hosen zuließen, stellte sich Sascha breitbeinig hin und befahl: „Lecken!"

Filippo begann an den Oberschenkeln, erreichte den fast unbehaarten Sack, hob mit der Stirn das schwere Glied, das sich langsam aufrichtete, und züngelte sich bis zur Eichel vor. Sascha nahm seinen noch halbsteifen Prügel in die Hand und Filippo wusste, was nun folgen sollte. Er hatte es immer wieder auf seinen Videos gesehen, in denen uniformierte Afroamerikaner wegen genitaler Normwidrigkeit auffielen. Klatschend wurde Filippo mit dem Megaschwanz geohrfeigt. Dann leckte er aus alter Gewohnheit zielstrebig auf Saschas Loch zu.

„Du wirst es jetzt schön auslutschen. Aber wenn ich dich morgen ficke, dann gibt es vorher keine feuchte Zunge. Das wird so passieren, wie du es bestimmt immer gern gemacht hast, schön trocken. Und jetzt wird geblasen."

Sascha amüsierte sich, wie Filippo schwer atmend fast die Maulsperre bekam, und überlegte, dass einer, der stranguliert wird, eigentlich auch derartige Geräusche von sich geben müsste.

Dann ging alles sehr schnell. Sascha spritzte über Filippos Schultern hinweg, wobei ein geringer Rest auf seine Stiefelspitzen kleckerte. Der unterwürfige Vorgesetzte verrieb den Glibber wie Schuhwichse. Als das Leder langsam trocken und stumpf wurde, brachte Filippo freiwillig mit der Zunge den Glanz auf, den er immer von seinen Soldaten und sich selbst verlangte. Er erhob sich langsam und bekam noch einen brennenden Hieb auf den Hintern, dem man ansah, dass er in absehbarer Zeit wabbelig werden würde.

Sascha zog die Hosen hoch. „Morgen geht es weiter. Halte dich bereit!" Am nächsten Tag ließ Filippo bei Dienstbeginn die Kompanie strammstehen und gab zackige Befehle für den Ausbildungsverlauf weiter. Sascha deutete heimlich auf seine Stiefel, und der Unteroffizier musste mit beiden Händen den Unterleib bedecken, um vor der Front seine Erektion zu verbergen. Sascha nickte ihm aus dem Glied ein anerkennendes So-ist-es-brav zu.

Am späten Nachmittag tauchte er im Dienstzimmer auf, schloss ab und fragte Filippo gebieterisch: „Was hast du heute verdient?"

„Ich bitte darum, streng gefickt zu werden."

Filippo zog unaufgefordert die Hosen aus. Sascha merkte ihm das Lampenfieber vor der Premiere an, stieß ihn grob auf einen Tisch, wichste seinen Mörderriemen an und fischte ein Kondom und Gleitcreme aus der Hosentasche. Nun doch kein Trockenfick. Er wollte es nicht schlimmer machen, als es ohnehin werden würde, denn Filippo hatte ja bisher noch nicht mehr in seinem Arsch gehabt als bloß zwei Finger. Sascha weitete mit der Hand etwas vor. Beine über die Schultern, packte Filippos Oberschenkel und zog ihn zur Tischkante in eine komfortable Position. Der kaum mittelgroße Sascha reckte sich auf die Zehenspitzen und setzte dann an. Ganz langsam drückte er sich durch den eigensinnigen Schließmuskel. Es fiel beiden nicht leicht, wobei Sascha dem wimmernden Filippo den Mund zuhalten musste. Ein ganzes Stück war schon geschafft, ein Drittel ungefähr, und da stieß Sascha gnadenlos zu. Filippos Oberkörper riss es von der Tischplatte, er griff fahrig nach irgendetwas in der Luft, sein Gesichtsausdruck erinnerte an ein Auto nach einem Frontalaufprall. Verzerrte Starre, die wässrigen, graublauen Augen hatten die Leere von Scheinwerfern, denen das Glas herausgesplittert worden war. Seine sonst so schöne Stimme gab misstönende Laute von sich, einem durchdrehenden Keilriemen ähnlich.

Wenn man es genau nimmt, wurde Filippo regelrecht vergewaltigt. Die Tortur, die er erduldete, erhitzte Saschas rohe Gier, die er mit geschlossenen Augen bis zum Orgasmus genoss.

Filippo war keine Ausnahme. Durch seine Anlage vorbestimmt, ging auch bei ihm der Schmerz in stürmische Lustgefühle über, allerdings wegen des stattlichen Verursachers erstaunlich spät. Im Laufe der Woche hatte er viel durchzumachen, erlag aber mit wachsender Hingabe Saschas Ansprüchen.

Im Regiment wurde beobachtet, dass sich Filippo seit einigen Tagen recht eigenartig fortbewegte, nicht mehr so geckenhaft stolzierte. Sonst fiel diese gequälte Gangart bei denen auf, die sich, wie man beim Militär sagte, „den Wolf gelaufen" hatten. Lächelnd äußerte Sascha vor den Kameraden zusätzlich die Vermutung, dass der Unteroffizier womöglich auch ein paar neue, noch besser glänzende Stiefel trug, die derzeit nicht richtig eingelaufen waren.

Filippo hatte tatsächlich neue Stiefel in der Kleiderkammer organisiert, jedoch nicht für sich. Inzwischen war auch er darüber informiert worden, dass Sascha das Regiment verlassen musste. Filippo wollte ihm am Tag der Abreise die neuen Stiefel überreichen. Filippo dachte aber nicht an ein Geschenk, sondern mehr an einen Tausch. Er wollte Saschas ausgetretene und bekam sie auch. Achselzuckend wurden sie ihm gegeben. Das war der ganze Abschied.

Filippo litt. Schluss, aus. Er hatte als Domina abgedankt, degradiert zum Stillhalter. Und der neue Herr, dem er gerade hörig wurde, war auch nicht mehr da. Wenigstens ein paar alte Stiefel hatte er zurückgelassen. Ihnen huldigte Filippo in seiner enttäuschten Vereinsamung wie einer Reliquie. Er hatte die Schnürbänder herausgenommen, den Schaft, so weit es ging, auseinander gezogen und drückte immer wieder tief atmend Mund und Nase hinein. Er sehnte sich nach Saschas strafender Hand. Hauptsächlich vermisste er aber die nachfolgende Belohnung: den Baseballschläger. Ersatzweise trieb er sich einen Dildo, der Saschas Maßen nahe kam, in die Innereien, bisweilen sogar trocken. Nachdem er sich auf diesem

Wege verplombt hatte, wandte er sich dann der Frontseite zu und band in seligem Gedenken sein Mittelmaß mit einem Schnürsenkel ab, bevor er in einen der Stiefel onanierte.

Die nachlassende körperliche Erregung endete gewöhnlich in einem seelischen Beben und Filippo schluchzte bitterlich, denn er verstand die Welt nicht mehr.

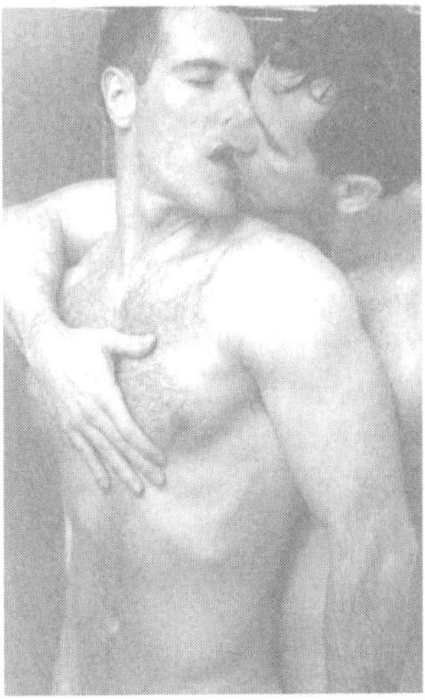

Everhard Hofsümmer

Blue Wonder

Es ist Sommer. Über Tag. Die türkischen Boys haben sich in blütenweiße T-Shirts gezwängt und die Schwulen stolzieren in hautengen Unterhosen durch die Straßen. So ist das in Köln, in Köln am Rhein, in der Innenstadt, rund um den Rudolfplatz, da, wo die Kettengasse vom Friesenwall abzweigt und in die Ehrenstraße mündet, in die Rue d'Honneur. Rassel, Rassel! Es ist Sommer, und ich bin gut drauf. Das heißt: Ich will ficken. Denn wer weiß, wie lange der Sommer anhält und ich gut drauf bin. Ich will meinen Schwanz zuerst in eine Speiseröhre hängen und dann in einen Arsch stecken. Ja, das will ich, weil Sommer ist und ich gut drauf bin und mein Schritt juckt. Ich werde mir einen Wolf ficken und keine Angst haben. Nicht vor Tripper, Syphilis, Hepatitis und all den anderen Scheußlichkeiten, die man sich bei einer Fickschlacht holen kann. Und ich werde keine Angst davor haben, mich zu verlieben und trockene Haut zu kriegen. Die kriegt man nämlich ganz am Anfang beim Verliebtsein. Allerdings nur für kurze Zeit, dann geht sie weg und kommt erst nach

Jahren wieder. Die trockene Haut. Aber davor habe ich heute keine Angst, nicht vor der trockenen Haut und nicht davor, mich zu verlieben. So wie damals, als es Winter war und ich auch ficken wollte, weil es draußen grau und kalt war.

Ich hatte diesen Typen schon ein paar Tage zuvor im Pornokino gesehen. Allerdings betrat er gerade das Kino, als ich einen feuchten Tempoballen in den Abfalleimer neben der Tür fallen ließ und im Begriff war, nach Hause zu gehen. Dieses Mal hatte er kurz nach mir den Vorhang beiseite geschoben und sich, noch unsicher von den schwachen Lichtverhältnissen, unmittelbar hinter dem Eingang seitlich an die Wand gelehnt. Sofort erhöhte mein Herz die Schlagzahl. Nachdem seine Augen sich an die Beleuchtung angepasst hatten und er nicht nur das Geschehen auf der Leinwand erkennen konnte, stieß er sich von der Wand ab und ging in den hinteren Raum des Kinos. Dieser liegt am Ende eines verschlungenen Gangs und hat keine direkte Verbindung zum Eingangsbereich, der nahezu immer von dem lästigen Gegackere und Geschnattere der Kassen-Trine erfüllt ist. Gegackere und Geschnattere, welches das Abtauchen in erotische Phantasien und deren wollüstigen Vollzug erheblich stören kann. Der hintere Raum ist kleiner, und dort laufen Filme, die anderes zu bieten haben als geklonte Fleischhaufen, die stundenlang beschnittene Durchschnittsschwänze blasen, bis diese nach langer Mühe und drei penetrant wechselnden Kameraeinstellungen unter artifiziellem Stöhnen und Zucken ein schlaffes Fädchen Sperma abgeben. Filme, die dem Thema Sex auf den Grund gehen. Die Regisseure, Darsteller und Liebhaber solcher Filme sind Männer - gierig, versaut, leidenschaftlich.

Ich folgte ihm rasch. Dieses Mal sollte er meiner Lust nicht entgehen. Er hatte sich in die hintere der drei Stuhlreihen gesetzt, auf den ersten Platz direkt neben der Tür. Nachdem ich den Raum betreten hatte und die Tür mit einem Klacken ins Schloss gefallen war, stand ich dicht neben ihm. Abgesehen von zwei Kerlen auf der Leinwand waren wir allein. Der eine kommandierte mit abgesenkter und angerauter Stimme den anderen, der nackt und rücklings auf dem Boden lag. „*Lick that ass! Lick it! Yeah!*" Nur mit Socken und schweren Boots bekleidet, hockte der Kommandeur mit seinem mächtigen Beschälergesäß über dem Gesicht des Liegenden. Dieser musste den Kopf leicht nach oben recken, um mit der Zunge an das

Loch des Anderen zu kommen. Schmatzend drückte er sich zwischen die gespreizten Hinterbacken gegen den festen und kranzförmig behaarten Anus. Sein Zungenmuskel leckte und bohrte so eifrig, dass die Adern an seinem Hals immer stärker hervortraten und Schweiß durch die Poren der geröteten Haut perlte. „*Don't suck my balls! Lick that ass!*" befahl der Hockende, und ein wohliges Grunzen aus seinem in den Nacken gelegten Kopf machte deutlich, dass der Lecker in die richtige Grundstellung zurückgefunden hatte. Um ein erneutes eigenständiges und unerlaubtes Sich-Entfernen der Zunge von seinem Loch zu verhindern, griff der Kommandeur mit seinen Pranken hinter sich und drückte den Kopf der leckenden Drecksau fest gegen seine klaffende Rosette. Der Unterlegene schnaubte. Das Prinz-Albert-Piercing in dem blutschweren Schwanz des Hockenden schaukelte unter der Erschütterung leicht hin und her, und aus dem Eichelschlitz seilte sich zäh ein gelartiger Lusttropfen ab.

Ich schaute auf den Typen hinab und sah, wie seine Hände in den Hosentaschen steckten und von innen sachte sein schon aufgetriebenes Glied rieben. Ohne sich nach mir umzudrehen, rückte er auf den nächsten Stuhl. Ich machte einen halben Schritt nach vorne und nahm auf einer angenehm warmen Sitzfläche Platz. Scheinbar entspannt saßen wir zurückgelehnt nebeneinander und hatten unsere Gesichter geradeaus auf die Leinwand gerichtet, so als säßen wir auf einer gemeinsamen Autofahrt, die schon lange ging und noch lange weitergehen würde. Doch ich spürte, wie seine Augen nach meinem Schritt schielten und meine taten das gleiche. Die Bewegungen seiner Finger waren stärker geworden, und sein Glied zeichnete sich noch deutlicher unter dem Stoff der Hose ab - ein Querschläger, der ein ordentliches Stück aus der linken Hosentasche herausgeschaut hätte, hätte der Innenstoff ein Loch gehabt.

Ich glaube, ich hörte auf zu atmen, als er seine Hände aus den Taschen zog und langsam seinen Gürtel öffnete. Gleichmäßig schob er den Reißverschluss seiner Cargo-Jeans über seine Schwanzbeule nach unten. Sein Gesicht war immer noch regungslos auf die Leinwand gerichtet. Mit seinem linken Daumen hob er das Gummi seines weißen Slips an, griff mit seiner rechten Hand hinein und holte sein fettes Rohr heraus. Ich löste meinen Kopf aus seiner starren Haltung, drehte ihn nach rechts zu meinem Nachbarn und stieß meinen Blick unverhohlen auf dessen Genitalbereich. Mein Nachbar packte sein Rohr an der Wurzel, die von einem breiten

Cockring aus Metall zusammengepresst wurde. Er richtete seinen Schwanz in seiner ganzen Mächtigkeit auf, wobei die Vorhaut sich träge nach unten rollte und eine wohlgeformte Eichel rosafarben und feuchtglänzend aufragte. Dann zerrte er seinen Sack aus dem Slip und hängte den rasierten Beutel mit zwei Prachteiern drin über den Rand der Unterhose zwischen die beiden Reißverschlusshälften seiner Jeans. Sein Gehänge war nun vollständig aus den dichten Stoffhüllen herausgeschält. Endlich befreit, präsentierte es sich in seiner athletischen Schönheit.

Jetzt kreuzten sich unsere Blicke, und noch bevor ich der Gier meines Nachbarn nachkommen und meine Geschlechtsteile ebenfalls entblößen konnte, spürte ich seine Hand schon in meinem Schritt, spürte, wie er zuerst einen und dann noch einen Finger in die Lücken zwischen die Knöpfe meiner Fünf-Null-Eins schob. Ohne lange im Innern der Hose herumzutasten, öffnete er sie geschickt Knopf für Knopf. Mein Schwanz pochte und drängte ihm entgegen.

Nachdem die Arbeit an meinem Hosenlatz getan war, beugte er sich nach vorne und presste sein Gesicht zwischen meine Beine. Für einen kurzen Moment löste sich meine Konzentration, und ich rutschte ein Stück auf meinem Sitz nach unten. Zuerst nahm er meinen Stamm zwischen seine Zähne. Ein angenehmes Gefühl des Zupackens machte, dass ich meinen Hintern anspannte und anhob. Er verstärkte noch einmal den Druck, bevor er meinen Schwanz freigab und mit der Zungenspitze an der Stelle leckte, an der mein Vorsaft meinen Slip eingesuppt hatte. Dann lüpfte er mit einem Finger den Bund des Slips: Mein Schwanz pumpte sich sofort nach draußen. Genüsslich stülpte er seinen Mund über meinen Riemen und glitt mit seinen Lippen daran entlang. Er saugte zärtlich, und ich fühlte deutlich, wie er dabei immer wieder mit seiner Zunge meine Eichel umkreiste und die Spitze in meinen Pissschlitz bohrte.

Wieder hob sich mein Gesäß, und wie zur Verstärkung dieser Aufforderung an ihn, weiterzumachen, umschloss ich seinen Kopf mit meinen Händen. Ohne meinen Schwanz loszulassen, löste er sich von seinem Stuhl, schob seine Jeans und seine Unterhose auf die Knöchel und kniete sich zwischen meine Schenkel. Auch als er seine dunkelblaue Bomberjacke auszog, unterbrach er seine lustvollen Verrichtungen nur für wenige Sekunden. Mein Schwanz blieb wie eingeparkt in seiner warmen, feuchten Schnauze. Gleichzeitig mit dem Wiedereinsetzen seiner Saugarbeit, fasste er seitlich in meine

Jeans und meinen Slip und zog beides, während ich meinen Hintern erneut leicht anhob, auf sich zu und über meine Knie nach unten. Er legte seine Arme um meine Hüften und nahm meinen Schwanz so tief in seinen Mund, dass dieser in die Speiseröhre eindrang. Ich hatte das Gefühl, dass die feste und geschmeidige Muskulatur des Ösophagus meinen Schwanz auf eine ungeheuerliche Größe massierte.

Ich befürchtete, meinen Verstand zu verlieren und eine erste Ejakulation nicht länger hinauszögern zu können. Doch in dem Moment, in dem mein Sack anfing sich zusammenzuziehen, und meine Eier sich an die Wurzel meines Prügels schmiegten, öffnete sich die Tür. Ich erschrak und drehte mich um. Ein junger Typ, vielleicht Anfang, höchstens Mitte zwanzig, trat ein und blieb knapp hinter mir mit dem Rücken zur Wand stehen. Im ersten Augenblick war ich so irritiert, dass ich meine Hände auf die Kanten des Sitzes stützte und mich leicht die Rückenlehne des Stuhls entlang nach oben stemmte. Die zwischen meinen Beinen kniende Maulvotze rückte automatisch mit, ohne dass mein Schwanz auch nur einen Millimeter aus ihrem Schlund herausrutschte. Er schien von der neuen Situation nichts zu bemerken. Seine Gier blieb ungebrochen.

Schnell war ich wieder bei der Sache und drehte mich ein zweites Mal um. Ich sah auf den Schritt des jungen Typs und erkannte sofort das sich reckende Tier in seiner Hose. Ich war mittlerweile so geil, dass auch ich dringend einen Schwanz in meiner Schnauze brauchte. Ich fixierte seinen Schritt. Der Typ reagierte nicht, er wirkte unsicher. Die Hände in den hinteren Hosentaschen stand er immer noch starr mit dem Rücken zur Wand. In einer Mischung aus Unterwürfigkeit und Befehlsgewalt schaute ich zu ihm auf und suchte seinen Blick. Wie gebannt beobachtete er das Treiben zwischen meinen Beinen. Mit meinem rechten Turnschuh tippte ich sachte aber bestimmt gegen den steifen Lümmel der auf dem Boden knienden Sau. Angetrieben durch diese Geste, leckte und saugte die Maulvotze noch heftiger an meinem Prügel. Endlich wandte der andere seinen Blick auf mich. Sofort öffnete ich meinen Mund einen Spaltbreit und ließ meine Zunge unmerklich über meine Lippen fahren. Nachdem wir uns für den Bruchteil einer Sekunde in die Augen gesehen hatten, senkte ich meinen Blick und nahm seinen Schritt wieder ins Visier. Leise zitternd lauerte ich vor der Ausbuchtung seiner Jeans wie ein Jagdhund vor einem Fuchsbau. Ich wollte den Schwanz von diesem Typen sehen, ganz dicht vor meinem Gesicht stehen sehen. Nicht nur sehen, sondern spüren. Spüren, wie dieser Schwanz langsam in meine Schnauze einfährt und sie behutsam fickt.

Der Typ schien hin- und hergeworfen zwischen Angst und Lust vor dem, was kommen musste. Es brauchte eine Weile, die mir wie eine halbe Ewigkeit vorkam, bis er die Hände aus seinen Hosentaschen nahm und auf mich zutrat. Als er ganz dicht vor mir stand, atmete ich seine Erregung mit tiefen Zügen ein. So als hätte er alles Zaudern und Zögern mit dem Schritt auf mich zu hinter sich gelassen, öffnete er behende seine Jeans und holte seinen Schwanz heraus. Ein fleischig-fester Riemen stand senkrecht aus der offenen Hose vor meiner sabbernden Schnauze. Der Prügel war im Ansatz außergewöhnlich breit und verjüngte sich zur Eichel hin. Der Typ hielt mit der linken Hand seinen Pullover und sein T-Shirt über seinem flachen Bauch hoch. Der Prügel zuckte eigenständig und berührte dabei jedes Mal den vom Schamhaar sich zum Nabel hinziehenden Flaum. Mit der Rechten holte der Typ zuerst seine Eier aus den Boxershorts und packte dann sein komplettes Gehänge an der Wurzel. Bevor er anfing, seine Latte vor meinem Gesicht langsam und selbstverliebt zu wichsen, drückte er die Wurzel einige Male zusammen, so dass die Adern an seinem Schwanz noch deutlicher hervortraten und die Haut der Eichel sich noch mehr spannte.

Dieser Schwanz hatte noch nicht viele Maul- und Arschvotzen von innen gesehen, aber strotzte nur so vor Geilheit. In meiner Maulvotze sollte er seine Gesellenprüfung ablegen. Ich streckte ihm meinen Kopf entgegen, öffnete mein Maul und spitzte meine Zunge weit vor meinen Lippen. Dieser Schwanz sollte mir gehören, und meine Maulvotze sollte nur für diesen Schwanz dasein - zumindest für die Dauer eines Ficks. Der Riemen lag schwer in seiner rechten Hand, die die Vorhaut gleichmäßig und ruhig über die Eichel wichste. Mein Verlangen, diesen jungen und unerfahrenen Hengstriemen einverleibt zu bekommen, an ihm herumzusaugen, ihn zu schmecken und zu verschlucken, steigerte sich ins Unerträgliche. Für Sekunden durchzuckte mich eine Panik, er könnte sich mir versagen. Der Typ könnte durch irgendetwas davon abgehalten werden, seinen Schwanz in meine Schnauze zu stecken. Sei es durch seine Angst vor einem direkten Körperkontakt, sei es durch das plötzliche Erschrecken vor der eigenen Geilheit oder sei es einfach nur durch eine unerwartete Bewegung von mir oder dem Typen, der zwischen meinen Beinen kniete, durch ein unerwartetes Geräusch wie das Öffnen der Tür oder das Ertönen einer Tralala-Musik nach dem Ende des Pornovideos, die der Werbung für die neuesten Produktionen mit Thai-Boys unterlegt war.

Doch bevor meine Panik eskalieren und meine Lust tilgen konnte, packte er mit einer bis dahin nicht geahnten Mannhaftigkeit meinen Kopf, beugte leicht seine Knie und führte seinen saftigen Prügel in meine Schnauze ein, während er gleichzeitig mit einem kurzen Ruck meinen Kopf zu sich hinzog. Ich taumelte. Mit sanften Stößen fickte er mein Maul. Ich war kurz davor mich aufzulösen. Die Verschmelzung von diesem warmen, kräftigen Muskel und meiner feuchten, dunklen Mundhöhle nahte. Ich wollte nur noch Schwanz und Maulvotze sein. Als der Riemen ganz tief in meinem Maul steckte, griff ich mit beiden Händen nach seinem durchtrainierten Arsch und drückte seine fickende Körpermitte fest gegen mein Gesicht. Er hielt inne. Meine Lippen pressten sich um den Schwanzansatz, meine Nase vergrub sich in seinem weichen Schamhaar und zwischen meinem Kinn und seinem Sack tropfte mein Speichel. Mein Atem dampfte durch meine Nüstern an seinen Schenkeln entlang. Sein Schwanz pumpte, und ich merkte, wie die Sahne in ihm hochkochte. Ja, gib mir deinen Saft! Füll mich ab damit! dachte ich hinter verschlossenen Augen. Ich will deine Ficksahne.

Mit knappen Stößen befreite er sich aus meiner Umklammerung. Ich spürte, dass er abspritzen wollte, und ich musste aufpassen, dass ich nicht vor ihm kam und meine Ladung in die Fresse von dem Typen schwallte, der immer noch zwischen meinen Beinen zugange war. Ich wollte erst dann kommen, wenn die Ficksau meine Maulvotze mit ihrem Saft vollgepumpt hatte. Ich ließ seinen Arsch nicht los, gab ihm aber soviel Freiraum, dass er sich in meiner Schnauze abficken konnte. Ein erster Tropfen lief aus seinem Eichelschlitz auf meine Zunge, und noch bevor sich der Geschmack dieses ersten Samentropfens in meiner Mundhöhle ausbreiten konnte, entlud sich der Kerl mit vier, fünf selbstsicheren Stößen in mir. Er hielt nach jedem stoßenden Schuss kurz inne, wobei seine Hände für die Dauer dieser Momente noch fester zupackten.

Nachdem er den letzten Tropfen Samenflüssigkeit abgegeben hatte, rannte ihm ein Schauer über den ganzen Körper, der sich nach einem langen Atemzug in der Ewigkeit des Nichts verlor. Schnell zog er seinen Schwanz aus meinem Mund, der sich nur wenig öffnete. Noch während er seine Boxershorts über sein abgemolkenes Gehänge zog und seine Jeans verschloss, verließ er den Raum. Meine Schnauze war randvoll mit seinem Saft, und ein unglaubliches Glücksgefühl erfüllte mich. Ich beugte mich nach vorne und packte den Knienden unter den Achseln. Als er mich anschaute, wies ich mit meinem Kopf auf den Stuhl neben mir. Er verstand sofort und erhob sich. Ich drückte ihn auf den Sitz und näherte mein Gesicht dem seinen. Ich öffnete meinen Mund und ließ ein bisschen von der Ficksahne über meine Unterlippe laufen. Der gierige Kerl erkannte den Spermasee in meinem Maul. Er legte seine Hände auf meine Wangen und bewegte seinen leicht zur Seite geneigten Kopf auf meinen zu. Seine nur wenig geöffneten Lippen berührten zärtlich meine. Dann legte auch ich meine Hände in sein Gesicht, und vorsichtig öffneten wir unsere Münder weit und weiter. Unsere Zungen suchten einander, sie umkreisten sich, tänzelten spielerisch in unserer gemeinsamen Mundhöhle.

In meinem Kopf erklang Musik: Flöten, Schalmeien, Tambourine, im Hintergrund kündigte sich eine tiefe Trommel an. Als er die warme Sahne schmeckte, zog er seine rechte Hand aus meinem Gesicht und fing an zu wichsen. Daraufhin nahm auch ich meinen Schwanz in die Hand. Wir pressten unsere Münder fest aufeinander und rieben unsere Zungen heftig. Das Sperma des Junghengstes verteilte sich in alle Richtungen. Es lief unsere Schlünde hinab und aus unseren knutschenden Schnauzen heraus. Wir lösten unsere Münder voneinander und leckten mit unseren Zungen über unsere weichen Lippen und stacheligen Gesichter. Wir kamen zusammen. Nachdem die letzte Welle unserer Wollust verebbt war, ließen wir unsere Oberkörper gegeneinander fallen und jedermann legte seinen Kopf auf der Schulter des Anderen ab.

Ist das nicht eine schöne Geschichte? Eine schöne Sexgeschichte? Heiß, erotisch, geil? Und ganz schön anstrengend. Meine Herren, ist das anstrengend! Aber die Geschichte ist noch nicht zu Ende. Die Geschichte geht noch weiter. Die Geschichte hat ein BLAUES WUNDER, und dieses BLAUE WUNDER kriegt man beim Autor. Keine Angst: Da muss man nichts für bezahlen – außer den Telefongebühren für vier Seiten Text, vier lächerliche Seiten Text. Aber die haben es in sich, denn die sind wunderbar blau. Man muss nur den Rechner einschalten, das E-Mail-Programm starten und eine E-Mail mit dem Stichwort BLAUES WUNDER an folgende Adresse schreiben: e.hofsuemmer@netcologne.de

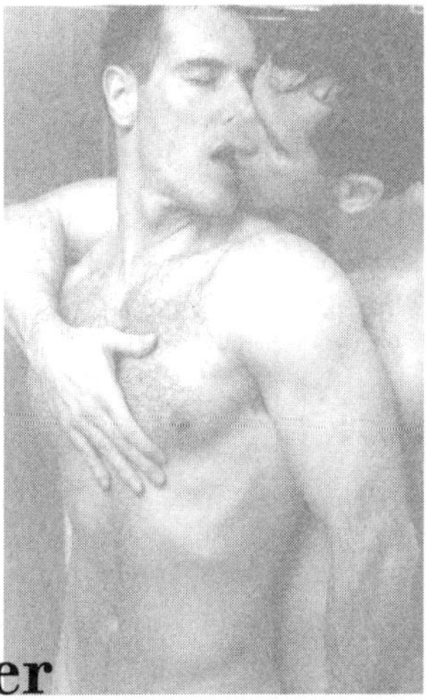

Reinhard S. Luckau

Prinzen und Bettler

Nach der ersten Begegnung mit Henrik blieb ein Kribbeln in meinem Bauch. Sicherlich kam dieses Gefühl eher von meinen Tagträumen als von Tatsachen, denn ich kannte ihn kaum, und außerdem hatte ich Henrik in Begleitung eines gewissen Tobias kennengelernt. Es war also durchaus möglich, dass der Mann in festen Händen war. Dennoch, dachte ich an ihn, war mein Bauch voller Schmetterlinge. Henrik und Tobias hatte ich in einer Bar getroffen. Wir waren eingekeilt in einer Traube von Männern, die fast jede Bewegung eingrenzte. Wir standen zufällig nebeneinander. Henrik fiel mir sofort auf, weil er einen Igelschnitt trug und einen großen Schnäuzer hatte – solche Männer mochte ich auf Anhieb. Henrik hatte öfters zu mir herübergegrinst und irgendwann sagte er „Hallo". Vielleicht kamen wir uns nur näher, weil das Gedränge keine Rundgänge zuließ. Doch dann hatte ich etliche Male Henriks Hand an meinem Körper gespürt, streichelnd, drängend. Das waren keine Zufälle.

Es war kaum möglich gewesen, bei dem Lärm ein richtiges Gespräch anzufangen. „Ich glaube, du bist ein netter Bursche", hatte Henrik auf einmal zu mir gesagt, „wir sollten uns wiedersehen." Das klang nach einer Aufforderung zu einer Fortsetzung von irgendwas. Tobias musste das auch gehört haben, aber er fügte dem nichts hinzu. Henrik schrieb mir eine Telefonnummer auf einen Bierdeckel und machte dabei ein Gesicht, als würden wir einen wichtigen Geschäftstermin vereinbaren. Ich gab ihm meine Visitenkarte. Tobias rief mir ein „Na dann, tschüs" zu, klopfte mir auf Schulter, packte Henrik am Arm und drängelte sich mit ihm zum Ausgang.

Ich wagte es nicht, als erster anzurufen, obwohl ich fast jeden Tag daran dachte, es doch zu tun. Die Telefonnummer konnte ich mittlerweile auswendig. Ich musste genau eine Woche warten, da klingelte das Telefon, und es meldete sich Tobias.

„Hast du Lust, am Samstagabend vorbeizukommen?" fragte er. „Wir könnten dann was zusammen unternehmen."

Er nannte mir eine Adresse und die Uhrzeit, und ich traute mich nicht zu fragen, ob es die Wohnung von Tobias oder die von Henrik war. Vielleicht wohnten die beiden auch zusammen, aber so genau wollte ich es gar nicht wissen, um meine Schmetterlinge nicht zu vertreiben. Ich überlegte lange, welche Hose und welches Hemd ich für diesen Abend anziehen würde.

Ich überreichte Henrik artig eine Flasche Wein, schüttelte Tobias die Hand und sagte verlegen: „Hier bin ich also." Ich war mir sicher, sie hatten ein Essen vorbereitet, Salat mit Steaks oder so was Ähnliches, doch von keinem hörte ich den Satz: Du hast doch sicher Hunger mitgebracht? Oder: Bestimmt hast du noch nicht gegessen. Vielmehr überraschten mich die beiden mit der Nachricht, dass sie gleich zu einer Party aufbrechen würden. Ganz privat, nur geladene Gäste, ein Faschingsfest. Das tollste Kostüm wird prämiert. Das wird lustig.

„Eine richtig geile Gaudi!"

Sie flatterten um mich herum wie aufgescheuchte Hühner. Henrik und Tobias kicherten und alberten, schubsten mich in einen Sessel und führten sogleich ihre Kostüme vor. Nicht irgendwelche Verkleidungen hatten sich die beiden ausgedacht, Frauen wollten sie darstellen. Henrik erklärte, er stelle eine verschleierte Haremsdame dar, Tobias ging als Königin der Nacht und stank nach einem aufdringlichen Parfüm. Ich hätte beide mit ihren grellen Perücken niemals erkannt. Ich sagte: „Ihr seht großartig aus." Ich fand, das war höflich genug.

Ich spürte die Röte in meinem Gesicht, als Tobias sich affektiert an Henrik wandte und ihm die Frage stellte: „Und als was sollte *sie* gehen?" Sein ausgestreckter Finger zeigte auf mich. Mein Kopf glühte, und ich konnte sicher sein, dass meine Verlegenheit nicht unbemerkt geblieben war.

„Stimmt", ergänzte Henrik, „unsere Kleine braucht ein Kostüm."

Einen solchen Satz hätte ich ihm nie zugetraut. Das Kribbeln in meinem Bauch hörte schlagartig auf.

„Nein!" Ich schüttelte den Kopf. „Wenn, dann gehe ich einfach so mit", meinte ich, obwohl mir die Lust an diesem Abend bereits vergangen war. Ich war hungrig und hier fehl am Platz, doch das sagte ich nicht.

„Du kannst nicht so mitgehen, Kostüme sind Pflicht", erklärte Tobias. „Und es ist ein reiner Damenball!" Er verdrehte dabei die Augen und grinste mich an.

„Aber warum habt ihr mir das vorher nicht gesagt?"

„Die Einladung kam erst heute morgen", behauptete Tobias.

Alle Tunten lügen, folgerte ich. „Na, geht ruhig, wir treffen uns dann ein andermal", sagte ich so gelassen wie möglich.

„Na, komm, stell dich nicht so an! Es ist doch wirklich nur ein Jux", meinte Henrik, und seine Hand strich über meinen Kopf.

Ein kleiner Schmetterling kehrte zurück, und für einen kurzen Augenblick liebte ich diesen Henrik. Doch dieser Henrik war ein Anderer geworden. Eine Fummeltrine. Vielleicht war ich an diesem Abend zu humorlos, doch mein Entschluss stand fest: Du musst wieder verschwinden, das bringt hier nichts.

„Ich würde mich sehr freuen, wenn du mitkommst", fügte Henrik hinzu, und das klang wie eine Bitte.

„Ich war noch nie auf so einem Fest", ließ ich verlauten. Ich wünschte mir, wir gingen einfach wieder in die Bar, in der ich Henrik das erst Mal gesehen hatte. Nur er und ich. Seine Hände auf meinem Körper, streichelnd, drängend.

„*Die* traut sich nicht, *die* traut sich nicht!" plärrte mit einem Mal Tobias los. „O Gott, ist *die* verklemmt!"

Ich verspürte große Lust, ihm eine in die Fresse zu hauen und seine Perücke vom Kopf zu reißen.

„Ich bin überhaupt nicht verklemmt", sagte ich betont sachlich. „Ich bin nur völlig unvorbereitet." Ich spürte, wie Schweißtropfen hinter meinem Ohr entlangliefen.

„Wir wollen alle nur unseren Spaß", sagte Henrik und lächelte mich an. „Was ist denn schon dabei?" Das klang versöhnlich, und ich hoffte, dass er mich nicht mehr *Unsere Kleine* nennen würde.

„Oder hast du da ein Problem?" brummelte Tobias und senkte seine Stimme zu einem tiefen Bass.

„Überhaupt nicht", entgegnete ich, und mir wurde augenblicklich klar: Diese Tucke ist mein Problem.

„Na gut, dann wollen wir mal was zaubern", äußerte Henrik aufgekratzt. In den Aufmachungen, wie die zwei vor mir standen, konnte ich mir einen Hokuspokus von den beiden gut vorstellen.

Mir wurde ein viel zu großes, rosafarbenes Nachthemd mit Spitzen und Stickereien übergezogen, über mein Gesicht fuhr ein Puderpuschel, ich sah grellroten Lippenstift. Doch als sich das aufdringliche Parfüm von Tobias näherte, herrschte ich ihn streng an: „Das nicht!" Ein weißer Strohhut mit grüner Schleife wurde mir auf den Kopf gesetzt und eine hohe Stimme trällerte: *„Welch eine holde Maid!"*

„Das bin ich nicht", flüsterte ich mir zu, als ich mich im Spiegel betrachtete. Ich kam mir wie eine ertappte Trickbetrügerin vor, die gleich an den Pranger gestellt werden sollte. Nur, was hatte ich getan? Mir fielen die Worte von Tante Grethe ein, die Zeitungsbilder von einer Travestieshow mit dem Satz kommentiert hatte: *Schaut doch nur, das sind tatsächlich alles Männer!*

Henrik meinte, ich sähe hinreißend aus. Er reichte mir ein Glas mit einer bräunlichen Flüssigkeit und bemerkte: „Komm, trink, das gibt Schwung!" Es war irgendein Getränk, das in der Kehle brannte. Für einen Moment sah ich den Henrik vor meinen Augen, den Mann aus der Bar, dessen Berührungen mich so erregt hatten.

Als ich mit Henrik und Tobias den riesigen Saal betrat, stellte ich sofort fest, dass die beiden diese Einladung falsch verstanden haben mussten. Es waren nicht nur *Damen* anwesend! Eine Meute von vielleicht fünfzig Figuren hatten sich zum Kostümfest eingefunden. Sehr wohl tummelten sich dort auch *Herren*, wenn auch in grellen Maskeraden. Ich sah einen Piraten mit dunkler Augenklappe, der mit einem schwarzen Zorro plauderte, daneben stand Graf Dracula mit blutrotem Mund.

Die Musik schmetterte Karnevalsschlager in den Saal. Einige Gäste hüpften dazu und stießen ausgelassene Schreie aus. Über der Tanzfläche baumelten bunte Glühbirnen, die unermüdlich aufflammten und gleich wieder erloschen. Henrik und Tobias wurden von den Gastgebern mit Küsschen auf beiden Wangen begrüßt, mir schüttelte man nur die Hand.

„Wer ist denn die?" hörte ich jemanden spöttisch fragen.

„Das ist *unsere* kleine Nachtschwärmerin."

Das konnte nur Tobias gesagt haben. Ich drehte mich nicht um, ich wollte niemandem vorgestellt werden. Ich hockte mich auf eine Fensterbank und überlegte, ob ich mich sofort betrinken oder mich gleich wieder davonschleichen sollte. Oder ich wartete einen günstigen Augenblick ab und würde Henrik fragen, ob wir beide nicht irgendwohin verschwinden könnten. Aber ich hatte noch meine Sachen in der Wohnung, von der ich immer noch nicht wusste, wem sie nun gehörte. Konnte ich mich mit dieser Aufmachung in ein Taxi wagen? Ich wäre bestimmt nicht der erste Fahrgast, den ein Taxifahrer im Fummel kutschieren müsste, beruhigte ich mich. Wir haben Fasching. *Schaut doch nur, das sind tatsächlich alles Männer!*

Eine Madame Pompadour, ein Schwarzwaldmädel mit Bommelhut, eine Domina mit Peitsche, die Königin der Nacht und Schneewittchen umgeben von Zwergen, inmitten von Lederknechten und Operettenfürsten. Und ich als *Maid* im Nachthemd. Ich wäre lieber als ein braungebrannter Matrose oder ein bärtiger Kapitän in Uniform erschienen, als ein Mann, der jetzt wohlwollend auf das närrische Treiben herabblicken könnte.

Ein Kerl mit nacktem, glänzendem Oberkörper gesellte sich zu mir ans Fenster und musterte mich bedeutungsvoll. Der glotzt mich an, als könne er es nicht fassen, dass ich das bin, dachte ich unwillkürlich. Er trug eine knappe, schwarze Lederhose, die eine massige Wölbung erkennen ließ. Meine Verkleidung wurde mir aufgezwungen, hätte ich ihm fast erzählt. Der Kerl trug eine Eisenkette um den Hals. Vermutlich war das ein Code. Nur für was? Möglicherweise war sein nackter Körper mit Sonnenöl eingerieben worden, ich vernahm einen aromatischen Duft, etwas wie Kokosnuss.

„Weißt du, wo man hier was zu essen bekommt?" fragte ich ihn.

Der Nackte nickte kurz in eine Richtung, drehte sich um und zeigte mir seinen muskulösen Rücken. Er ließ mich wortlos stehen und überquerte die Tanzfläche. Auf seinem linken Schulterblatt prangte ein dunkelblauer Adler, seine kokosnussbraune Haut spiegelte die bunten Lichter wieder. Das Schwarzwaldmädel mit dem Bommelhut drängte sich an ihn heran, zog an seiner Kette, flüsterte ihm was ins Ohr und klatschte ihm auf seinen strammen Lederarsch.

Ich würde gern wissen, wer er in Wirklichkeit ist, dachte ich. Seine nicht zu übersehende Männlichkeit hatte mir arg imponiert, aber das wollte ich mir erst mal nicht eingestehen. Vielleicht war das in der Hose eine Mogelpackung.

Ein Gejohle setzte plötzlich ein, und es dröhnte *„Schöne Maid, hast du heut für mich Zeit? Ho-jaa-dii-jaa-hoo!* „

Holde Maid! So hatte man mich an diesem Abend genannt, und da stürmte bereits die Schwarzwaldtracht auf mich zu, warf im Laufen Kusshändchen in die Luft, knickste artig vor mir, machte einen Schmollmund und bat mit piepsiger Stimme um den nächsten Tanz. Ich schüttelte energisch den Kopf, doch das Schwarzwaldmädel hatte mich auserwählt und ließ sich nicht abwimmeln. „Bitte, Darling", bettelte die Piepsstimme. Dabei packte mich dieses Wesen am Arm und wollte mich auf die Tanzfläche ziehen, auf der bereits zahlreiche Gäste ein übermütiges Gehopse aufführten. *Ho-jaa-dii-jaa-hoo!* Ich war zu einem kräftigen Fußtritt bereit, um mich von der zerrenden Hand zu befreien. „Bitte, Darling."

Ich brüllte gegen die Musik an: „Hau ab, Mensch!" Das war nicht deutlich genug, denn dieses Wesen ließ meinen Arm nicht los. Ich schrie: „Verpiss dich!" Das wirkte.

Ho-jaa-dii-jaa-hoo! Immer wieder sah ich den hellen Hut mit den dunkelroten Bommeln in der Menge hüpfen und bemerkte, dass das Schwarzwaldmädel ständig zu mir herüberstarrte.

Die ist total durchgeknallt! diagnostizierte ich. *Bitte, Darling!* Ich gab ihr den Namen *Gierige Kuh*.

Ich hatte Hunger. Ich schwitzte. Ich setzte meinen Strohhut ab und befürchtete, dass ich auch ohne Hut kein besseres Bild abgeben würde. Ein langer Tisch, mit Silberfolie drapiert, schien die Bar zu sein. Zwei junge Männer im Häschen-Kostüm schenkten aus. Essbares konnte ich allerdings nicht entdecken. Ich bat um ein Bier, und man reichte mir wortlos eine Flasche. Nach einem Glas wagte ich nicht zu fragen. Das Bier war kaum gekühlt und schmeckte süßlich. Ein Mann mit einer glitzernden Narrenkappe drängte sich an mir vorbei, eine schwarze Uniform schubste mich grob zur Seite und wollte wissen, ob *Lola Karamba* schon gekommen sei. Eine Wut stieg in mir auf, und ich spürte den Drang, den Uniformierten so brutal gegen die Bar zu stoßen, dass er mitsamt dem Tisch zu Boden ging und alles zusammenkrachen würde.

„Ihr habt doch Sekt, oder?" hörte ich die Narrenkappe fragen.

„Champagner kommt sofort, mein Prinz", juchzte einer der jungen Männer zurück.

„Mäuschen, dann gib mir gleich zwei Gläser ..."

„Hei – dii, Hei – dii!" grölte es aus den Lautsprechern und übertönte alles. Eine Fanfare der Tollheit. Über die Tanzfläche schwappte augenblicklich eine hysterische Meute, vom Gejohle und Geklatsche der Herumstehenden begleitet. *„Hei – dii, Hei – dii! Wo du bist, da bin auch ich zu Haus!"*

Ich entdeckte neben dem Fenster eine große Glastür und war erleichtert, dass sie nicht verschlossen war. Ich betrat eine riesige Terrasse und konnte einen Holztisch, Stühle und Blumenkübel erkennen. Ich atmete die kalte Nachtluft ein und ich fragte mich, was mich an diesem Abend noch retten könnte. Das Haus der Gastgeber lag an einem Steilhang, unter mir erkannte ich einen weitläufigen Garten mit zahlreichen Bäumen und Büschen. Auf einmal überfiel mich der Wunsch, mich hinab in die Finsternis zu stürzen oder einfach abzuheben und in die Sternennacht davonzufliegen.

„Suchst du was?"

Ich fuhr herum. Neben mir stand der nackte Kerl mit dem eingeölten Oberkörper und der kurzen Lederhose. „Ich wollte nur ein bisschen frische Luft schnappen", sagte ich.

„Machst du auf Doris Day?"

„Was mache ich?" fragte ich entgeistert. Ich entdeckte, dass der Kerl keine Kette mehr um den Hals trug. Umso auffälliger war jetzt seine knappe Lederhose mit der dicken Beule.

„Na, deine Aufmachung. Aber den ersten Preis wirst du damit wohl kaum kriegen. „

Machte er sich über mich lustig? „Das war nur so auf die Schnelle", sagte ich wahrheitsgemäß.

„Übrigens, die Kleine aus dem Schwarzwald ist total scharf auf dich", teilte er mir vertraulich mit, „die hat sich schon nach dir erkundigt."

„Ich mag solche verkleideten Typen nicht", sagte ich und bemerkte selbst, wie bescheuert meine Feststellung war.

„Ist doch Faschingszeit", stellte er richtig. „Ohne Nachthemd siehst du bestimmt noch geiler aus."

Ich erkannte, dass meine Kostümierung ihm gefiel, und das irritierte mich. „Da magst du rechthaben", ließ ich verlauten und versuchte ein Grinsen.

„Warten wir's ab", meinte er, „wer weiß, wer dich heute Nacht noch kennenlernen will. So, wie du aussiehst", fügte er lächelnd hinzu.

Diese Äußerung und sein Schmunzeln verwirrten mich, zumal sein lächelndes Gesicht aus einem groben Kerl augenblicklich einen liebenswerten Burschen machte. Ich wusste nicht, wie ich reagieren sollte. „Ich bin eigentlich zufällig hier", erklärte ich ihm.

„Bist du allein gekommen?"

„Nein, mit Freunden. Die beiden mit den großen Perücken, die …"

„Gelegentlich mag ich solche schrillen Figuren", unterbrach er mich. „Aber ich stehe mehr auf männliche Typen." Er reckte sich und gähnte. In seinen Achselhöhlen wucherte schwarzes Haar.

„Ich hoffe, ich sehe dich drinnen wieder", sagte er dann. „Du scheinst ein Partner zu sein." Er grinste mich an, und gleichzeitig drückte seine Hand an seiner auffälligen Wölbung herum.

Das hätte er besser unterlassen sollen. Kein Schmetterling stieg auf, sondern eine heiße Flut durchströmte meinen Körper und ließ meinen Schwanz anschwellen. Auch sein Kaliber schien an Größe gewonnen zu haben. Was meinte er nur mit *Partner*?

„Ich geh dann schon mal", hörte ich ihn sagen, und dabei lächelte er erneut.

Ich bin gleich bei dir, wollte ich erwidern und wünschte mir, der Kerl würde sich noch einmal nach mir umdrehen, bevor er die Glastür zum Saal erreicht hätte. Tat er aber nicht. Nur die Musik heulte auf, dann schloss sich die Tür, und ich vernahm nur noch gedämpft den Lärm der ausgelassenen Menge. Begehrte ich diese markante Erscheinung? Ja, und ich war mir seiner Bereitschaft sicher, doch ich wollte ihn noch ein bisschen zappeln lassen.

Auf einmal beruhigte sich der Radau. Verwundert blickte ich zu den erleuchteten Fenstern. Eine völlig andere Musik, die ich nur schwach hören konnte, schien die tobenden Meute gebändigt zu haben, denn jetzt schwebten bunte Paare durch den Saal, führten eine Art Walzer auf, drehten sich anmutig zu kaum vernehmbaren Klängen im Kreis. Vermutlich war es eine bekannte Melodie, die die Tanzenden beflügelte, ein vertrautes Lied, denn viele sangen mit, was ich an unzähligen auf- und zuklappenden Mündern erkennen konnte. Wie stumme, wasserschnappende Fische im Aquarium, dachte ich. Ein Hammerschlag gegen die Scheiben, und ein riesiger Wasserschwall würde die kunterbunten Wesen erbarmungslos in die Nacht hinausspülen.

Plötzlich spürte ich Regentropfen in meinem Gesicht. Ich blieb regungslos stehend, ein Feuer brannte in meinem Körper, und ich empfand den Regenschauer als wohltuend.

Du scheinst ein Partner zu sein, hatte dieser Kerl gesagt.

Ich verließ eilig die Terrasse, ging zielstrebig durch die tanzende Schar und registrierte zugleich, mein Kraftprotz war nicht unter ihnen. Auch Henrik konnte ich nicht entdecken. Ich nahm die große Saaltür und landete in einem weitläufigen Korridor, der von einer einzigen schwachen Lampe beleuchtet war. Nachdem sich meine Augen an das Schummerlicht gewöhnt hatten, entdeckte ich Zimmer am Ende des Ganges. Ich öffnete eine Tür nach der anderen. Ich fand ein Badezimmer und schloss die Tür ab. Ich entledigte mich meiner durchnässten Sachen und warf sie samt meiner Unterwäsche in die Ecke. Ich hatte große Lust zu duschen, doch ich wollte keine Aufmerksamkeit erregen, also beugte ich mich über das Waschbecken und wusch mir mehre Male das Gesicht. Der Lippenstift schmierte an meinen Händen, die Seife brannte mir in den Augen. An einem Kleiderhaken erblickte ich einen dunkelblauen Bademantel. Das wurde meine neue Verkleidung. Jetzt war ich ein Mann auf dem Weg zur Sauna oder noch besser: ein lüsterner Bademeister. Und so trat ich auf den Korridor hinaus.

Wo erwartete er mich, welches Versteck hatte mein Lederkerl für uns ausgesucht? Ich war bereit.

„*Hei – dii, Hei – dii! Deine Welt sind die Ber – her – ge …*" Das ausgelassene Volk schien seinen Lieblingsschlager gefunden zu haben. Ich nahm die Treppe, die in die obere Etage führte. Die Musik verfolgte mich, doch sie wurde leiser. Auch hier konnte ich kaum etwas erkennen, eine Lampe brannte auf einem kleinen Tisch, doch der Schirm war mit einem Tuch verhängt. Dafür hörte ich jetzt halblaute Stimmen, ein Rascheln, ein Gestöhne, aber ich wusste nicht, woher es kam. Hatte der Wüstling seine Begehrlichkeit bereits jemand anderem zukommen lassen? Nein, er wollte mich, seine Andeutungen waren unmissverständlich gewesen. Dieser Kerl könnte mir den Tuntenball erträglicher machen. Und bei diesem Gedanken meldete sich unter meinem Bademantel eine handfeste Vorfreude.

Er wäre sicherlich überrascht, mich so zu sehen, nicht mit Nachthemd, sondern als einen eindeutigen Mann. Ich würde ihn fest anpacken, ihn streicheln, ihn begierig und leidenschaftlich davon überzeugen, dass ich der männliche Typ bin, den er braucht, der ihn wollüstig macht, von dem er bezwungen werden möchte. Anfänglich würde er sich gegen mein Drängen wehren und das, was ich ihm ins Ohr flüstern würde, mit einem energischen Kopfschütteln beantworten. Mein Vorhaben überrumpelte ihn, denn wonach es mich drängte, so käme es flüsternd zurück, hätte er noch nie einem Mann erlaubt. Aber meine Zunge würde ihn gefügig machen, eine Zunge, die genau wusste, wo sein Körper empfänglich war, die seine Brustwarzen und seinen Bauchnabel erforschen würde, um sich dann unverzüglich seinen heißen Prügel vorzunehmen. Doch diese Zunge würde gierig weiterdrängen, unaufhaltsam über seine Arschspalte in nur eine Richtung wandern, zu einem Ziel, das Höhepunkte versprechen könnte. Eine Zunge, die eine Stelle finden wollte, die nicht nur hitzig zucken, sondern sich auch öffnen würde, eine Stelle, die alsbald nach Befriedigung schrie. Und sein anfängliches Sträuben würde allmählich in eine Bereitschaft übergehen, bis er seine Geilheit, von mir genommen zu werden, nicht mehr verbergen könnte.

Meine Augen gewöhnten sich an das Licht. Ich folgte dem Korridor auf der oberen Etage und spähte nach angelehnten Türen und verschwiegenen Ecken, aber ich konnte nichts entdecken. Doch die Stimmen, die ich vernommen hatte, dieses Gestöhne war wieder zu hören.

Plötzlich stieß ich mit jemandem zusammen, ich stolperte, ein starker Arm hielt mich fest und drückte mich an eine nackte Brust. Und die gehörte Hendrik. Trotz der schummerigen Beleuchtung gab es keinen Zweifel. Vor mir stand Henrik, die Haremsdame, wenn auch stark entblößt und ohne Schleier und Perücke. Seine Augen leuchteten geheimnisvoll.

„Wie läufst du denn hier herum?" Er grinste und küsste mich im gleichen Augenblick auf den Mund. Ich spürte warme, weiche Lippen. Glühende Schmetterlinge flatterten in der Dunkelheit empor, als er mich packte und mir mit einem Ruck den Bademantel wegriss.

Ich stöhnte auf und umschlang seinen Körper. Das war mein Henrik, egal, wie er sich verkleiden mochte, mit niemandem würde ich ihn verwechseln. „Ich hab dich überall gesucht", stammelte ich. Henrik zog mich in eine Nische und bohrte mir seine Zunge in den Mund, eine Zunge, die fest und süß war. Ich umklammerte ihn und zusammen verloren wir den Halt. Im Fallen dachte ich nur einen

Satz: Dich geb ich so schnell nicht wieder her. Es war mein Henrik, dessen Lippen ich spürte, dessen festen, erregten Lümmel ich ertastete, es war mein Henrik, der jetzt mit mir das erleben wollte, was vor einer Woche nur als verheißungsvolle Möglichkeit in meinem Bauch herumgeschwirrt war. Ich erwiderte seine Küsse, und meine Zunge begann ihre Reise auf seinem Körper, eine Reise, die kurz zuvor nur eine hitzige Traumvorstellung gewesen war, die nun aber Henrik und mich gemeinsam zum Höhepunkt treiben sollte.

Doch da waren plötzlich Finger, die über meinen Arsch strichen, Lippen, die sich um meinen Schwanz schlossen, und es waren nicht die von Henrik. Ein Grobian drängte sich in unsere Nische, und meine Hände versuchten instinktiv eine Lederhose zu ertasten. Ich verspürte einen heißen Körper an meinem Rücken, aber meine Nase konnte keinen Kokosnussduft erkennen. Ich klammerte mich fester an Henrik, doch er entwand sich meiner Umarmung, und sein Kopf beugte sich jetzt einem Kaliber zu, dessen Dimensionen selbst im Halbdunkeln nicht zu übersehen waren. Im gleichen Moment nahm ich einen aufdringlichen Geruch wahr, eine Gestalt rutschte auf Knien vor diesem Goliath und wollte Henrik bei seiner neuen Zuwendung wohl tatkräftig unterstützen. Doch da grapschte etwas nach mir, und eine Flut dieser grässlichen Duftnote näherte sich meinem Gesicht. Tobias!

Ich floh. Ich stolperte nackt den Flur entlang und klinkte die erste Zimmertür, die ich entdecken konnte, auf. Ich stand in einem Raum, in dem ein riesiger Schrank zu erkennen war. Ich nahm ein grobes Baumwollhemd und ausgebleichte Jeans heraus. Beides passte. Ich genoss diese Empfindung, meinen immer noch erregten Schwanz in die Jeans eines Fremden zu zwängen. Und jetzt war ich wieder ich.

Aufgeregt betrat ich den Flur. Für einen kurzen Augenblick durchzuckte mich das Verlangen, mich erneut in das Getümmel am Ende des Korridors zu begeben, mir von gierigen Händen die Jeans herunterreißen zu lassen, mich heißen Mündern hinzugeben oder die Bärenkraft eines Herkules zu spüren. Aber in dem Getümmel schlich sicherlich auch Tante Tobias herum. Und Henrik dabei zu beobachten, wie er einem Kerl den monströsen Kolben bearbeitete, dazu fehlte mir die Lust.

Langsam nahm ich die Treppe nach unten. Ich mischte mich wieder unter die bunten Geschöpfe, doch keinem schien meine Verwandlung aufzufallen. Zum Glück wurde ich von niemandem angesprochen, warum ich auf einmal seine Sachen anhätte. Meine Augen durchsuchten den Saal; eine Lederhose konnten sie nirgendwo entdecken. Gab es hier noch weitere Räumlichkeiten, in denen gefeiert wurde? Vielleicht ein Kellergewölbe? Eigentlich war mir das jetzt egal. Ich verspürte nur noch Lust, Tobias zack-zack eine in die Fresse zu hauen, weil ich ihm meinen absurden Aufenthalt hier verdankte. Doch gleichzeitig wurde mir klar, meine Schläge sollten Henrik treffen, nicht diese Fummeltrine. Henrik, der es vorzog, einem großkalibrigen Haudegen zu dienen, anstatt sich einem verliebten Mann zuzuwenden.

Ich hockte mich wieder auf die Fensterbank und wartete. Worauf, wusste ich eigentlich auch nicht mehr. Ich spürte auf einmal eine unendliche Müdigkeit. Die dröhnende Musik schlug wie Wellen über mir zusammen, doch irgendwann hörte ich sie gar nicht mehr. Ich war allein, auf einer gottverlassenen Insel gestrandet. Wer würde mich hier suchen? Bald würde ich verhungern und verdursten. Und mein bulliger Bursche mit der unübersehbaren Beule war vermutlich ertrunken. Und vom Meer verschluckt waren hoffentlich auch Henrik und Tobias.

Ein Blitzschlag durchfuhr mich, als ich ihn zum ersten Mal sah. Es war kurz vor Mitternacht, ein Mann betrat den Saal. Sein dunkler Bürstenschnitt glänzte, als wäre er gerade durch den Regen gelaufen. Auch er trug wie ich nur Jeans und ein einfaches Hemd. Ohne Eindeutigkeiten in zu engen Hosen. Unauffällig wie markant. Ein Mann ohne Verkleidung, ohne schrillen Fummel. Ein Mann mit einem männlichen Gesicht. Ich musste ihn ansprechen. Ich würde ihn fragen, ob er nicht mit mir ein Bier trinken wolle, draußen auf der Terrasse, dort an der frischen Luft, wo man unzählige Sterne am Nachthimmel erkennen konnte. Sicherlich war er allein gekommen, vermutlich wollte er nur mal kurz reinschauen, um dann festzustellen, dass es sich nicht lohnte zu bleiben. Er würde mich auffordern: Hast du noch Lust, mit zu mir zu kommen?

Und ob ich Lust hatte! In meinem Bauch regte sich ein Flattern. Vorsichtig berührte ich seine Schulter. „Hallo, magst du da draußen ein Bier mit mir trinken? „

Der Mann drehte sich kurz um, betrachtete spöttisch meinen ausgestreckten Arm und erwiderte in einem sonderbaren Tonfall: „Das ist doch nicht dein Ernst?"

„Natürlich", sagte ich und versuchte zu lächeln. Auf jemanden wie dich habe ich den ganzen Abend gewartet, hätte ich fast hinzugefügt.

„Ach, auf einmal? Komm, hau ab."

Seine Stimme klang wütend. Was habe ich dir denn getan? wollte ich ihn fragen. Ich brachte es nicht heraus. Er musste mich mit jemandem verwechseln.

„Verpiss dich!" zischte er.

Sein Zorn lähmte mich. Was hatte ich denn falsch gemacht? Ich starrte ihn nur an, unfähig, eine Frage zu stellen. Da verzog er den Mund zu einem hässlichen Grinsen, breitete theatralisch vor mir die Arme aus und fügte mit piepsiger Stimme hinzu: „Bitte, Darling. Tschau, Darling."

Das reichte. Irgendwann ist jede Nacht zu Ende, sagte ich mir. Nur wie jetzt heim? Es war mir egal, ob ich zu Fuß den Rückweg antreten müsste oder mit Glück ein Taxi finden könnte. Aber ein Taxi zu bezahlen, war nicht möglich. Meine wahre Identität, meine Geldbörse mit allen Papieren lag neben meinen Sachen in Tobias' Kleiderschrank. Ein Sachverhalt, der sich mühelos rückgängig machen lässt, beruhigte ich mich.

Eine laute Stimme verkündete in diesem Augenblick, dass nun der Höhepunkt des Abends anstehe, man würde in wenigen Minuten das originellste und prächtigste Kostüm prämieren. Du bist in eine Tuntenfalle geraten, ging es mir durch Kopf, nun sei ein Held und befreie dich!

Den Weg in die Freiheit fand ich mühelos, und draußen im Dunkeln der Nacht kam es mir vor, als hätte man mir gerade die einmalige Gelegenheit geschenkt, mein Leben neu zu ordnen. Doch wo war ich eigentlich? In welche Richtung führte mein Weg?

„Na, Partner. Gehst du auch schon?"

Erschrocken drehte ich mich um.

„Ohne Nachthemd siehst du wirklich besser aus", stellte jemand gutgelaunt fest.

Da erkannte ich ein breites Grinsen und ich bemerkte den sanften Duft von Kokosnussöl.

„Willst du mitfahren?"

„Gerne, entgegnete ich und grinste zurück."

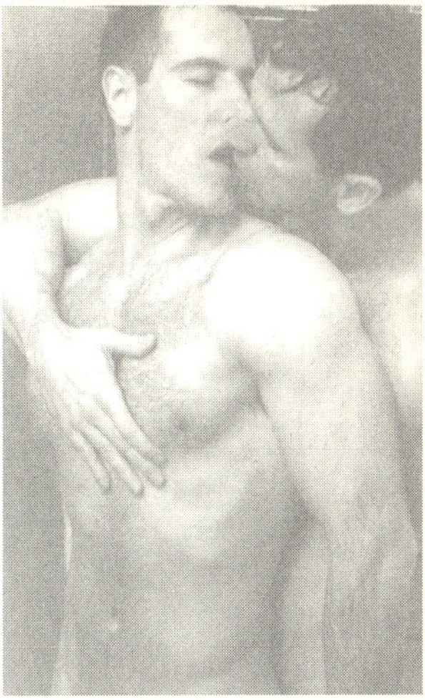

Die Autoren

Klaus Berndl
geboren 1966, Studium der Geschichte und Skandinavistik, Promotion 2001, lebhaft in Berlin. Letzte Veröffentlichung: *Alfred Biolek: Szenenwechsel. Eine Biographie* (2001). Letzte Auszeichnung: Martha-Saalfeld-Förderpreis 2001.

Jörg Feiertag
geboren 1963 in Oberwart, Burgenland, studierte Philosophie und Mathematik und bereiste das europäische Ausland und zuletzt Brasilien. Mehrere Veröffentlichungen im Anschluss an Literaturwettbewerbe, u.a. „Cruzeiro do Sul" in *American Love Story. Beiträge zum Literaturpreis der schwulen Buchläden* (2001). Er lebt in Graz und freut sich über kritische Kommentare unter willard@utanet.de.

Simon Froehling
geboren 1978 in der Schweiz, hat einige Jahre in Australien und Ägypten verbracht. Lebt und schreibt heute in Zürich. Sein Hörspiel *Das Telefonmassaker* (Text und Regie) wurde vom SWR2 übernommen und im März 2002 ausgestrahlt. „Bodyguard" ist seine erste Sexgeschichte zwischen zwei Buchdeckeln.

David B. Harden
lebt und arbeitet in Wien. Er schreibt seit Jahren für unterschiedliche Medien, u.a. auch über die schwule Geschichte seiner Heimatstadt. „Toter Grund" ist als Liebeserklärung an die Stadt und ihre Männer zu lesen.

Jan Hiding
geboren 1939 in Thüringen. Schriftsetzer, Journalist, Rundfunkmoderator. Veröffentlichung in *Hiebe und Triebe* (2000) sowie *Vorerst für immer* (2003).

Everhard Hofsümmer
Hören Sie das? – Für mich das tollste Geräusch: wenn einer von hinten aus dem Dunkel der leeren Bühne nach vorne kommt, an die Rampe tritt und kurz vorher stehenbleibt. Und alles wird still, ganz still. Und nur der Atem. Alle sind gespannt auf die Worte von dem, der da steht. Vorne. Etwas sagen will und – Und dann kommt von irgendwoher eine Stimme, die man nicht sieht. Und die fragt: „Was haben Sie gemacht? Was wollen Sie noch machen?" – Kein schönes Geräusch. Eher scheußlich. Und der auf der Bühne fällt zusammen – innen in sich drin. „Wie alt sind Sie?" fragt die Stimme. „Wie heißen Sie?" Und der auf der Bühne schaut nach vorne, blinzelt und sagt: „Ich weiß nicht. Vielleicht Everhard Hofsümmer?"

Tilman Janus
Bibliothekar und Biologe. 1949 als Mädchen geboren, heute glücklicher schwuler Mann. Lebt mit Mann und Kind in Berlin. Veröffentlichungen: „Magic Jungle" in *Hildegard! Storno! Literaturpreis der schwulen Buchläden* (1999), „Hausmannskost" in *Hiebe und Triebe* (2000) sowie zahlreiche erotische Kurzgeschichten in den Magazinen *freshmen* und *men*. Ein weiterer Beitrag in der Anthologie *Vorerst für immer* ist in Vorbereitung (Frühjahr 2003).

Peter Jungblut
wurde im Ruhrgebiet geboren und erlebte sein Coming-out 1984 an einem Bonner Kiosk, wo er mit roten Ohren einen Männerkalender kaufte. Später engagierte er sich in Münchener Schwulengruppen und veröffentlichte Beiträge zu historischen Themen, u.a. schwuler Lokalgeschichte. Er lebt mit seinem Freund in Berlin. Nach zehn Jahren hingebungsvollem Szeneleben ist der Bücher-Fanatiker inzwischen vor allem in Opern und Theatern unterwegs.

Gerke van Leiden
ist ein Pseudonym von Stephan Niederwieser. Bisher von ihm erschienen: *An einem Mittwoch im September* (1998), *Das einzige, was zählt* (1999), *Eine Wohnung mitten in der Stadt* (2001) und *Das Weißwurstfrühstück und andere Sauereien* (2002). Zudem hat er Beiträge in den Anthologien *Boy Meets Boy* (1999), *SEXperimente* (1999) und *Hiebe und Triebe* (2000) veröffentlicht. Mehr darüber: www.stephanniederwieser.de

Kai Lindberg
wurde 1970 geboren und streitet sich seit Jahren mit seiner Zwillingsschwester, wer von ihnen älter ist. Nach einer kurzen und ausgesprochen unrühmlichen Karriere als Go-Go-Tänzer studierte Kai Germanistik, Anglistik und Medienwissenschaften und verbrachte einige Jahre im Ausland. Heute lebt er als Autor und Herausgeber in München. Er widmet die Geschichte „Unterwegs mit den Jungs" seinen liebsten Freunden (und Inspirationsquellen) Ralph (dem geilen Gnom), Clemens (dem schönen Buchhändler), Hans Gold (dem Kellner deluxe und Mann mancher Träume), Hakim (dem Traum), Bernd (dem Unbeschreiblichen) und Tim (ohne den alles nicht möglich wäre). Kai freut sich immer über nette E-mails: lindberg1970@bigfoot.com

Reinhard S. Luckau
1949 im Spreewald geboren, begann bereits als 20-Jähriger Geschichten aufzuschreiben, ohne sich um eine Leserschar zu kümmern; etliche Texte wurden dennoch in Anthologien veröffentlicht. Seine große Liebesgeschichte lag lange in der Schublade, bis der Roman 1996 unter dem Titel *Wo uns niemand findet* erschien.

Thomas Mindt
arbeitet als freier Autor und Journalist, lebt im Rheinland. Im September 2002 erscheint sein neuer Roman *Tobi – In geheimer Mission*. Bisher erschienen: *Ein heißer Sommer* (1999), *Abenteuer in Amerika* (2000), „Wolfsmond" in *Hiebe und Triebe* (2000), Gedichtveröffentlichungen. http://www.thomas-mindt.de

Michael Sollorz
lebt als Schriftsteller in seiner Geburtsstadt Berlin. Er veröffentlichte u.a. die Romane *Abel & Joe*, *Orakel* und *Benjamins Tagebuch.*

Jan Stressenreuter
Jahrgang 1961, lebt zusammen mit seinem Freund in Köln. Er steht auf *Abba* und Harry Potter und rechnet fest damit, irgendwann einmal den Georg-Büchner-Preis zu erhalten. 1998 hat er immerhin schon mal beim Schwulen Literaturpreis mitgemacht, allerdings nicht gewonnen. Sein erster Roman *Love To Love You, Baby* wurde 2002 veröffentlicht. Im Moment arbeitet er am nächsten Buch.